CW01081817

Delicioso suicidio en grupo

Arto Paasilinna

Delicioso suicidio en grupo

Traducción del finlandés
de Dulce Fernández Anguita

EDITORIAL ANAGRAMA
BARCELONA

Título de la edición original:
Hurmaava joukkoitsemurha
WSOY
Helsinki, 1990

*Publicado con la ayuda del FILI, Centro para la Información
de la Literatura Finlandesa*

Diseño de la colección:
Julio Vivas
Ilustración: Kain

ISBN: 978-84-339-7120-3
Depósito Legal: B. 2729-2007

Printed in Spain

Liberdúplex, S. L. U., ctra. BV 2241, km 7,4 - Polígono Torrentfondo
08791 Sant Llorenç d'Hortons

Primera parte

En esta vida lo que más importa es la
muerte, y tampoco es que sea para tanto.

Proverbio popular

1

El enemigo más poderoso de los finlandeses es la oscuridad, la apatía sin fin. La melancolía flota sobre el desgraciado pueblo y durante miles de años lo ha mantenido bajo su yugo con tal fuerza, que el alma de éste ha terminado por volverse tenebrosa y grave. Tal es el peso de la congoja, que muchos finlandeses ven la muerte como única salida a su angustia. Una mente taciturna es un enemigo aún más encarnizado y temible que la propia Unión Soviética.

Sin embargo, el finlandés es un pueblo de guerreros. Todo, menos rendirse. Una y otra vez se alza en rebelión contra el tirano.

La Noche de San Juan, la fiesta de la luz y la alegría que marca el solsticio de verano, es para los finlandeses una descomunal batalla en la que, de común acuerdo y uniendo sus fuerzas, intentan derrotar a la melancolía que los corroe. Todo el pueblo se pone en pie de guerra: no sólo los hombres en condiciones de luchar, sino que también las mujeres, los niños y los ancianos se movilizan a los frentes. En las orillas de los mil lagos de Finlandia se encienden colosales hogueras paganas para exorcizar a las tinieblas. Banderas de guerra azules y blancas son izadas en sus astas. Cinco millones de guerreros finlandeses se alimentan antes de la lucha con salchichas grasientas y costillas de cerdo asadas a la parrilla. Vacían sin miramientos y de un trago sus copas de aguardiente para darse valor, y al son de los acordeones, marchan para medirse en combate con la depresión, a la cual aplastarán en una batalla campal que librarán sin tregua durante toda la noche.

En el fragor de las luchas cuerpo a cuerpo se produce el encuentro entre los sexos y miles de mujeres quedan en estado de gravidez. Hay hombres que mueren ahogados en lagos y bahías al atravesar las aguas en sus barcazas. Decenas de miles caen en las alisedas, o quedan yaciendo entre las matas de ortiga. Son numerosas las hazañas heroicas, llenas de sacrificio y arrojo. La felicidad y el júbilo vencen, se ahuyenta a la tristeza y una vez al año el pueblo disfruta de la libertad al menos por una noche, cuando la tenebrosa tirana es aplastada por la fuerza.

Era el amanecer del día de San Juan a orillas del lago Humalajärvi[1] en la región de Häme. Todavía se notaba un ligero olor a humo, testimonio de la batalla nocturna: el día anterior había sido la víspera de San Juan y se habían quemado hogueras en todas las orillas. Una golondrina sobrevolaba con el pico abierto la superficie del lago, cazando insectos. Todo estaba en calma y el sol brillaba, la gente dormía. Los pájaros eran los únicos a quienes les quedaban fuerzas para cantar.

Un hombre solitario estaba sentado en las escaleras de su chalé con un botellín de cerveza sin abrir en la mano. Se

---

1. Humalajärvi: «Lago de la borrachera.» *(N. de la T.)*

trataba de Onni[2] Rellonen, un director gerente de empresa que tenía cerca de cincuenta años y una de las expresiones de tristeza más desoladoras de la región. Él no formaba parte de los vencedores de la batalla de la víspera. Se hallaba malherido y no había ningún hospital de campaña en el que su roto corazón pudiese recibir una cura de urgencia.

Rellonen era un hombre flaco de estatura media, más bien orejudo, y tenía una nariz larga cuya punta estaba siempre colorada. Llevaba puestos una camisa de verano de manga corta y unos pantalones de terciopelo.

Por su aspecto se notaba que en algún momento su alma había albergado una fuerza explosiva. Pero ya no. Se sentía cansado, vencido, golpeado por la vida. Las arrugas de su rostro y la escasez de cabello en la coronilla eran las conmovedoras cicatrices de una lucha contra la dureza y la brevedad de la existencia.

El director gerente padecía de acidez estomacal desde hacía décadas y en esos momentos los pliegues de sus intestinos albergaban un catarro intestinal en ciernes. Tenía las articulaciones y la musculatura en condiciones, si no se tomaba en cuenta una ligera flaccidez. Por el contrario, su corazón estaba recubierto de grasa y latía con pesadez, siendo más una carga en aquel momento –como un grillete que lo encadenase a una bola– que un órgano que lo ayudase a mantenerse con vida. Solía temer que éste se detuviese y se precipitase por su cuenta a la muerte, dejándolo paralizado y sediento de sangre. Sería el golpe de gracia para un amo que, aunque lo hubiese maltratado, siempre había confiado en él, incluso cuando no era más que un

2. Onni es un nombre propio masculino que en finlandés quiere decir «suerte, éxito, prosperidad». *(N. de la T.)*

feto. Si su corazón se detuviese a tomar aliento, aunque sólo fuese por espacio de cien latidos, sería el final de todo. Nada significarían los millones de latidos precedentes de Onni Rellonen. Así es la muerte. Miles de hombres finlandeses lo experimentan cada año, pero ninguno de ellos ha vuelto para contar qué se siente estando en el otro lado.

En primavera, Rellonen había empezado a pintar la deteriorada fachada de su casa, pero el trabajo había quedado a medias. El bote de pintura seguía junto a los cimientos de piedra de la casa, con el pincel endurecido sobre su tapa.

Onni Rellonen era un hombre de negocios que incluso a veces había sido llamado «director». Tras él se acumulaban años de actividad frenética, de fulgurantes éxitos iniciales de escalada en el mundo de la pequeña y mediana industria, así como una tropa de subordinados, de contabilidad, dinero y actividades comerciales. Había sido contratista de obras y en los años sesenta incluso había tenido una pequeña industria de chapa. Pero las malas coyunturas del mercado y la voracidad de los competidores habían llevado a la bancarrota a Aleros y Chapas Rellonen S. A. Y aquello no era todo. También se sospechaba que tras la quiebra se ocultaba algún que otro delito monetario. En los últimos tiempos el director gerente había figurado como propietario de una lavandería de autoservicio. Tampoco ésta le resultó productiva: todas las familias finlandesas tenían lavadora propia, y los que no la tenían tampoco se preocupaban mucho por lavarse la ropa. Ni los grandes hoteles, ni los barcos que hacían las líneas de cruceros a Suecia querían darle trabajo a su empresa, y las grandes cadenas de la competencia le quitaban a Rellonen los encargos de delante de las narices. Las contratas de ese nivel se negociaban en los reservados de los restaurantes. La última

12

quiebra había sido aquella misma primavera. Desde entonces padecía una depresión profunda.

Sus hijos eran ya adultos, su matrimonio estaba en estado de total abandono. Si Rellonen se ilusionaba y hacía planes para el futuro y le explicaba sus ideas a su mujer, ésta ya no le apoyaba. Tampoco ella tenía fuerzas. Ya no.

–Mmm...

Eso era lo más que contestaba, dejándole desanimado. Ni estaba en contra, ni le apoyaba. Nada. Todo parecía perdido, toda su vida y en especial su vida en los negocios.

El director gerente llevaba desde el invierno dándole vueltas a la idea de suicidarse. No era la primera vez. Sus ganas de vivir ya se habían apagado con anterioridad en otras ocasiones, y la depresión convertía su sana agresividad en pensamientos de autodestrucción. Le hubiese gustado acabar con todo en primavera, cuando la quiebra de la lavandería, pero ni siquiera para ello tuvo fuerzas.

Era el día de San Juan. Su mujer estaba en la ciudad y le había dicho que se iba porque no le apetecía amargarse la fiesta quedándose en el campo junto a un hombre deprimido. Qué noche tan solitaria la de la víspera, sin hoguera, sin compañía y sin futuro. Eso no le había dado muchos ánimos, que se diga, al pobre hombre.

Onni Rellonen dejó el botellín en las escaleras y entró en su casa, rebuscó por los cajones de la cómoda del dormitorio hasta dar con su revólver, que cargó y se metió en un bolsillo de los pantalones de terciopelo.

«Qué se le va a hacer», pensó con tristeza pero determinación.

Al cabo de tanto tiempo sentía por fin que estaba tomando una iniciativa, que hacía algo para cambiar de situación. ¡Había llegado la hora de ponerle punto final a

13

aquella inútil vida! ¡Un punto, y bien gordo, a su vida entera! ¡Un estampido que no dejase lugar a dudas!

El director gerente salió a pasear por el bucólico paisaje de Häme. Acompañado por el canto de los pájaros, echó a andar por el camino de gravilla que llevaba a los otros chalés, pasó de largo la casa de su vecino y atravesó los campos de cultivo, dejando atrás una era, un establo y una granja. Otro prado se extendía tras un pequeño tramo de bosque. Recordó que al borde de éste había un pequeño pajar destartalado. Era un lugar tranquilo donde podría pegarse un tiro a gusto, el ambiente adecuado para acabar con sus días.

¿Tendría que haber dejado una carta de despedida sobre la mesa de su casa? ¿Qué hubiera debido escribir, en ese caso? ¿Adiós, queridos hijos, intentad seguir adelante, vuestro padre ha tomado una decisión...? ¿Querida esposa, no me guardes rencor...?

Onni Rellonen intentó imaginar la reacción de su mujer cuando leyese la despedida. Tal vez comentase:

–Mmm...

El henar olía fuertemente a renuevo, el granjero había segado el pasto fresco el día anterior, con toda probabilidad. Los campesinos también trabajaban la víspera de San Juan, a causa de las vacas. Los abejorros zumbaban y las golondrinas piaban en el tejado del viejo pajar. Del lago llegaban los chillidos de las gaviotas. El director caminó hacia el pajar con el corazón helado. Se trataba de una vieja construcción gris que ya no servía para nada, como no fuera quitarse la vida. Se la encontró delante demasiado rápido, y sus últimos instantes se anunciaron antes de lo que pensaba.

Fue incapaz de entrar inmediatamente por el descomunal portón. Éste le esperaba, abierto y negro como las mismísimas fauces del infierno, dispuesto a tragárselo. Comenzó sin querer a alargar su vida, decidió rodear la construcción, como un animal herido que buscase el lugar apropiado para su último descanso. Echó una mirada al interior a través de las aberturas que había entre las maderas podridas, y le pareció espantoso. Pero la decisión ya estaba tomada, había que dar la vuelta al pajar, entrar en él para echarse en los brazos de la muerte y dispararse un tiro. Un pequeño movimiento del gatillo: su último movimiento y el saldo quedaría a cero, el último y miserable saldo entre la vida y la muerte. Escalofriante.

Pero ¡había alguien en el pajar! Entre las maderas se veía algo gris y se oía una respiración trabajosa. ¿Un ciervo? ¿Una persona? El cansado corazón de Onni Rellonen dio un salto de felicidad. ¡Imposible matarse en un pajar donde hubiese un animal o un ser humano, en el mejor de los casos! ¿No? ¡No! Eso sería muy poco civilizado.

En el pajar había un hombre alto vestido con un uniforme militar gris, que se había encaramado a una pila de haces de heno y estaba atando una cuerda azul de nailon a una viga del techo. Y la cuerda estuvo pronto firmemente atada.

El hombre estaba de perfil a Rellonen el suicida, que le miraba a través de una ranura y observó que se trataba de un oficial, a juzgar por las bandas amarillas en los pantalones. Llevaba la guerrera abierta y en las chapas del cuello se apreciaban tres rosetones. Un coronel.

En un primer momento el director gerente no pudo entender qué hacía un coronel en aquel viejo pajar, la mañana de San Juan. ¿Para qué se habría puesto a atar una cuerda de nailon a la viga? Pronto se aclaró el motivo. El oficial empezó a hacer un nudo corredizo al otro extremo de la cuerda. Ésta era resbaladiza –eso pasa con las cuerdas de nailon–, así que le estaba resultando difícil conseguirlo. Emitió un gruñido apagado, tal vez una maldición. Sus piernas se estremecían sobre la pila de haces de heno, se notaba en las perneras temblorosas de sus pantalones. Finalmente pudo hacer el nudo y metió la cabeza por él. La llevaba descubierta. Un militar que sale sin gorra no augura nada bueno. Dios Santo... iba a suicidarse... Pues sí que es pequeño el mundo, que Dios nos ayude, pensó Onni Rellonen. Mira que juntarse dos finlandeses al mismo tiempo, en el mismo pajar y para cometer la misma barbaridad...

El director gerente corrió a la puerta del pajar y gritó:

–¡Deténgase, buen hombre! ¡Señor coronel!

El interpelado se llevó un susto de muerte. Se tambaleó y la cuerda que tenía al cuello se tensó, el hombre se meció un instante colgando, y hubiese acabado ahorcado si Rellonen no hubiera llegado a tiempo. Tomó al coronel en sus brazos, le aflojó la cuerda y le dio unas palmaditas en la espalda para tranquilizarlo. El rostro del oficial ahorcado estaba sudoroso y azul, ya que la cuerda le había estrangulado violentamente. Onni Rellonen la aflojó un poco más y acompañó al infeliz suicida a sentarse en el umbral del pajar. El hombre respiraba afanosamente, sujetándose el cuello, que le había quedado marcado con un surco rojo; la muerte había estado cerca.

Estuvieron sentados por espacio de un minuto, sin hablar. Entonces el coronel se puso en pie, tendió su mano y se presentó:

–Kemppainen, coronel Hermanni Kemppainen.

–Onni Rellonen, me alegro de conocerle.

El coronel dijo que él al menos no estaba para muchas alegrías. Las cosas estaban más bien de capa caída. Esperaba que su salvador no le contase a nadie lo sucedido.

–No se preocupe por eso. Además, son cosas que pasan –le dijo Rellonen–. Precisamente yo venía a lo mismo, –añadió, y sacó el revólver. El coronel contempló largo rato el arma cargada, hasta que comprendió. No estaba solo en el mundo.

2

La pura casualidad había salvado la vida de dos hombres hechos y derechos. Cuando un suicidio fracasa, no es necesariamente lo más trágico del mundo. El ser humano no consigue todo lo que se propone.

Tanto Onni Rellonen como Hermanni Kemppainen habían decidido casualmente acabar con sus días en el mismo pajar y se habían metido allí casi al mismo tiempo. Aquello dio lugar a una confusión, que fue la que evitó la tragedia. Tenían que renunciar a sus intenciones, y lo hicieron de mutuo acuerdo. Encendieron un par de cigarrillos y dieron las primeras caladas del resto de su vida, tras lo cual Rellonen propuso que fuesen a su casa, ya que parecía que por el momento no había nada más que hacer.

Por propia iniciativa, le contó al coronel cuáles eran las circunstancias vitales que le habían llevado a tomar su terrible decisión. El oficial le escuchó compasivo y luego le explicó su propia situación, que tampoco era como para dar saltos de alegría.

Kemppainen había estado destinado como jefe de brigada en el este de Finlandia, pero ya llevaba un año en cuarentena a disposición del estado mayor general como asistente del inspector de infantería. No tenía ni trabajo, ni brigada. En la opinión general era un oficial incompetente, sin ninguna utilidad. Era como un diplomático que regresa a casa conservando rango y paga, pero nada más.

Pero un soldado no se deja deprimir por tal discriminación hasta el punto de ahorcarse. El problema iba más allá: su esposa había muerto de cáncer aquel invierno y el hecho le había dejado tan trastornado, que aún no podía creer que fuese verdad. Ya nada funcionaba. El hogar era un desierto, no tenía hijos, ni siquiera un perro. La soledad era tan desgarradora, que no tenía fuerzas ni para pensar en ello. Lo peor eran las noches, no había podido dormir en condiciones desde hacía meses. Tampoco el aguardiente ayudaba, no iba a resucitar a su esposa a fuerza de beber. Su amada esposa..., el coronel no se había dado cuenta hasta después de que ésta muriese.

La vida había perdido su sentido. Y si al menos le quedase la esperanza de una guerra, o un levantamiento... pero la situación mundial iba últimamente por derroteros cada vez más pacíficos. Algo bueno en sí, pero para un militar de carrera eso era sinónimo de desempleo. Y tampoco la juventud actual tenía agallas para levantarse en contra del orden imperante. Para los jóvenes finlandeses, participar en la lucha social consistía en llenar de pintadas obscenas las paredes de las estaciones de ferrocarril. Para dirigir o sofocar una rebelión como aquélla no hacían falta coroneles.

Este mundo no necesitaba a los oficiales que, como él, habían salido escupidos de la espiral del escalafón. En los últimos años se había perdido el respeto por los militares. A los objetores de conciencia se los mimaba, mientras que a los soldados que habían pasado por la dura y vieja escuela se los denostaba públicamente. Si se obligaba a reptar por el suelo a algún recluta arrogante, inmediatamente ha-

19

bía que hacer frente a todo tipo de acusaciones por torturas físicas y mentales. Y qué ironía, sin embargo: en una guerra, al soldado que no estuviese dispuesto a reptar, el enemigo lo mataba y acababa yendo a parar a la fosa común en unas parihuelas. Sólo que esto no les entraba en la cabeza a los fanáticos defensores de los derechos humanos.

El coronel Kemppainen dijo que la profesión de oficial era frustrante. Los soldados se entrenaban para la guerra durante toda su vida participando en maniobras, en ejercicios de combate, practicando tiro. Estudiaban el arte de matar y lo perfeccionaban, hasta llegar a convertirse en asesinos cada vez más peligrosos.

–Si me comparasen con un científico que se dedicase a la investigación, yo sería como mínimo doctor en Ciencias del Homicidio. Sin embargo son habilidades que nunca se ponen en práctica, con eso de que vivimos tiempos de paz total. Mi situación podría compararse a la de un artista que se hubiese pasado toda su vida estudiando para ser pintor, intentando hacerlo cada vez mejor, trabajando un boceto tras otro, convirtiéndose en uno de los mejores en su campo, pero sin conseguir jamás exponer uno solo de sus trabajos. Un oficial es como un artista de élite al cual se le niega el derecho a hacer su propia exposición.

El coronel Kemppainen le contó que la víspera había salido de Helsinki en su coche en dirección a Jyväskylä, su ciudad natal, para pasar las fiestas de San Juan, pero se había sentido tan deprimido, que había terminado por tomar la carretera de desvío a Häme. Encontró el viejo pajar, donde había pasado toda la noche acostado junto a la pila de haces de heno, aturdido. Del lago llegaba el vocerío de los que festejaban. Se había aproximado de madrugada a la orilla más cercana, había desatado un trozo de cuerda del embarcadero de una de las cabañas y, embotado, había regresado al viejo pajar.

En el camino de vuelta notó de repente un extraño chasquido en la sien derecha, como si se le hubiese reventado una vena. La sensación había sido increíblemente liberadora. Así que, al fin y al cabo, todo iba a terminar felizmente, iba a morirse en medio de aquel paisaje estival y encima de una muerte natural y digna. Un derrame cerebral era algo bastante apropiado como causa de defunción, incluso para un coronel, sobre todo en tiempos de paz. El oficial sintió un mareo, como era de esperar, y se dejó caer a cuatro patas en el prado, deseando que los estertores de la muerte le llegasen pronto.

Pero al frotarse la sien, notó que la vena le había manchado la piel al reventársele. Echó un vistazo a su mano. Coño, aquello no era sangre, sino una plasta blancuzca y apestosa. Tardó unos segundos en darse cuenta de que lo suyo no había sido una embolia: la culpable había sido una gaviota que en aquel momento planeaba por encima de su cabeza.

Kemppainen se puso en pie, decepcionado y ofendido, se lavó la cara en un charco que se había formado en una zanja y se retiró taciturno al pajar. Tras descansar un rato, trepó a gatas a lo alto de la pila de haces de paja, dispuesto a ahorcarse. Tampoco aquella tarea dio fruto, ya que Rellonen atinó a presentarse en medio de la fiesta.

Los hombres estaban de acuerdo en que, al menos por ese día, le habían perdido el gusto al suicidio. Sus ansias de morir se habían serenado. Quitarse la vida es algo tan personal, que exige una tranquilidad absoluta. Era cierto que algunos extranjeros se quemaban a lo bonzo en lugares públicos para hacer patente alguna protesta y por razones po-

21

líticas o religiosas, pero un finlandés no requería de público para suicidarse. Ambos pensaban lo mismo.

Llegaron al chalé de Onni Rellonen conversando animadamente. Se había dejado la puerta abierta. A veces uno se va de casa presa de sentimientos tan violentos, que es capaz hasta de dejar sus posesiones expuestas a los ladrones.

El anfitrión le sirvió a su invitado un par de bocadillos y cerveza, y le propuso calentar la sauna. El coronel le ayudó yendo a buscar unos cubos de agua al lago, mientras que él se ocupaba de la leña.

A mediodía la sauna estuvo a punto. Ya dentro, se azotaron sin piedad con ramas de abedul, como si hubiese una razón especial e inexplicable para ello. Tenían que sacudirse de la espalda su vida anterior, azotarse para ahuyentarla lo más lejos posible. Purificaron sus cuerpos, pero ¿qué iba a ser de sus almas?

−En toda mi vida había estado en una sauna tan extraordinaria como ésta −alabó el coronel.

Continuaron conversando en el porche. Decidieron tutearse. Se contaron cosas que ninguno de los dos le había revelado antes a ningún mortal. Un intento de suicidio es algo que puede unir a los seres humanos, en eso estaban de acuerdo. Descubrieron el uno en el otro innumerables y excelentes cualidades que nunca habían sabido que poseían. Tenían la impresión de haber sido amigos desde siempre. De vez en cuando se zambullían en el lago y eso les refrescaba haciéndoles sentir que estar vivos era un milagro.

Visto desde el agua, nadando con un compañero de infortunio bajo el sol del día de San Juan, el mundo empezó a parecerles un lugar aceptable. ¿Qué prisa había por marcharse?

Más tarde, ya por la noche, se tomaron unos lingotazos de coñac frente a la chimenea. El coronel había ido a buscar la botella a su coche, al otro lado del prado. El coche había arrancado como si su dueño nunca lo hubiese abandonado allí para matarse.

El oficial levantó su copa y declaró:

–Onni, después de todo ha estado muy bien que aparecieras por casualidad en ese prado, en medio de... todo.

–Pues sí..., estamos vivos. Si hubiese llegado tarde, o hubiese ido a parar a otro prado, ahora mismo estaríamos ambos tiesos. Tú colgando de una viga y yo con la cabeza hecha papilla.

El coronel miró la cabeza de Rellonen.

–Hubieses sido un cadáver bastante feo –dijo pensativo.

En opinión de Rellonen, la visión de un coronel de tamaña constitución colgando de una viga tampoco hubiera sido demasiado atractiva.

Para Kemppainen, lo sucedido había sido fruto de una casualidad impresionante y pensado en términos matemáticos, era algo tan excepcional como si les hubiese tocado el premio gordo de la lotería. Se pusieron a cavilar cómo había sido posible, para empezar, que dos hombres se las apañaran para ir al mismo pajar a matarse y que, encima, hubiesen atinado a hacerlo en el mismo momento. Si se les hubiera ocurrido ir a suicidarse a Ostrobotnia, otro gallo les hubiese cantado, porque allí había llanuras enteras de sembrados donde se perdía la vista y, además, cientos, miles de pajares, los suficientes para que hasta cien hombres se ahorcasen o se pegasen un tiro sin molestarse unos a otros.

También les preocupaba qué empujaba a las personas a acabar con sus días lejos de su propia casa. ¿Y por qué, a pesar de todo, buscaban un lugar protegido como aquel viejo pajar? ¿Estaba el inconsciente del hombre tan estructurado que ni en los momentos de desesperación quería ensuciar su propia casa? La verdad es que la muerte no es un suceso muy hermoso ni limpio, que se diga. Había que encontrar un lugar protegido para que el cuerpo, por más feo que fuera, no acabase expuesto al azote de la lluvia, ni a las cagadas de los pájaros.

El coronel se frotó la sien, pensativo.

Miró a su camarada directamente a los ojos y le dijo que aplazaba su suicidio, por lo menos hasta el día siguiente. Quién sabía, de todos modos tal vez acabase con sus días a la semana siguiente o, en el mejor de los casos, en otoño. ¿Y qué pensaba Onni? ¿Aún le daba vueltas al asunto con tanta seriedad como por la mañana? El director gerente Rellonen había llegado a la misma conclusión. Ya que el proyecto se había visto aplazado por un capricho de la casualidad, seguro que aún lo podían aplazar algo más por sus propios medios. La peor fase de la depresión había pasado, así que había tiempo para sopesar las cosas.

–He estado pensando durante todo el día y, bueno, a lo mejor tú y yo podíamos hacer algo juntos –sugirió Onni con tiento.

Kemppainen reconoció conmovido que aquél sí era un buen amigo, un hombre honesto en quien se podía confiar. La víspera estaba solo, pero ya no.

–No se puede decir que le haya pillado gusto a la vida de repente..., para nada, no se trata de eso. Pero sí que podríamos hacer algo. Vaya, que estamos vivos.

Onni, más que animado, se mostró entusiasta. Se puso a hablar con rapidez, eufórico. ¿No podían intentar algo así como un nuevo comienzo, una nueva vida? ¿Dejar todo lo anterior y hacer algo que les hiciese sentir que vivir valía la pena?

24

El coronel se declaró dispuesto a pensárselo. De ahí en adelante su vida sería en cierto modo gratis, un regalo, una prórroga. Algo que podían gastar como les viniese en gana. ¡Qué gran idea!

Los dos camaradas se pusieron a filosofar. En realidad, las personas siempre estaban viviendo el primer día del resto de sus vidas, aunque no se les ocurriese nunca pensarlo en medio de tanto trajín. Sólo aquellos que habían estado a las puertas de la muerte se daban cuenta de lo que en la práctica significaba comenzar de nuevo.

–Ante nosotros se abre un horizonte de infinitas posibilidades –declaró el coronel.

3

El coronel Hermanni Kemppainen se quedó a veranear en el chalé del director gerente Onni Rellonen. Ambos tenían mucho de que hablar. Pasaron revista a los acontecimientos de sus vidas, analizándolos en profundidad. Fue una terapia que originó una amistad como nunca antes habían experimentado. De vez en cuando iban a la sauna y a pescar. El coronel remaba y el director gerente se encargaba del cebo. Consiguieron tres lucios que hicieron al horno.

Después de la comida practicaban el tiro al blanco con el revólver de Rellonen, ejercicio en el cual el coronel era particularmente diestro. Se tomaban algún botellín que otro de cerveza. Un día, a Onni se le ocurrió buscar un viejo despertador en su casa. Se lo colocó sobre la cabeza y le dijo a Kemppainen que tratara de hacerlo añicos de un tiro. El coronel vaciló, la bala podía atinarle entre los ojos.

–No importa, Hermanni. Vamos, dispara.

El destartalado reloj se rompió y Onni no murió. El juego divirtió a los dos hombres de una manera extraña y morbosa.

Un día, mientras estaban sentados frente al fuego de la

chimenea, a Onni se le ocurrió que tal vez estaría bien llamar a filas a otros compañeros de fatigas. Según creía recordar, en Finlandia se cometían cada año mil quinientos suicidios, y la cantidad de personas que planeaban acabar con sus días, hombres en su mayoría, era diez veces superior. Dijo que había leído las estadísticas en algún periódico. Entre asesinatos y homicidios apenas se llegaba al centenar de muertos.

–Dos batallones de hombres se matan cada año y toda una brigada lo está planeando –calculó el coronel–. ¿De verdad somos tantos? Un buen ejército.

Rellonen siguió adelante con sus pensamientos:

–Me pregunto qué pasaría si se juntara a todo ese grupo, me refiero a todos los que pensamos en suicidarnos. Podríamos hablar de nuestros intereses y cambiar impresiones. Estoy convencido de que muchos aplazarían su suicidio si pudiesen compartir libremente sus penas con algún otro interesado en el tema. Como nosotros hemos hecho estos días. Hemos hablado de la mañana a la noche, y vaya si nos hemos desahogado.

El coronel dudaba de que ese tipo de conversaciones fuesen placenteras para nadie. Si se juntara un grupo de suicidas en potencia, acabarían surgiendo temas bastante escabrosos. No iba a tratarse de una reunión alegre ni liberadora. Y en qué ayudaría. La gente tal vez se deprimiría aún más.

Pero el director no se rindió. En su opinión, el hecho de reunirse tendría con seguridad un efecto terapéutico. El hombre se siente impelido a vivir cuando se entera de que también a los demás les van mal las cosas, de que no es el único pobre diablo que existe en el mundo.

–Eso es justamente lo que nos ha pasado a nosotros. Si no nos hubiésemos encontrado, a estas horas seríamos dos fiambres. ¿No te parece, Hermanni?

El coronel tuvo que admitir que en su caso la casualidad del destino había resultado de ayuda, al menos por un tiempo. A pesar de todo, pensaba que acabaría por ahorcarse. Sus problemas no habían desaparecido durante aquellos días, simplemente se habían visto aplazados. Además, la amistad de Rellonen no podía sustituir al cariño de su esposa, ni disipar sus demás problemas.

–Hay que ver... tienes un carácter de lo más fúnebre, Hermanni.

El coronel admitió que los soldados eran tristes, en general, además de tener una marcada tendencia a pensar en el suicidio. Calculó que en una semana él mismo estaría colgando de una viga, en cuanto sus caminos se separasen.

Rellonen opinaba que valía la pena que se lo pensase. Podían convocar a un grupo de gente con tendencias autodestructivas, y tal vez éste resultase más numeroso de lo que pensaban. Juntos intentarían buscar las soluciones a sus problemas, y, en caso de no encontrarlas, nadie saldría perdiendo. Se le ocurrió que en grupo se podrían desarrollar métodos mejores que los ya existentes para suicidarse y perfeccionar diferentes estilos. Sería más fácil buscar juntos maneras más airosas de acabar con uno mismo; ¿acaso la muerte no puede ser indolora, elegante y respetuosa con la dignidad humana y –por qué no– incluso gloriosa y bella? ¿Está el ser humano obligado a conformarse con los métodos tradicionales? Al fin y al cabo, colgarse de una soga es de lo más primitivo. La rotura de las vértebras del cuello causa un estiramiento forzado de la tráquea de hasta medio metro, la cara se vuelve azul, la lengua se sale de la boca... un cadáver así no deberían verlo ni los más allegados.

El coronel se acarició el cuello. El surco producido por la cuerda de nailon se le había puesto llamativamente oscuro en un par de días, dando la sensación de que se trataba de una excrecencia inoportuna.

—Tal vez estés en lo cierto —admitió subiéndose el cuello de la guerrera.

Rellonen se animó:

—¡Imagínate, Hermanni! Con un grupo numeroso podríamos tener nuestro propio terapeuta y pasar nuestros últimos días disfrutando de la vida. Siempre es más agradable pasar el tiempo en compañía que solo. Podríamos fotocopiar las cartas de despedida para los allegados, contratar a un abogado entre todos para que se ocupase de las últimas voluntades y testamentos: eso significaría un ahorro... tal vez hasta conseguiríamos descuento en las tarifas de las esquelas, si fuésemos los suficientes. Tendríamos la posibilidad de vivir sin estrecheces, porque seguramente vendría a parar al grupo alguna persona de recursos, actualmente los ricos se suicidan más de lo que se cree... Y sería fácil atraer a las mujeres, sé que en Finlandia hay muchas aspirantes a suicida, y no todas tienen mal aspecto. Al contrario, la tristeza les da a las mujeres deprimidas un atractivo particular...

El coronel Kemppainen empezó a madurar el asunto en su cabeza. Veía las ventajas de la racionalización que un grupo numeroso de suicidas haría posible. Se podrían evitar los diletantismos, que convertían en chapuza un hecho tan importante. Si lo meditaba desde el punto de vista de un oficial del ejército, le venían a la mente las ventajas que una gran tropa traería consigo. Ni siquiera el mejor soldado era capaz de ganar solo una batalla, pero cuando se reunía una tropa compacta con un objetivo único, se obtenían resultados altamente satisfactorios. La historia bélica rebosaba de ejemplos sobre la eficacia de las acciones en grupo.

Rellonen estaba entusiasmado:

—Y tú, como coronel, sabrías organizar un suicidio colectivo de finlandeses de manera profesional, llevándolo a la mejor conclusión posible. Por tu profesión debes tener madera de líder. Pongamos que tomas bajo tu mando a mil suicidas finlandeses. Primero intentaríamos hacer entrar en razón a los pobres diablos, pero si eso no ayudase, entonces tú organizarías a la tropa para llevarla dignamente a la muerte.

El director gerente empezó a imaginarse al coronel Kemppainen con su ejército, rumbo a la muerte. Utilizando un ejemplo bíblico, lo comparó con Moisés, que supo llevar a su pueblo hasta la Tierra Prometida. ¡Sería una peregrinación espectacular! ¡En lugar de la Tierra Prometida, la meta sería la muerte, el suicidio en masa, un punto final que dejaría pasmado a todo bicho viviente! Rellonen se imaginaba al coronel conduciendo a su tropa para cruzar el mar Rojo, como hiciera Moisés con el pueblo de Israel, y añadió que por su parte, él se conformaba con el papel de Aarón.

El coronel empezó a hacer planes:

—Un suicidio en masa se puede hacer pasar incluso por una catástrofe a mediana escala..., un tren se sale de la vía y... ¡cien muertos!

En opinión del director gerente un accidente de tan tremendas dimensiones sería un ejemplo estupendo de cooperación que demostraría que los finlandeses no sólo eran capaces de ahorcarse chapuceramente en algún pajar putrefacto, sino que cuando se ponían a ello, también sabían provocar la destrucción sin medida, la sublime y trágica desgracia. Al fin y al cabo, la muerte no era un hecho cotidiano, sino el angustioso punto final de la vida, y por eso era mejor que estuviese dotada de una tenebrosa majestuosidad.

El coronel se acordó de un suicidio en masa acaecido en Latinoamérica hacía una decena de años. Rellonen también recordaba el caso, que había despertado la compasión y la repulsa del mundo entero. Cierto predicador norteamericano, un charlatán, había agrupado a su alrededor a cientos de fieles chalados que, encima, le habían hecho donación de todas sus posesiones. Con sus seguidores y el dinero de éstos, el predicador había fundado una especie de colonia religiosa en Latinoamérica. Cuando a las autoridades les llegó el rumor de la existencia de aquel movimiento de enfermos, el jefe de la secta decidió suicidarse, pero no solo, sino arrastrando también a la muerte a todos sus seguidores. En aquel suicidio colectivo participaron cientos de iluminados. El resultado fue nauseabundo: los cadáveres en estado de putrefacción se hincharon por efecto del calor tropical y toda la zona hervía de moscas carroñeras... repugnante.

Kemppainen y Rellonen no se sentían atraídos por semejantes masacres. El logro había sido notable en términos cuantitativos, pero cualitativamente hablando, la forma de morir había sido indigna y el resultado absolutamente asqueroso.

Ambos coincidían en que a nadie se le podía aconsejar la muerte, pero que si alguien quería suicidarse motu proprio, el acto debía llevarse a cabo con elegancia.

Fue en ese momento de la conversación cuando el director gerente llamó a Helsinki, al Teléfono de la Esperanza de la Iglesia luterana. Una agradable voz de mujer le animó con dulzura a que le contase todas sus cuitas, de modo confidencial, naturalmente. Rellonen le preguntó si aquella noche andaba el teléfono calentito.

—Me refiero a que si han tenido ustedes muchas llamadas de gente con intenciones de suicidarse.

La devota terapeuta contestó que no estaba autorizada a dar ninguna información sobre conversaciones confidenciales. La pregunta le pareció fuera de lugar y amenazó con colgar.

El coronel Kemppainen se puso al teléfono. Se presentó y le refirió brevemente a la funcionaria el casual encuentro en el pajar de Häme sucedido dos días antes, sin esconderle sus intenciones, así como las de su amigo, de suicidarse en aquel momento. Luego le explicó la idea que habían tenido sobre la constitución de un grupo terapéutico al que serían llamados todos aquellos finlandeses que se encontrasen en sus mismas circunstancias. Por eso necesitaban saber dónde se podían conseguir las direcciones, o los números de teléfono, de los aspirantes a suicida.

La terapeuta del Teléfono de la Esperanza se mostró suspicaz. Opinaba que no era el momento indicado para ponerse a hacer debates en grupo sobre el suicidio. Bastante trabajo tenía ya ella con cada caso individual. Esa noche ya habían llamado seis para darle la misma murga. Si los señores estaban interesados en el tema, podían llamar a cualquier hospital para pacientes mentales donde tal vez les supiesen orientar mejor.

–El Teléfono de la Esperanza no proporciona listas con los datos de los suicidas que llaman; es indispensable que nuestra actividad sea absolutamente confidencial.

–Pues sí que nos ha ayudado la tía –gruñó el coronel, y acto seguido llamó al hospital para enfermos mentales de Nikkilä. Expuso su caso, pero el personal se mostró iguamente cerril. El médico de guardia reconoció que la institución también se ocupaba de pacientes con tendencias autodestructivas, pero se negó a revelar sus nombres. Además, los enfermos se encontraban ya bajo tratamiento, recibían su medicación y tanta terapia como fuese necesario... en opinión de muchos de ellos hasta demasiada. El hospital de Nikkilä no estaba necesitado de la ayuda de legos en lo que se refería a los problemas de salud mental. El médico no confiaba demasiado en la capacidad de un coronel al servicio de las fuerzas armadas para evitar los suicidios. En su opinión, la formación militar, así como las maniobras, apuntaban más bien en otra dirección.

Kemppainen se irritó e informó al médico de guardia de que, en su opinión, estaba igual de chalado que sus pacientes y le colgó de golpe.

—Vamos a tener que poner un anuncio en el periódico —fue la respuesta de Onni.

4

Rellonen y el coronel redactaron un anuncio con objeto de publicarlo en un diario nacional. En resumen, decía así:

¿ESTÁS PENSANDO EN SUICIDARTE?
No te precipites: no estás solo.
Somos muchos los que pensamos igual que tú, e incluso lo hemos intentado. Escríbenos exponiendo brevemente tu situación, tal vez podamos ayudarte.
Incluye en la carta tu nombre y dirección y nos pondremos en contacto contigo. Los datos serán confidenciales y no serán facilitados a personas ajenas bajo ningún concepto. Abstenerse aventureros y cachondos. Enviar respuestas a la Lista de Correos de la Oficina Central de Helsinki, con la indicación «Intentémoslo juntos».

El coronel dijo que la alusión a los aventureros no era necesaria, pero a Rellonen le pareció indispensable incluirla. En su juventud había tenido malas experiencias a raíz de algunos anuncios que había puesto en la sección de con-

34

tactos, a los que habían contestado muchas mujeres de espíritu aventurero, aunque él entonces sólo andaba en busca de amistad sincera y equilibrada.

Al coronel le parecía que no había por qué poner aquel mensaje en la sección de contactos del periódico. Los anuncios que allí aparecían le parecían auténticas chorradas, un vertedero para gente hambrienta de erotismo y sensiblería. Suicidarse era una cosa seria. Sugirió que publicasen el anuncio en la sección de necrológicas. Consideraba que los que pensaban en su propia muerte debían de leer por gusto las esquelas, y por tanto era más probable que el mensaje alcanzara su objetivo. Rellonen prometió hacer llegar el anuncio a la oficina del periódico.

El coronel se quedó en el chalé mientras él iba a Helsinki en su coche para ocuparse de la gestión. Acordaron que aprovecharía el viaje para cargar más víveres y demás cosas necesarias. Kemppainen dijo que entretanto notificaría al estado mayor su intención de tomarse unas vacaciones de verano. ¿Le parecía bien si pasaba al menos el principio de éstas en su chalé? Su apartamento de Jyväskylä estaba vacío, así que no tenía nada que hacer en él.

–¡Por supuesto! Pasaremos juntos todo el verano si es necesario, aquí, en el lago Humalajärvi.

Cuando llevó el anuncio a la redacción del periódico, Rellonen se encontró con que tenía que abonarlo al contado. El empleado leyó el texto y llegó a la conclusión de que no podía dejarlo pendiente de cobro, porque, en su opinión, era bastante dudoso que más tarde nadie se hiciese responsable. Era de suponer que la deuda recaería en los herederos y nada garantizaba que estuvieran dispuestos a pagarla.

Rellonen fue a casa a buscar sábanas. Su mujer le preguntó cómo habían ido las fiestas. Él le dijo que la víspera y la mañana de San Juan habían sido deprimentes, pero que luego se había tropezado por casualidad en un viejo pajar con un tipo de Jyväskylä, un hombre como Dios manda. Incluso le había pedido a su nuevo amigo que se quedase en el chalé.

—Pues no contéis conmigo para limpiar —informó su mujer.

—Es un tal Kemppainen.

—Mmm, no tengo por qué conocer a todos los Kemppainen de Finlandia.

Rellonen le preguntó si los oficiales del juzgado habían merodeado por allí en su ausencia. Su esposa le contó que uno había llamado por teléfono dos o tres días antes de San Juan. El oficial había amenazado con poner bajo orden de embargo su chalé de Humalajärvi hasta que concluyesen las pesquisas sobre la quiebra de la primavera anterior.

La visita deprimió al director gerente, así que volvió de buena gana a su casa junto al lago. Por el camino empezó a sentir miedo: ¿y si mientras tanto el coronel Kemppainen se hubiese colgado? ¿Qué sería de él entonces? Seguro que no le quedaría otro remedio que pegarse un tiro en la cabeza, sin más historias.

Mientras caminaba por el crujiente sendero de grava hacia la playa, Rellonen percibió los olores exuberantes del verano, oyó el incesante trinar de los pájaros y cuando llegó al jardín de la casa vio al coronel Kemppainen, que salía de la leñera con una brazada de leña para la sauna. Al verlo, el director gerente exclamó aliviado:

—¡Hola, Hermanni! ¿Vivitos y coleando?

—Pues ya ves..., me he entretenido en pintarte la fachada para matar el tiempo..., es que me dio la impresión de que te habías quedado a medias.

Rellonen admitió que aquel verano no había estado para pinturas. El coronel lo comprendió.

Los dos hombres se dedicaron durante una semana a la vida bucólica, en espera de que el anuncio del periódico diese su cosecha. Llevaban una existencia tranquila y agradable. Disfrutaban del verano, conversaban sobre problemas existenciales y observaban la naturaleza. A veces tomaban un poco de vino, se sentaban en el embarcadero con sus cañas de pescar y se quedaban contemplando el lago Humalajärvi. Al coronel Kemppainen le extrañaba la derrochadora manera de consumir alcohol de Rellonen: una vez bebidos dos tercios de la botella, le volvía a poner el corcho celosamente y, si daba la casualidad de que el viento soplaba desde la orilla, tiraba la botella al lago. Ésta flotaba de costado hasta alcanzar, antes o después, la orilla opuesta. Se trataba de un viaje de varios kilómetros y ni siquiera el remitente del alcohólico mensaje podía saber con seguridad adónde arribaría.

—Casi todos los dueños de las casas de por aquí hacen lo mismo. Se ha convertido en una costumbre, dejar un tercio del contenido de la botella y luego ponerla en circulación —le explicó el director.

El coronel seguía sin entender el porqué de semejante derroche. ¿A qué venía tirar botellas al agua, con lo caro que estaba el alcohol en Finlandia?

Rellonen dijo que se trataba de una vieja forma de comunicación que a todos les gustaba. Alguien había empezado, tal vez de forma accidental, unos años antes. La primera botella con su carga etílica llegó flotando hasta su embarcadero siete años atrás: coñac Charante de excelente calidad. Había aparecido oportunamente una mañana de agosto para ayudarle a aliviar las molestias de una resaca. En cuanto abrieron las licorerías Onni saldó su deuda con el lago. De vez en cuando –cada vez más a menudo en los últimos años– llegaban botellas a su orilla. La costumbre se había extendido poco a poco a todo el lago, pero era algo de lo que no se hablaba. Era el secreto mudo de los veraneantes del lugar.

–El verano pasado repesqué tres botellas de jerez y, todavía un poco antes de que el lago se congelase, una de vodka y otra de aguardiente de cebada. Estaban tan llenas que apenas si podían mantenerse a flote. Es la clase de cosas que a uno le calientan el corazón. Te pones a pensar que, en algún lugar, en otra orilla, existe un alma gemela, un amigo generoso con el coñac, o tal vez un borrachín aficionado al vodka, que se acuerda de sus desconocidos prójimos del otro lado de las aguas.

Estando en la sauna una tarde, el coronel se quedó contemplando el cuerpo lleno de cicatrices de su amigo y le confesó que hacía ya tiempo que aquello le intrigaba. ¿Se trataba de heridas de guerra? ¿De dónde procedían aquellas marcas como de zarpazos?

Rellonen contestó que era demasiado joven para haber ido a la guerra, porque sólo tenía un año cuando estalló. Pero menuda guerra era también la vida en Finlandia en tiempos de paz..., tres veces había ido a la quiebra. De ahí venía lo de las cicatrices.

–A ti te puedo confesar que me deprimía tanto tras cada quiebra, que decidía suicidarme. El intento del día de San Juan no fue el primero. Y tal vez no sea el último, quién sabe...

Antes ya lo había intentado tres veces. En los años sesenta, cuando se arruinó por primera vez, decidió dinamitarse por los aires. En aquella época tenía una empresa de excavaciones. La última contrata había sido en Lohja. No andaba precisamente falto de explosivos, pero sí de destre-

38

za en su manejo. Rellonen se encerró en su caseta de la obra llevando consigo un montón de cartuchos de dinamita, a los cuales había conectado sendos detonadores y mechas. Se había metido los cartuchos en los pantalones.

De esta guisa, el suicida se acomodó en su silla de la oficina y prendió ambas mechas. De paso, se encendió también su último cigarrillo.

La explosión no salió del todo bien. Al arder, las mechas le hicieron grandes y humeantes agujeros en los calzoncillos y, acto seguido, sufrió quemaduras en las piernas. Incapaz de soportar el calor de las mechas al rojo vivo, salió aullando despavorido de la caseta. La carga de dinamita se le había ido escurriendo hacia abajo por la pernera del pantalón, soltándose de los detonadores, uno de los cuales había estallado, hiriéndole de mala manera el trasero y los costados. Quedó con vida, pero las heridas fueron considerables. El otro detonador explotó con su correspondiente carga en la caseta, y la hizo volar a más de setenta metros del lugar, en mil pedazos.

Tras la siguiente bancarrota, en el año 1974, Rellonen intentó matarse con una escopeta de caza fijándola al tronco de un árbol en la finca de su suegro, en el lago Sonkajärvi. Se trataba de una trampa que debía dispararse al paso de la pieza, o sea, él. Pero como estaba completamente borracho en el momento de los preparativos, el disparo casi falló.

Se dio la vuelta sobre las tablas de la sauna para enseñarle al coronel la espalda llena de cicatrices, huellas del fatal disparo. Uno de los perdigones le llegó hasta la pleura, pero desgraciadamente salió ileso de su propia trampa.

La penúltima vez decidió abrirse las venas. Sin embargo, sólo consiguió cortarse las del brazo izquierdo, justo antes de desmayarse al ver su propia sangre. También esa vez le había quedado de recuerdo una cicatriz bastante grande.

A causa de aquellos fracasos, decidió hacerse con un revólver, pensando que por fin podría quitarse la vida. Pero, como ya sabía el coronel, también aquel proyecto había quedado a medio camino.

Kemppainen contemplaba las cicatrices. Le parecía que su amigo había demostrado una extraordinaria fuerza de voluntad en sus tentativas de quitarse la vida. Él nunca había intentado suicidarse, pero su camarada era todo un veterano, digno de respeto por sus muchos años de experiencia en el ramo.

5

A finales de la primera semana de julio, el director gerente Rellonen se pasó por la oficina central de correos de Helsinki para recoger las posibles respuestas al anuncio publicado en el periódico una semana antes. Se quedó atónito: el éxito había sido colosal y le esperaba una brazada entera de cartas. No cabían en el maletín y tuvo que echar mano de dos bolsas de plástico, que también acabaron repletas de correspondencia.

Cargó el enorme botín en su coche y condujo a toda prisa hasta su chalé de Häme. Estaba horrorizado por la enorme cantidad de respuestas. ¿Y si el coronel Kemppainen y él habían puesto en marcha una avalancha que escapaba a su control? El montón de cartas que llevaba en el maletero de su coche era como una descomunal carga explosiva, un peso horrendo con el cual no se podía bromear. Empezó a temer que se hubiesen metido en un avispero del que no saldrían solamente con unas pocas picaduras.

Ya en la casa, extendieron las cartas por el suelo de la sala de estar. Primero las contaron. Había un total de 612 envíos, de los cuales 514 eran cartas, 96 eran postales, más dos pequeños paquetes.

En primer lugar abrieron los paquetes. Uno no tenía remitente y contenía un grueso mechón de cabellos largos –de mujer, al parecer– recogidos en una coleta. El matasellos era de Oulu. El mensaje capilar era difícil de comprender, pero sin embargo les llenó de espanto. En el otro paquete había un manuscrito de unos 500 folios, cuyo título era *Un siglo de suicidios en Hailuoto*. El autor era un maestro de la escuela primaria de Pulkkila llamado Osmo Saarniaho, que se lamentaba en una carta adjunta de la despreciativa acogida de su trabajo por parte de las editoriales: ninguna se había mostrado interesada en publicarlo. Por eso precisamente se dirigía a la dirección de la lista de correos, ya que tal vez trabajando en colaboración se podría poner tan importante manuscrito en condiciones de ser publicado, haciéndolo imprimir –corriendo ellos con los gastos, claro– y distribuyéndolo por todo el país. Calculaba que su libro produciría unos beneficios brutos de 100.000 marcos. Si no conseguía que se publicara su obra, se mataría.

–Esto hay que devolverlo, no podemos meternos a hacer de editores, ni bajo amenazas de muerte, vamos... –concluyó el coronel.

Clasificaron las cartas por provincias, según el matasellos. Se percataron de que la mayoría de los mensajes procedía de Uusimaa, Turku, Pori y Häme. También Savo y Carelia estaban bien representadas, pero de las provincias de Oulu y Laponia sólo había un puñado. Para Rellonen esto era la prueba de que el periódico capitalino no se distribuía por allí con tanta eficacia como por los otros frentes. Tampoco es que hubiera una participación muy abundante de Ostrobotnia, lo cual tal vez indicara que allí no se cometían tantos suicidios como en el resto del país. Una vez más, se confirmaba el carácter excepcional de la gente de aquella región, ya que en el medio rural la autodestrucción, en cualquiera de sus formas, era interpretada como una traición a la comunidad y criticada con suma dureza.

Leyeron unas cuantas postales y abrieron alguna carta. Los mensajes rezumaban desesperación. Aquellos seres, vivos pero poseídos por el afán de destruirse, escribían con una caligrafía irregular, sin prestar atención alguna a los detalles gramaticales, como llevados por una fuerza maníaca, y todos sin excepción dirigían un grito de socorro al destinatario: ¿era cierto que no estaban solos en aquellos momentos de angustia? ¿Era eso cierto? ¿Podía alguien, aunque fuese un desconocido, ayudarles?

El mundo de los que así escribían se había derrumbado. Estaban anímicamente rotos y la angustia de algunos de ellos era tan atroz, que hasta los ojos del curtido coronel se humedecieron. Se habían aferrado al mensaje de salvación como un náufrago lo haría a una tabla, si alguien se la ofreciese.

Era inútil ponerse a contestar personalmente a cada una de las cartas. Ya sólo el hecho de abrirlas y leerlas les parecía un esfuerzo sobrehumano.

Tras hojear unas cincuenta, estaban tan cansados que ya no daban más de sí, así que se fueron a nadar.

—Si ahora nos tirásemos al lago para ahogarnos, dejaríamos a más de seiscientas personas a su suerte. Podrían matarse. Moralmente seríamos responsables de sus muertes —filosofaba el director al borde del embarcadero.

—Bueno, sí... ahora no sirve de mucho suicidarse, justo cuando nos hemos echado sobre las espaldas a un batallón de pobres diablos —admitió el coronel.

—Un auténtico batallón de suicidas —añadió Rellonen.

Por la mañana fueron en coche a la papelería más cercana, que estaba en Sysmä, y compraron material de oficina: seis carpetas, una perforadora, una grapadora, un abrecartas, una pequeña máquina de escribir eléctrica, así como 612 sobres y dos resmas de papel. Compraron también 612 sellos en la oficina de correos. De paso, le enviaron de vuelta al profesor Saarniaho su opúsculo *Un siglo de suicidios en Hailuoto*, adjuntando una carta en la cual le animaban a abandonar su idea de matarse y a presentar su manuscrito ante la Asociación para la Salud Mental de Finlandia u otra institución semejante, donde tal vez apreciasen mejor el valor científico de su obra.

Rellonen fue al supermercado mientras el coronel se abastecía en la licorería, y luego volvieron al lago Humalajärvi.

Ya no había tiempo de ir a la sauna ni de andar pescando. El director gerente echó mano del abrecartas mientras Kemppainen hacía de escribano. Tomó nota de todos los datos personales de los remitentes, nombres y direcciones, y le adjudicó un número de registro a cada uno. Esta tarea les llevó dos días. Cuando terminaron, los dos hombres se dieron cuenta de que no les quedaba otro remedio que estudiar más a fondo la avalancha de correspondencia. Poner orden estaba bien pero sólo era el principio.

Los dos amigos se daban cuenta de que las cartas exigían un tratamiento urgente. Urgentísimo. En sus manos tenían las vidas de más de seiscientos finlandeses. Era necesario reaccionar con rapidez, pero al ser sólo dos aquello les llevaría demasiado tiempo.

—Necesitamos una secretaria —suspiró Rellonen bien entrada la noche, cuando ya tenían todas las cartas abiertas y catalogadas.

—Pues a ver de dónde vamos a sacar una secretaria en pleno verano... —dijo preocupado el coronel.

A Onni Rellonen se le ocurrió que tal vez entre aquel

grupo de suicidas en potencia encontrasen a alguien de la profesión. O al menos a personas capaces de ayudarles a deshacer aquel embrollo. Así que, con esa idea en mente, se pusieron a investigar entre los remitentes. Lo mejor sería buscar ayuda por los alrededores; examinaron, pues, el fajo de cartas procedente de la región de Häme. Rellonen se leyó quince y el coronel revisó otras veinte.

Algunos granjeros de Hauho, Sysmä y alrededores se habían puesto en contacto con ellos, pero ambos convinieron en que la agricultura no predisponía para el trabajo de oficina. Pronto dieron con algo mejor: tres maestros de escuela, una solterona de los alrededores de Forssa y, finalmente, ¡bingo!, una secretaria profesional de Humppila llamada Kukka-Maaria Ovaskainen, jubilada del departamento de exportación de la empresa Kemira, y una jefa de estudios de un instituto de educación de adultos de Toijala llamada Helena Puusaari, de treinta y cinco años, la cual se dedicaba asimismo a dar clases de correspondencia comercial. Ambas mujeres se sentían decepcionadas con su vida y pensaban seriamente en suicidarse. Además, habían proporcionado sus direcciones y números de teléfono con toda confianza, para que se dispusiese de ellos con total libertad.

Era ya tarde, pero dado lo urgente del asunto decidieron ponerse en contacto con aquellas competentes mujeres. Primero llamaron a Humppila, pero nadie contestó al teléfono.

–Mira que si se ha matado ya... –se dijo Rellonen en voz alta.

Tampoco Helena Puusaari, la jefa de estudios de Toijala, se encontraba en ese momento en casa, pero la grabación de su contestador automático les rogó que dejasen un mensaje después de la señal. El coronel se presentó, habló brevemente del asunto en cuestión y se excusó por haber tenido que llamar a horas tan intempestivas, ya que era cerca de medianoche. Luego añadió que iría con un amigo a visitarla para hablarle de un asunto de gran importancia.

Kemppainen y Rellonen decidieron partir inmediatamente hacia Toijala. Se habían tomado alguna que otra copichuela aquella noche y les parecía arriesgado ponerse a conducir bajo los efectos del alcohol, pero al final pensaron que aquello no podría acarrearles ninguna consecuencia peor que la propia muerte. Así que ¡en marcha! El coronel se puso al volante y el director leyó de nuevo en voz alta la carta enviada por la jefa de estudios Helena Puusaari.

«He llegado al punto culminante de mi vida. Mi salud mental está en peligro. La mía fue una infancia segura, siempre he sido de natural alegre y he mirado hacia delante en la vida, pero estos últimos años en Toijala han hecho que todo cambiase. Mi autoestima está por los suelos. Por esta pequeña ciudad se extienden rumores de todo tipo sobre mi persona. Hace ya diez años que me divorcié y eso no es inhabitual, ni siquiera aquí. Pero tras esa experiencia no he querido –o no he podido– volver a comprometerme en una relación personal, al menos de forma duradera. Tal vez sea debido a mi natural paranoico, pero en cualquier caso ya hace años que tengo la impresión de ser perseguida sin cesar y de que alguien me vigila y toma nota de todos mis actos. Me siento prisionera de esta comunidad. Mi labor educativa, que antes me parecía tan interesante, ha comenzado a desagradarme. Me he aislado totalmente. No puedo hablar con nadie, sospecho de todo el mundo, y creo que no sin motivo. Se me tiene por una persona especialmente sensual y tal vez esto sea de alguna manera cierto. Tengo un carácter abierto y no desdeño la amistad de nadie. Pero una y otra vez me he visto obligada a reconocer que no hay una sola persona en el mundo, al menos no en Toijala, que se muestre honesta hacia mí en justa correspondencia. Sinceramente, no puedo más. Quisiera sólo dormir y no despertar nunca. Desearía que esta carta de desahogo fuese considerada como algo sumamente confidencial, ya que, de hacerse pública, mi situación empeoraría notablemente. No veo otra posibilidad que la de acabar con mis días.»

Avanzaban en silencio por los caminos de Häme a través de la noche. Al cabo de un rato Rellonen observó que sería de buena educación que se disculparan por presentarse a una hora tan intempestiva, llevándole algún regalo, o como mínimo unas flores, a la jefa de estudios Puusaari. El coronel opinaba lo mismo, pero se temía que a esas horas sería difícil conseguir un ramo, pues las floristerías ya estaban cerradas. El director gerente se quedó un instante pensativo y entonces se le ocurrió que él mismo podría recoger unas cuantas junto al arcén de la carretera, ya que era el momento más florido del verano. Le pidió al coronel que parase el coche junto a algún camino que condujese al bosque. De paso, también aliviaría su vejiga.

Rellonen se perdió en la penumbra del bosque. El coronel se quedó esperándole junto al coche, fumando un cigarrillo. Empezaba a jorobarle la ocurrencia del ramito. Llamó susurrando a su amigo para que volviese al coche y del bosque le llegó la respuesta de éste, que con voz aguardentosa le dijo que ya había encontrado las flores o, al menos, unas ramas verdes.

A juzgar por el ruido, el director gerente se desplazaba en paralelo a la carretera. El coronel subió al coche y avanzó poco a poco. A medio kilómetro, más o menos, hasta que lo vio de pie, en medio de la vereda. Llevaba en una mano un ramo de laureles de San Antonio con raíces y todo, y en la otra una improvisada jaula hecha de red metálica. El coronel paró el coche junto a él y vio que en la jaula había un bicho que bufaba furioso. Un perro mapache.

Rellonen estaba entusiasmadísimo y le contó que había hecho un largo camino por el bosque cogiendo flores, cuando de repente, se tropezó con una trampa. Se sobresaltó una barbaridad cuando el bicho atrapado en ella se puso a hacer ruido. Y ahí lo tenía: un perro mapache vivito y coleando. Se lo podían llevar de regalo a la jefa de estudios Puusaari, si le parecía bien al coronel...

En opinión de Kemppainen, una bestia salvaje no era precisamente un regalo muy delicado para una desconocida, y con intenciones suicidas, para colmo, así que le pidió que devolviese el bicho al lugar donde lo había encontrado.

Decepcionado, Rellonen se perdió de nuevo en el bosque. Pronto volvió para informar de que no conseguía encontrar el lugar del hallazgo. El coronel le rogó que dejase la jaula en algún otro lugar del bosque que le pareciese conveniente, pero su compañero se negó a ello. No podían estar seguros de que el cazador que había puesto la trampa la encontrase en su nuevo emplazamiento. El animal se consumiría solo en la jaula y moriría de hambre y sed.

Kemppainen tuvo que admitir que no se podía ir por ahí dejando perros mapaches a la buena de Dios. Su amigo se negó también a liberarlo, por si tenía la rabia y, en cualquier caso, porque representaba una amenaza para los nidos de los pájaros y la caza menor. Metió la jaula en el maletero del coche y fue a sentarse junto al coronel con su ramo de flores.

Entre tanta borrachera y complicación, Kemppainen estaba de bastante mala leche, así que continuaron en silencio lo que quedaba de viaje.

A las tres de la madrugada, el director Rellonen y el

coronel Kemppainen estaban ya en el centro de Toijala, tocando el timbre del apartamento de la jefa de estudios Puusaari, situado en el segundo piso de un edificio de piedra de cuatro plantas. Rellonen llevaba consigo el perro mapache y las flores medio marchitas. La mujer les abrió y les rogó que entrasen.

Helena Puusaari era muy alta, pelirroja y llevaba gafas. Su rostro era de rasgos decididos, pero parecía cansada. Tenía unos andares generosos y sin embargo femeninos, a su manera. Llevaba puesto un traje negro y zapatos de tacón. Su apariencia era tan perturbadora, que resultaba terrible pensar que una mujer tan hermosa, en una ciudad pequeña como aquélla, se viese abocada al suicidio.

La jefa de estudios les pidió que dejasen la jaula del animal en el recibidor. Había preparado café y un par de bocadillos para sus visitantes y además les sirvió una copa de licor. Conversaron sobre el tema de la noche. La señora Puusaari había temido lo peor, es decir, que tras el anuncio del periódico tal vez se ocultase una pandilla de estafadores, pero en su desesperación había decidido asumir el riesgo. Y ahora que se había encontrado con los responsables —el director Rellonen y el coronel Kemppainen—, sentía que algún designio misterioso los había unido, a ellos y a sus problemas. No le extrañó mucho lo del perro mapache. Opinaba también que no se podía dejar al animal en el bosque para que se muriese.

—Yo sí que conozco a las personas, tengo experiencia. Ustedes son buena gente, de eso estoy convencida —aseguró mientras ponía en agua las flores que le habían traído.

El coronel Kemppainen explicó que habían recibido más de seiscientas cartas en respuesta a su anuncio. Tramitarlas era un trabajo que sobrepasaba las fuerzas de dos hombres, sobre todo si se tenía en cuenta que ninguno de los dos tenía experiencia en esas lides. Rellonen era el propietario de una lavandería en quiebra, y él, un coronel destituido. Le propuso a la señora Puusaari que les ayudase en la redacción de las respuestas y su envío posterior.

La jefa de estudios aceptó de inmediato. Vaciaron las copas de licor, cogieron al perro mapache y se dirigieron al coche. En el camino de regreso a la casa del lago Humala, atravesaron la aldea de Lammi. Era de madrugada y una bruma sutil flotaba sobre los campos. Rellonen se había dormido. Cuando el coche dejó atrás la iglesia, la jefa de estudios le rogó al coronel que parase. Quería bajarse un momento.

Tras salir del vehículo, Helena Puusaari se encaminó hacia el cementerio de Lammi, que se encontraba detrás de la iglesia. Vagabundeó por los brumosos paseos del camposanto, se paró un buen rato junto a algunas de las viejas lápidas y contempló el cielo. Al cabo de un rato volvió al coche.

–Soy aficionada a los cementerios –le explicó al coronel–. Me relajan y me reconfortan.

Llegaron de madrugada al chalé. Rellonen se despertó y abrió el maletero del coche para sacar al perro mapache. Pero tanto el bicho como su jaula habían desaparecido. Se alarmó, creyendo que se lo había dejado olvidado en Toijala, pero el coronel lo tranquilizó, explicándole que había dejado al animal en las escaleras de la iglesia de Lammi. Seguramente alguien lo encontraría allí por la mañana y el personal contratado de la parroquia decidiría sobre su destino. La vida de la bestia estaba en las manos del Señor, sobre todo si el primero en encontrárselo era el párroco.

Cuando la jefa de estudios Puusaari vio la enorme cantidad de correo, soltó:

50

—Hijos de mi alma… a esto hay que darle un buen empujón. Habrá que levantarse tempranito y ponerse a ello.

La alojaron en la alcoba del desván y cuando por fin se fue a dormir, los hombres se miraron el uno al otro y dijeron:

—He aquí a una mujer de carácter.

6

A la mañana siguiente pusieron manos a la obra. El coronel Kemppainen, el director Rellonen y la jefa de estudios Puusaari decidieron familiarizarse con el contenido de las cartas leyéndolas en voz alta. Uno de ellos leería diez de un tirón, mientras los otros tomaban notas. Luego cambiarían el lector y leería otras diez, hasta que le llegara el turno al tercero. De ese modo el trabajo avanzaría con ligereza y no se sentirían agotados.

Cada carta les llevaba cinco minutos. La lectura en sí era cuestión de un minuto o dos. Según lo leído conversaban con mayor o menor profundidad sobre cada caso. En una hora tuvieron tiempo de revisar una docena de cartas. Trabajaban por períodos de dos horas y de vez en cuando se tomaban una pausa de media hora. La lectura de las cartas y su análisis era un trabajo tan pesado que no podía hacerse a un ritmo más rápido.

Tras cada misiva se ocultaba una persona desesperada, y el sufrimiento no era poco. Los lectores tenían experiencia más que suficiente de ello.

Las mujeres parecían más dispuestas que los hombres a buscar ayuda para aliviar su desesperación, aunque se tratase de responder a un anuncio en el periódico. Calcularon que de los remitentes de las cartas, el sesenta y cinco por ciento eran mujeres y el resto hombres. Del sexo de algunos no estaban seguros, entre otros el de un –o una– tal Oma Laurila, que podía ser hombre o mujer. Un tal Raimo Taavitsainen se presentaba como «ama de casa» a pesar de tener nombre de varón. Pero también tenía otros problemas. Y quién no.

Una cantidad considerable, si no todos, padecía de problemas emocionales en diferentes grados. Parte de ellos daban la impresión de estar simple y llanamente locos. Muchos vivían bajo los efectos de la psicosis y en algunos se apreciaban rasgos paranoicos, como por ejemplo una mujer de la limpieza de Lauritsala, que sostenía estar al borde del suicidio a causa del acoso al que el presidente Koivisto la tenía sometida. Dicha persecución se manifestaba de manera muy extraña: Koivisto le hacía llegar productos de limpieza venenosos por caminos complicadísimos, y sólo gracias a su extrema prudencia, la víctima había conseguido evitar los envenenamientos. En los últimos meses el atrevimiento del presidente había ido a mayores, llegando incluso a no dejar en paz a la mujer ni de noche, ni de día. Los jefes de gabinete de Koivisto y sus escoltas había viajado en secreto a Lauritsala para perjudicar a la pobre víctima de diversas maneras. Finalmente, ésta había llegado a la patriótica conclusión de que la única forma de salvar a la nación era suicidándose, ya que entonces Koivisto se vería obligado a soltar su presa. La mujer creía que gracias a su sacrificio, la Unión Soviética no podría aprovechar la situación para desatar contra Finlandia una guerra nuclear, que, tal como estaban las cosas en aquel momento, podía estallar cualquier día.

Los autores de las cartas se lamentaban de sus múltiples neurosis. Los había aquejados de claros trastornos de personalidad, al igual que de enfermedades mentales que brotaban a raíz de dificultades en su vida amorosa o familiar. Entre los remitentes había algunos presidiarios desconsolados y también internos de clínicas mentales. Las dificultades en la vida laboral eran un hecho generalizado. Los estudios no avanzaban. La deprimente vejez había llegado demasiado pronto. Uno de ellos decía haber cometido el crimen perfecto antes de la guerra y no haber sido capaz de olvidarlo. Algunos se hallaban inmersos en el abismo de la religión y querían acelerar su entrada en el reino de los cielos y el encuentro con el Todopoderoso mediante el suicidio.

Muchos eran los sexualmente perturbados, homosexuales, travestidos, masoquistas, pichasbravas angustiados y ninfómanas incurables.

Había también numerosos alcohólicos crónicos, farmacodependientes y drogadictos. Un hombre que vivía en Helsinki, en la zona de Erottaja, y que trabajaba para una compañía que importaba componentes digitales, contaba que había llegado a la conclusión de que la única manera efectiva de controlar su vida era el suicidio. Otro decía que era tal su curiosidad y su interés por las cuestiones místicas, que no podía esperar hasta su muerte natural, así que iba a suicidarse para ver lo que el más allá tenía que ofrecerle.

Casi todos los remitentes tenían en común un profundo sentimiento de soledad y abandono, algo que también resultaba familiar al trío de lectores.

En los descansos iban a menudo al embarcadero para relajar los nervios y tomar un poco el sol. Rellonen preparaba los bocadillos y el coronel se ocupaba del café. En el lago Humalajärvi gritaba un colimbo ártico –un pájaro

54

raro en el sur de Finlandia–, cuya voz sonaba como el lamento final de un suicida.

Una tarde, durante uno de los descansos, Helena Puusaari se fijó en que había una botella varada en la orilla. Montó un buen escándalo diciendo lo mucho que odiaba a los borrachos que iban por ahí tirando botellas y ensuciando con sus guarrerías la purísima naturaleza finlandesa. Y no era que ella no bebiese a veces, pero nunca se le ocurriría ir por ahí dejando botellas tiradas de aquella manera.

El coronel fue a la playa a por la botella y se la mostró a la jefa de estudios. Se trataba de un whisky de malta de gran calidad, un Cardhu de doce años. Quedaba un resto que bien daba aún para unos cinco tragos y se los tomaron. Animados por la bebida, los dos hombres le revelaron el secreto del lago. Tal vez el nombre evocador que llevaba desde tiempos inmemoriales fuese la causa de que los habitantes de sus orillas hubiesen desarrollado costumbres tan peculiares.

Les llevó dos días estudiar la avalancha de cartas de los suicidas. Cada misiva, cada postal, fueron leídas, de todas se discutió y de la mayoría de ellas se tomaron notas.

El material produjo una fuerte conmoción en sus lectores: la jefa de estudios Puusaari, el director Rellonen y el coronel Kemppainen estaban convencidos de ser en aquel momento los responsables de la vida de seiscientas personas. Y tal vez parte de los autores de las cartas hubiesen acabado ya con su existencia, porque desde la publicación del anuncio habían pasado ya diez días. Y en ese lapso un ser deprimido tiene tiempo para eso y para más.

La jefa de estudios hizo una llamada al Instituto de Educación de Adultos de Hämeenlinna para solicitar ayuda administrativa: había que fotocopiar seiscientas cartas y escribir el mismo número de direcciones en sus sobres. ¿Podía el instituto prestarle una máquina con tal propósito? Les dieron el permiso. Sólo les quedaba escribir la circular para, acto seguido, fotocopiarla y enviársela a los suicidas a diferentes puntos de Finlandia.

Helena Puusaari estaba más acostumbrada a escribir cartas que Rellonen y Kemppainen. Redactó un consolador escrito de una página, en el cual se rogaba a los suicidas en potencia que aplazasen su decisión, al menos momentáneamente. En la carta se decía que había miles de finlandeses dándole vueltas a la misma idea y que más de seiscientas personas habían contestado al anuncio del periódico. No había que tomar decisiones precipitadas tratándose de un asunto de tan vital importancia.

El coronel añadió a la carta un párrafo en el que se explicaba que un suicidio llevado a cabo de forma colectiva podría resultar en cierto modo más profesional que uno individual y chapucero, resaltando que en este campo de la vida, al igual que en todos los demás, el contingente era de vital importancia. Según el director gerente, una acción colectiva podía traerles ciertas ventajas económicas. Quiso que se mencionasen en la carta las excursiones que se podían organizar antes de pasar a mejor vida y la posibilidad de obtener descuentos de grupo en los gastos que se les ocasionasen a los herederos de los suicidas. Dieron forma a la carta durante varias horas, hasta estar de acuerdo en que era digna de ser fotocopiada y enviada.

–Me parece que, ya puestos, deberíamos organizar un simposio para reflexionar sobre la situación de los suicidas potenciales –dijo la jefa de estudios Puusaari–. No podemos dejar a esta pobre gente a merced de una simple carta de consuelo.

El coronel se daba cuenta de que, a causa de su profesión, la jefa de estudios estaba acostumbrada a organizar seminarios o reuniones de negociación por cualquier cuestión, por muy insignificante que fuese. Ese mismo espíritu se había introducido también en el ámbito de las fuerzas armadas. En la actualidad se creaban en el ejército comités de todo tipo y se organizaban reuniones, cuyo propósito principal era que los oficiales tuvieran una buena excusa para empinar el codo en algún lugar remoto, lejos de las miradas de sus esposas. Rellonen también sabía lo que significaban los seminarios y las reuniones inútiles en el mundo de los negocios: comer bien, beber aún mejor y descansar cómodamente en los hoteles, a veces durante días enteros, y todo ello a cargo de la empresa, que deducía esos gastos de los impuestos. El Estado finlandés estaba contribuyendo en la práctica a mantener el alcoholismo y el abotargamiento de los cuadros medios y superiores de las empresas. El botín de aquellas reuniones acababa tirado en los lugares de trabajo en forma de portafolios repletos de fotocopias que nadie había abierto, ni pensaba molestarse en leer. Se derrochaba el dinero, pasaban los días y las colaboradoras mal pagadas que trabajaban para las empresas se veían obligadas a hacer horas extras hasta reventar para evitar la quiebra.

El coronel comentó en tono de broma que si alguien sabía de bancarrotas era Rellonen, todo un experto en temas de esa índole.

La jefa de estudios se indignó. Les advirtió que no era el momento de ponerse a hacer bromas estúpidas. Se trataba de la vida de seiscientos infelices y tenían que darse prisa para ayudarlos. Era necesario reunir al menos a una parte de ellos para hablar de sus problemas y consolarse recíprocamente un poco. Había que reservar una sala de reuniones y elaborar un programa para obtener resultados prácticos.

El coronel la tranquilizó:

–No te excites, Helena, de hecho Onni y yo hemos estado hablando de eso mismo. Adjuntaremos una invitación a la circular de consuelo. ¿Creía que Helsinki sería buen lugar para sede de una gran reunión de suicidas en potencia, o habría que organizarla en algún otro lugar, ya que estaban en plena temporada estival?

Rellonen opinaba que la reunión no debía organizarse en ninguna ciudad pequeña. Pongamos por caso que tan sólo un centenar de personas se reuniera en Pieksämäki: resultaría imposible mantener en secreto la naturaleza del encuentro. Finlandia era el paraíso de los cotillas y estaba claro que, en el asunto que les ocupaba, más valía no hacer publicidad.

La jefa de estudios sugirió como lugar de reunión un restaurante de Helsinki, situado en el barrio de Töölö, llamado Los Cantores, en cuyo sótano había una espléndida sala de reuniones. Los Cantores se había hecho popular como restaurante de alquiler y allí se organizaban tradicionalmente muchos funerales, ya que estaba cerca del cementerio de Hietaniemi y de la iglesia de Temppeliaukio.

–La verdad es que, por lo de los funerales, Los Cantores nos iría que ni pintado –concluyó el coronel Kemppainen–. Redactemos la invitación para la reunión. ¿Estamos todos de acuerdo, entonces, en que la reunión del batallón suicida se celebre el sábado de la semana que viene en el restaurante Los Cantores? Si conseguimos que la circular salga mañana mismo en el correo, los interesados tendrán tiempo de organizar el viaje a Helsinki.

Rellonen temía que la fecha fuese demasiado apretada, pero los otros rechazaron su objeción haciéndole ver que cuanto más se retrasara la reunión, mayor sería el número de desesperados que acabasen con sus vidas antes de haber podido juntarse con sus compañeros de infortunio y posibles salvadores.

Trabajaron como locos. Había que reservar el local para la reunión, hacer copias de la circular y echarla al correo lo antes posible. Cada jornada perdida podía significar la muerte de varias personas. Así es como lo veían aquellos tres sacrificados seres.

7

El coronel Kemppainen reservó el local para la reunión en el restaurante Los Cantores. El maître le explicó que en el sótano había cabida para unas doscientas personas, de las cuales una parte podía estar en la sala y las cuarenta restantes en una salita anexa. Kemppainen hizo la reserva para el sábado siguiente a partir de las doce del mediodía y de paso acordó lo que se iba a servir. El maître le propuso un menú de setenta y ocho marcos por persona. Si se quería además una bebida de aperitivo, por ejemplo un vino espumoso, habría que abonar un suplemento de dieciséis marcos.

El coronel aceptó el menú aconsejado:

> Bandeja de arenques en salsas variadas
> Cocktail de marisco
> Crema de coliflor
> Salmón a la plancha
> Mousse de colmenillas
> Filete de buey marinado a las finas hierbas
> Sorbete de arándanos rojos
> Parfait de moka
> Café

Rellonen se horrorizó al enterarse del precio. ¿Acaso el coronel se había vuelto loco? Si realmente eran doscientos los suicidas en potencia que acudían al restaurante y todos se zampaban el menú encargado, la broma les iba a salir por un riñón. Tecleó en su calculadora de bolsillo: ¡18.800 marcos! Él por lo menos no podía permitirse semejante derroche. Y además, ¿valía la pena cebar a doscientas personas que, de todos modos, estaban pensando en suicidarse? En muchos de los casos aquella buena comida supondría un desperdicio, y, en su opinión, un café y un cruasán hubieran bastado para unos candidatos a la muerte. Temía que un estilo de vida tan alegre y generoso terminase por conducir al trío a la ruina, sólo era eso.

—No sé, Onni, pero tengo la impresión de que le tienes un temor enfermizo a la bancarrota —le dijo el coronel—. Yo creo que no debemos preocuparnos por la factura del restaurante. La gente tendrá dinero para pagarse su propia comida, digo yo... y si alguno no lo tiene, yo me haré cargo de la diferencia.

Rellonen dijo refunfuñando que, que él supiese, las ganancias de los oficiales no eran tan espléndidas como para poder alimentar a los chalados de todo el país. El coronel, entonces, le explicó que él no vivía únicamente de su salario. Disponía de una fortuna personal; para ser más exactos, su difunta esposa provenía de una familia adinerada y había sido una rica heredera que tras su muerte le había dejado pero que muy bien situado.

La jefa de estudios Helena Puusaari siguió adelante:

—Podría invitar como conferenciante a una compañera de mi época de estudiante, la psicóloga Arja Reuhunen, que se ocupa de los pacientes con síndrome de Down en el hospital universitario de Tampere, aunque también conoce temas más generales. Podría dar una conferencia sobre la prevención del suicidio.

Según Puusaari, la psicóloga Reuhunen era conocida a nivel nacional por sus capacidades como conferenciante y sus frecuentes artículos sobre la materia. Y aún mejor, por lo que ella recordaba, en algún momento al comienzo de sus estudios, Arja también había intentado suicidarse.

Tras estos preparativos, redactaron una breve invitación al seminario de suicidiología, que tendría lugar en Helsinki, a mediados de julio, el sábado a partir de las doce del mediodía, en el salón de banquetes del restaurante Los Cantores. Los organizadores del acto esperaban de corazón que hubiese una nutrida participación en el mismo y deseaban a todos un feliz verano. Tras pensarlo un poco, eliminaron del texto los deseos de felicidad. En su lugar escribieron: «No hagas nada de lo que puedas arrepentirte. Te esperamos.»

Rellonen sugirió terminar la carta con una expresión jocosa del estilo: «y si no, nos veremos en las calderas de Pedro Botero», pero la idea no fue bien acogida.

Pasaron la carta a limpio. Luego fueron en coche a Hämeenlinna y la fotocopiaron en el Instituto de Educación de Adultos. La tarea más pesada fue la de escribir en los sobres los seiscientos nombres con sus correspondientes direcciones. En ello se les fue el día entero, aunque consiguieron que varios estudiantes del taller de arte del instituto les ayudasen a pegar sellos y rellenar sobres. El envío salió a la mañana siguiente de la sucursal de correos de Hämeenlinna. Ya no quedaba más que esperar a la reunión del batallón suicida, así que cada uno se fue por su lado: el director Rellonen tenía cosas que hacer en Helsinki, el coronel Kemppainen se fue a su casa de Jyväskylä y la jefa de estudios Puusaari regresó a Toijala.

El sábado siguiente, el coronel condujo de Jyväskylä a Toijala y recogió a la jefa de estudios. Durante el viaje pararon para que Helena Puusaari visitase dos camposantos, el de Janakkala y el de Tuusula. Ambos obtuvieron una buena puntuación.

Rellonen ya les estaba esperando en el restaurante Los Cantores. Eran las doce menos cuarto. El trío fue a inspeccionar la sala de banquetes y constató que el personal del restaurante se había esmerado en la disposición; el lugar estaba decorado con flores y en las mesas lucían blanquísimos manteles. El maître les presentó el menú, que respondía a lo acordado. Probaron los micrófonos. Todo estaba en orden.

–Han llamado algunos periodistas... –dijo el maître.

El coronel contestó gruñendo que la reunión no era pública. Le dio al portero instrucciones de no dejar entrar a periodistas ni fotógrafos y añadió que si aun así alguno lo intentaba, lo avisaran y él se ocuparía personalmente.

El ambiente era de gran tensión. ¿Acudirían los suicidas en potencia a la importante reunión? ¿O acaso habían puesto en marcha semejante maquinaria llevados por algún tipo de delirio de grandeza? ¿Qué consecuencias traería todo aquello?

El coronel se había puesto su uniforme de gala. La señora Puusaari llevaba un traje rojo de seda salvaje. El director Rellonen había sacado del fondo de algún armario su traje de príncipe de Gales, que ya había sobrevivido a cuatro bancarrotas. Formaban un trío de aspecto festivo, pero solemne al mismo tiempo, y es que tanto la ocasión como el motivo lo merecían.

La tensión se esfumó a las doce. La entrada del restaurante se llenó de gente, hombres y mujeres. La expresión de los rostros era grave, todos hablaban en susurros. Rellonen empezó a contar a los recién llegados: cincuenta, setenta, cien... hasta que perdió la cuenta. El gentío en toda su magnitud bajó hasta la sala de banquetes, donde el coronel Kemppainen y la jefa de estudios Puusaari lo recibieron, estrechando la mano de cada uno de los invitados. Con ayuda de los camareros el maître los condujo a sus mesas, que se llenaron en quince minutos. Pronto hubo que correr las puertas de fuelle del salón para hacer sitio a otros cuarenta. Cuando aquellas mesas estuvieron asimismo ocupadas, aún quedaban otras veinte personas de pie junto a la puerta y en silencio. También ellos, pobres diablos, pensaban en suicidarse.

En medio de una amortiguada algarabía todos se fueron instalando en sus sitios. Sobre las mesas estaban dispuestos cubiertos y platos y la lista del menú, que la gente manoseaba inquieta y con aire expectante. A las doce y cuarto el coronel le dijo al portero que cerrase la puerta, porque ya no cabía más gente en el restaurante. La reunión podía dar comienzo.

Kemppainen tomó el micrófono. Se presentó a sí mismo y a sus compañeros, el director Rellonen y la jefa de estudios Puusaari. Se oyó un murmullo de aprobación procedente del público. Entonces el coronel habló sobre los antecedentes de los anfitriones y el orden del día del seminario. El objetivo era que todos pudiesen hablar con confianza sobre la vida y la muerte. Entre otras cosas, una prestigiosa psicóloga iba a darles una conferencia sobre la prevención de los suicidios, tras la cual podrían disfrutar del almuerzo preparado por el personal de cocina del restaurante. El coronel añadió que él correría con la cuenta de aquellos que, por ser el precio innegablemente caro, no se lo pudieran permitir. En algún momento se llevaría a cabo una colecta para cubrir los gastos. Tras la comida, tendría lugar una ronda de discusión: todos aquellos participantes en el seminario que así lo desearan podrían tomar brevemente la palabra para expresarse sobre el tema que les ocupaba, el suicidio. Para terminar, decidirían si era pertinente continuar organizando seminarios de este tipo –en cuyo caso haría falta elegir un comité que se ocupase de los intereses de los suicidas– o si con aquel encuentro iba a ser suficiente.

–Aunque el tema de nuestra reunión es obligadamente serio y, a su manera, deprimente, quisiera sin embargo que ello no fuera motivo para aguarnos este hermoso día de verano. Nosotros, los maltratados por la vida, también tenemos derecho a disfrutar al menos de un día de nuestra existencia y de la mutua compañía, ¿no les parece? Espero que aquí se sientan a gusto y que nuestro destino tome un rumbo nuevo y más esperanzador –concluyó el coronel. Sus bellas palabras fueron recibidas con encendidos aplausos y muestras de una aprobación sin reservas por parte de los allí presentes.

Durante el discurso, una fila de camareros había hecho su entrada en la sala llevando bandejas repletas de copas de vino espumoso, que fueron velozmente servidas en cada mesa. Todos se levantaron para hacer el brindis de bienvenida, alzando a un tiempo las copas.

–Salud y larga vida –dijo el coronel al levantar la suya. El ambiente se distendió, la gente empezó a hablar con entusiasmo en las mesas, presentándose unos a otros y eligiendo la comida.

La primera parte del seminario de suicidiología se desarrolló conforme al programa. La conferenciante, Arja Reuhunen, hizo una excelente presentación sobre el suicidio y su prevención. Producto de una investigación exhaustiva, la conferencia duró más de una hora. La psicóloga habló con objetividad y ciñéndose a la realidad de las enfermedades mentales, las presiones de la vida, las investigaciones científicas acerca del suicidio y de muchas más cosas vinculadas al tema. El discurso afectó personalmente a la mayoría de los oyentes, que en medio de un silencio total iban anotando mentalmente cada una de sus palabras.

En opinión de la conferenciante, el suicidio se fundamentaba en la ausencia de voluntad de vivir, es decir, en una situación en la cual el individuo no era capaz de encontrar en su vida nada con lo que disfrutar y conseguir experiencias nuevas o cuando menos, tolerables. La psicóloga hizo hincapié en la peculiar naturaleza del suicidio en comparación con otros problemas mentales: en Finlandia, el suicidio seguía siendo un tema del que no era apropiado hablar en público, que dejaba, además, una terrible marca, un estigma en aquellos que lo cometían, así como en sus allegados. Especialmente para estos últimos, el suicidio acarreaba una serie de sucesos que lo hacían aún más penoso, a causa de su naturaleza de tabú.

Nada más finalizar la conferencia, un hombre de mediana edad se levantó y agitando una jaula de alambre que sostenía en sus manos, pidió la palabra. Contó que tenía una larga experiencia personal en lo que se refería a la falta de ganas de vivir y también de cómo, por designio del Señor, uno podía librarse de ello.

El coronel Kemppainen interrumpió al hombre de la jaula haciéndole ver que el turno libre de intervenciones no empezaría hasta después del almuerzo. El tipo tuvo que resignarse a esperar.

El almuerzo resultó excelente, pero al finalizar algunos de los participantes se marcharon; tal vez ya habían obtenido de la reunión lo que habían ido a buscar. Sin embargo la mayor parte se quedó en su sitio. Encargaron más bebidas y la conversación discurrió de lo más animada.

Un par de periodistas y fotógrafos se habían presentado en la entrada del restaurante para ver si conseguían alguna noticia sobre la reunión. Eso quería decir que se había producido algún soplo sobre tan especial seminario. El coronel les explicó que se trataba de una reunión de carácter privado y que el tema a tratar era el de la problemática de los adultos con síndrome de Down en las comunidades rurales y las posibles soluciones en una coyuntura como la actual, en la que el resto de la sociedad intentaba a marchas forzadas la integración en la Comunidad Económica Europea. Los periodistas suspiraron desanimados y se fueron sin más preguntas.

Y por fin llegó el momento del turno libre de palabra, con lo cual el seminario tomó una dirección y un ritmo bien diferentes.

8

Los participantes en el seminario de suicidiología hicieron un uso considerable del servicio de bar, pidiendo varias rondas de cervezas, vino y licores. Lo necesitaban para darse valor. Llegaba el turno libre, donde todos podrían tomar la palabra para hablar de sus propios problemas, incluso a través del micrófono. Sin embargo, muchos se sentían intimidados ante la idea de hablar en frío de su propia muerte.

Hubo que limitar a cinco minutos el tiempo de las intervenciones a causa de la gran cantidad de participantes. Con ese margen a los desesperados suicidas sólo les daba tiempo de relatar superficial y brevemente su situación, pero a pesar de eso, surgió un intercambio de opiniones. En muchos turnos de palabra se sacaron a relucir problemas ya tratados y muchas de las dificultades parecían ser comunes.

Le llegó el turno de presentar sus opiniones al tipo de la jaula de alambre, el que había pedido la palabra antes del almuerzo. Dijo ser de Tampere y agrimensor de profesión. Tenía más de treinta años y confesó haber llevado una vida lasciva y lujuriosa durante la mayor parte de ellos. El agrimensor se había revolcado en el fango de sus muchos pecados durante años, aun a sabiendas de que no todo lo que hacía estaba bien ni era lo correcto. Había padecido, sin ser consciente de ello, de una falta de deseo de vivir. Finalmente, aquel mismo verano, la crisis se había vuelto aún más profunda, llegando a convertirse en angustia espiritual. Encontró la fe e imploró a los cielos que le enviasen algo, una señal concreta de que tal vez también él, el más grande de los pecadores, recibiría algún día el perdón del Todopoderoso.

Pero de la deseada señal no había ni rastro. El agrimensor se hundió aún más en la depresión y empezó a darle vueltas a la idea de matarse. Una noche de verano, lleno de dolor, partió en coche de Tampere para ir por el campo sin rumbo fijo, y llegó por casualidad a Lammi. Con el suicidio en mente y dominado por una profunda angustia, estuvo vagando por los alrededores de la iglesia. Y entonces Dios, en el último momento, le salvó. ¡La tan esperada señal le estaba esperando en las escaleras de la iglesia!

El agrimensor levantó para que todos la vieran la famosa jaula de alambre, la misma que había encontrado en las escaleras de la iglesia, con la señal divina en su interior. En la jaula había un perro mapache, vivito y coleando, el cual le soltó tal bufido aquella noche, que no dejó lugar a dudas sobre la divina procedencia del mensaje. Fue como la zarza ardiente del Antiguo Testamento.

Alguien se atrevió a preguntarle qué había querido decirle Dios colocando en las escaleras de la iglesia un perro mapache encerrado en una jaula. ¿Qué había de divino en aquel bicho?

Agitando la jaula hacia el incrédulo de manera amenazadora, el agrimensor le gritó que los caminos del Señor eran insondables.

Cuando le preguntaron dónde estaba el animal, dijo

habérselo sacrificado a Dios en señal de agradecimiento por su salvación. Había derramado la sangre de la víctima expiatoria en el garaje de su casa y más adelante pensaba mandarlo disecar, como recuerdo de su salvación. También había decidido ordenar en su testamento que además de su nombre, en su lápida fuese grabada la imagen de un perro mapache. Aunque para esto no había prisa alguna, ya que el agrimensor estaba convencido de que iba a vivir hasta edad muy avanzada y que iba a poder ser de gran ayuda al prójimo, proclamando la palabra de Dios.

Cierta granjera que había acudido al seminario desde Carelia del Norte defendió con convicción los valores positivos de la reunión. Desde siempre se había visto obligada a vivir sola con las vacas. Su esposo era hombre obtuso y de pocas palabras, y no es que el ganado vacuno fuera mucho mejor en ese aspecto. De ahí su depresión. Era la primera vez que se le presentaba la oportunidad de intercambiar libremente sus pensamientos con otras personas y, además, en un ambiente tolerante. Dijo sentirse como antaño, cuando aún era una joven soltera. Hasta se le había ocurrido que, a lo mejor, no hacía falta matarse.

—No vean ustedes lo aliviada que estoy. Ha valido la pena venir, y eso que los billetes me han salido por un ojo de la cara. Menos mal que tengo un primo en Myyrmäki que me ha alojado en su casa.

Un hombre de unos treinta años se puso en pie para hablar de sus problemas. Contó que por dos veces le habían internado en un sanatorio mental a causa de crisis nerviosas y depresión.

—Pero yo no estoy loco. Sólo soy pobre. Si tuviese mi propia casa, aunque fuese un estudio pequeño en Kallio, me las arreglaría perfectamente. Lo que me pone de los nervios es el tener que vivir en un piso compartido.

70

El hombre dijo haber calculado cuál era el precio de su vida: 350.000 marcos, el precio de un estudio en Helsinki.

–Y ni siquiera soy un borracho.

Otro hombre se quejó de su fracaso matrimonial. Su ex mujer no le dejaba ver a sus hijos, pero la pensión sí que tenía que pagarla puntualmente.

Algunas mujeres lloraban al ponerse ante el micrófono y en esos momentos toda la sala guardaba silencio. Todos las acompañaban en el sentimiento. Sin embargo, nadie fue más allá de las lágrimas.

Muchos eran partidarios de fundar una asociación. Tenían claro que un ser solo y abatido no está en condiciones de velar por sus propios intereses. Cuando las perspectivas son tan negras nos quedamos paralizados. Hasta los quehaceres más cotidianos parecen insalvables cuando no tenemos la ayuda de nadie y estamos condenados a tan espantosa soledad.

Salió a relucir la posibilidad siniestra de cometer un suicidio colectivo de grandes dimensiones, idea que, sorprendentemente, recibió enseguida un amplio apoyo. La mayoría de los participantes en el seminario se declararon dispuestos a colaborar, convencidos de que un suicidio decidido de común acuerdo parecía una solución más segura y, de alguna manera, más compasiva.

También se hicieron propuestas concretas. Una anciana jubilada de Vantaa sugirió que los presentes alquilasen un gran velero en el que navegar muy lejos, preferentemente hasta el Atlántico. En algún lugar apropiado de alta mar hundirían el barco con todos sus pasajeros dentro. La dama dijo que no le importaría apuntarse a un último crucero de este estilo.

Pero la idea más interesante llegó de una de las mesas

de la sala anexa, la más ruidosa, por cierto, y donde más bebidas se habían consumido hasta el momento. Se trataba de recolectar una gran suma de dinero y comprar con él cantidades industriales de aguardiente. Beberían sin tregua, hasta que toda la tropa reventase.

En opinión de la mayoría el procedimiento sugerido era vulgar. La muerte tenía que ser digna. No les parecía adecuado acabar sus días borrachos como cerdos.

La propuesta más fantasiosa fue formulada por un joven energúmeno, natural de Kotka. No podía imaginar un final más hermoso que lanzarse al mar desde un globo aerostático.

–Podríamos alquilar todos los globos de Finlandia, esperar a que hubiese viento favorable para salir a volar desde Kotka o Hamina, por ejemplo, o cualquier otro punto de la costa. ¡Cuando llegásemos al centro del golfo de Finlandia, pincharíamos los globos y nos precipitaríamos juntos al mar!

El orador les hizo una descripción del heroico suicidio: cincuenta globos se levantan con la suave brisa de la tarde llevando en cada una de sus cestas a cinco bravos suicidas. Toman altura, dejándose llevar por el viento hacia el sol poniente. La sombría Finlandia y todos sus males quedan atrás. La vista resultará fascinante desde una atmósfera celestial como aquélla. Llegados a alta mar, los navegantes de la muerte entonan al unísono un último salmo, cuyo eco llegará hasta el espacio como si de un coro de querubines se tratase. Desde las cestas se lanzarán fuegos artificiales y algunos de los navegantes saltarán al mar de puro entusiasmo. Y finalmente, cuando ya no quede combustible en los globos, toda la flota se sumergirá majestuosamente en las insondables aguas, en una victoria definitiva sobre las desgracias terrenales...

72

Todos consideraron que la descripción tenía un gran mérito, en términos poéticos. Sin embargo, la modalidad de suicidio no obtuvo apoyo, ya que implicaría llevar también a la muerte a los inocentes tripulantes de los globos, por no hablar de que acabarían con el futuro de los vuelos aerostáticos en Finlandia, una afición que, muy al contrario, merecía que se preservara.

Se empezó a hacer la colecta por la sala y la salita. Como cepillo usaron una cubeta para el champán, que pronto se llenó con una abundante cantidad de billetes; pocos tuvieron el descaro de dar tan sólo unas monedas. La jefa de estudios Puusaari y el director Rellonen hicieron el recuento y se quedaron atónitos. El resultado de la colecta fue de 124.320 marcos. En el recipiente plateado había billetes a puñados de hasta mil marcos e incluso cheques, el importe más alto de los cuales era de 50.000 marcos. El donante resultó ser un tal Uula Lismanki, criador de renos de la asociación del distrito lapón de Kaldoaivi, en Utsjoki, el cual justificó la generosidad de su donación diciendo:

–Que digo yo... que por fuerza dineros hay que poner, para que nos matemos semejante caterva. No hay nada que salga barato en Finlandia, ni morirse, vamos.

Muchos eran los cheques por valor de diez mil marcos, lo que probaba que no toda la gente que pensaba suicidarse era pobre y menos aún, tacaña.

Transcurridas las cinco primeras horas del seminario, el coronel sugirió hacer una pausa. Se servirían cafés y demás bebidas que serían abonadas con el dinero de la colecta. La sugerencia fue aceptada con entusiasmo.

Durante la pausa, el coronel se retiró al piso superior del restaurante con la jefa de estudios Puusaari y el director Rellonen para sopesar la situación. Abajo, en la sala de

73

banquetes, quedaban aún más de cien suicidas. Se les oía disfrutar a tope. Parecía que la tropa se había propuesto empinar el codo como si del último día de sus vidas se tratase.

La jefa de estudios temía que la situación se les fuese de las manos: podía suceder cualquier cosa.

Rellonen dijo haber escuchado que, en algunas de las mesas, ya se estaba planeando llevar a cabo un suicidio colectivo en cuanto acabase la reunión, en algún lugar adecuado de los alrededores.

El giro que estaba tomando la situación también inquietaba seriamente al coronel. ¿Y si limitaban un poco el consumo de alcohol? Puusaari señaló que tal vez eso fuese peor: los que quedaban montarían en cólera y entonces nada ni nadie podría detenerlos.

—Seguro que unos cuantos hombres se matan en pleno frenesí, con la que hay liada ahí abajo.

El director tuvo una idea:

—¿Y si pagamos la cuenta y hacemos mutis por el foro? Recojamos nuestros papeles y salgamos de aquí ahora que aún estamos a tiempo. Nos llevamos el dinero de la colecta. Yo creo que nos pertenece, ya que somos los organizadores del seminario.

El coronel se negó a tocar el dinero. Lo habían reunido para ocuparse de los intereses de los suicidas, y no como pago por organizar la reunión. Añadió que él al menos no tenía intención de andar robando a moribundos.

Hasta arriba llegaba un escándalo descomunal. Alguien arengaba desde el micrófono, otros gritaban pidiendo silencio. Se oía también una especie de lamento, el sonido confuso de un salmo que algunos intentaban cantar a coro mientras otros reclamaban a voz en cuello que los organizadores volviesen a la sala a poner orden.

–No nos queda más remedio que bajar –decidió la jefa de estudios–. No podemos dejar a su suerte a estos desgraciados a las puertas de la muerte.

Rellonen dijo con fastidio que los escandalosos de abajo más parecían estar a las puertas de una borrachera que de la muerte.

En cuanto el trío se presentó de nuevo en la sala de banquetes, los participantes de la reunión se tranquilizaron. Una cincuentona de voz estridente, natural de Espoo, tomó el micrófono para proclamar:

–¡Por fin aparecen! Hemos tomado una decisión irrevocable: todo lo que hagamos, lo haremos en grupo.

–¡Bieeen, bieeen! –gritaron desde diferentes puntos de la sala.

La matrona continuó:

–Todos hemos sufrido mucho y a la mayoría ya no nos queda esperanza. ¿No es así? –chilló lanzando a su alrededor miradas asesinas.

–¡No hay esperanzaaa! –gritaron todos a una.

–Ahora ha llegado el momento de la decisión final. Los que tengan la más mínima duda, que se levanten ahora y abandonen la sala. ¡Pero los que nos quedemos, moriremos juntos!

–¡Moriremos juntooos! –vociferaba la gente, desenfrenada.

Con el hombre de la jaula a la cabeza, unas veinte personas se levantaron de las mesas y abandonaron la sala a la chita callando. Sin duda su suicidio no era tan urgente o tal vez deseaban llevarlo a cabo en soledad. Les dejaron marcharse. Acto seguido se cerraron las puertas y la enardecida reunión prosiguió.

La matrona, frenética, señaló a Kemppainen:

–¡Durante su ausencia hemos decidido elegirle nuestro

jefe! ¡Coronel, su responsabilidad es la de conducirnos con mano firme hasta nuestra meta!

Un viejo con gafas y una blanca barba de chivo se apoderó del micrófono. Dijo ser Jarl Hautala, jubilado de la administración de obras públicas, que había trabajado como ingeniero de mantenimiento de la red viaria del distrito sudoeste de Finlandia. Ante la autoridad del viejo, la sala guardó silencio.

–Estimado coronel. Es verdad que hoy hemos conversado animadamente sobre el tema que a todos nos preocupa. Hemos llegado a la conclusión unánime de que las personas aquí presentes todavía queremos continuar unidas y, en concreto, salir juntas al encuentro de la muerte. Cada uno de nosotros tiene sus propios motivos para ello, y hoy hemos tenido ocasión de escucharlos. Nuestra decisión es que usted, coronel Kemppainen, tome el mando de la tropa y nombramos como asistentes suyos a la señora Puusaari y al director Rellonen. Ustedes formarán el comité cuya tarea será la de llevar a la práctica nuestro objetivo común.

El viejo ingeniero estrechó la mano de Kemppainen, Puusaari y Rellonen. El público se puso en pie. En la sala se produjo un singular momento de recogimiento. La decisión final pesaba como una losa sobre el ánimo de todos.

9

Sesenta participantes en el seminario, la décima parte de los que habían contestado al anuncio, declararon finalmente su intención firme de matarse y de hacerlo además en grupo. El trío de organizadores estaba horrorizado. La jefa de estudios intentó apaciguar las ansias suicidas del núcleo más radical del grupo, pero su llamamiento no hizo efecto. Al coronel Kemppainen no le quedó más remedio que disolver aquella reunión que tan fatal rumbo había tomado.

El público no obedecía. Exigían medidas de actuación. La opinión general de los presentes era que ya no debían separarse, sino permanecer juntos como una tropa, pasara lo que pasara. Y todos sabían lo que estaba por pasar.

El coronel no cedió. Les informó de que más adelante se pondrían en contacto con ellos, pero eso no los apaciguó. Le exigían la promesa de que se reunirían a la mañana siguiente. Cogido por sorpresa, Kemppainen les dijo que el domingo a las once de la mañana estaría en la plaza del Senado, junto a la estatua de Alejandro II. Allí podrían discutir con calma, y sobre todo con la cabeza más despejada sobre su destino común.

Por orden del coronel se clausuró el acto. Salieron del restaurante y éste cerró sus puertas. El gran seminario de suicidiología, el único en su categoría en toda la historia de Finlandia, había por fin concluido. Eran en ese momento las 19.20 h.

El fatigado trío se retiró al Hotel Presidentti a reflexionar sobre los sucesos del día, y el coronel y la jefa de estudios decidieron quedarse allí a pasar la noche. Llevaban con ellos el dinero de la colecta.

Antes de irse a dormir pasaron por el bar de la discoteca del hotel para comerse unos sándwiches y tomarse un par de copas. A Puusaari la sacaban a bailar constantemente, y no era de extrañar: a la luz resplandeciente de los focos de la discoteca y con aquel traje rojo, estaba realmente seductora. Al coronel aquello no le hizo mucha gracia, así que se retiró a su habitación.

Rellonen se tomó la última copa y se fue a su casa en un taxi. Su esposa ya estaba durmiendo y gimió en sueños cuando él se acurrucó en el lado de la cama conyugal que le correspondía por derecho. Contempló con lástima a su mujer. Ahí estaba, roncando, pobrecilla, aquella a quien él había amado incluso apasionadamente y que, sin duda, también había estado encariñada con él, al menos al principio. Ahora ya no quedaba huella alguna de aquel amor, ni de ningún otro sentimiento. Cuando la quiebra entra por la puerta, el amor sale por la ventana. Y si son cuatro las quiebras, ya no queda nada para arrojar por la ventana. Rellonen olisqueó, intentando reconocer el olor de su mujer. Pues sí..., olía a vieja amargada, harta de todo. La clase de olor que no se quita sólo con lavarse.

El director se acurrucó en su edredón y deseó con todas sus fuerzas que aquélla fuese la última noche de su vida —o al menos la última de su matrimonio— en que tuviese que dormir en aquella cama. Murmuró: «Señor, concédeme el reposo, ten compasión y líbrame de todo mal...»

Mientras tanto, en la discoteca del Hotel Presidentti, uno de los más entusiastas compañeros de baile de Helena Puusaari le reveló que durante el día había estado haciendo de camarero en Los Cantores.

–Hay que ver qué hartón de trabajar, oiga. Se ha hecho una caja varias veces superior a la de un funeral de primera.

El camarero miraba ardientemente a la pelirroja y seductora jefa de estudios y le confesó que, durante el seminario habían sido varias las ocasiones en que se le había pasado por la cabeza la idea de suicidarse. Le juró que ya hacía años que lo pensaba. ¿Había alguna posibilidad de unirse al grupo? El hombre se presentó, diciendo que se llamaba Seppo Sorjonen. Dijo que de buena gana se suicidaría, si pudiese hacerlo con ella. A solas, claro. ¿Y si se iban a algún lugar tranquilo para hablarlo? Parecía que el coronel y el director Rellonen ya se habían marchado...

La jefa de estudios advirtió a Sorjonen que no debía hablar tan abiertamente sobre el seminario de suicidiología. Le recordó que se trataba de una reunión de carácter secreto y dijo que un club nocturno no era el lugar apropiado para hablar de ello. Y, además, cómo era posible que él llevase ya semejante tranca, si la reunión acababa prácticamente de terminar.

Sorjonen reconoció que había estado apurando las copas de los clientes cada vez que pasaba por la cocina. Y como no había comido, tal vez diese la impresión de que estaba algo piripi, pero para nada. Le explicó que él era abierto por naturaleza, lo que hacía pensar a los extraños que estaba más borracho de lo que en realidad estaba. Y con el fin de probar su sinceridad, Sorjonen le hizo el relato de su vida: era natural de Carelia del Norte, se había sacado el bachillerato superior y había estado comprometido dos veces, pero ninguna casado, por el momento. Dijo haber estudiado por espacio de un año en la universidad alguna que otra asignatura de letras y haberse dado cuenta de que la escuela de la vida era mucho más interesante. Había escrito para el diario *Nueva Finlandia* y alguna que otra publicación más, cambiado de profesión en sucesivas ocasiones, según lo exigían las circunstancias, y en la actualidad trabajaba momentáneamente como camarero por horas en Los Cantores.

En un rapto de sinceridad, le confesó a la jefa de estudios que jamás había pensado en suicidarse; sólo lo había dicho para entablar conversación con ella.

La jefa de estudios Puusaari le hizo ver al camarero que, aunque sólo llevaban hablando unos minutos, ya había admitido haber mentido. Le rogó que la dejase en paz y que volviese a su mesa. El suicidio era un asunto demasiado grave como para andar tomándoselo a chirigota.

Seppo Sorjonen, lejos de desistir, prometió apoyarla con toda su alma porque sabía que alimentaba pensamientos suicidas, como se deducía del debate de Los Cantores. Añadió que se le daba muy bien escuchar, que ella podía abrirle su corazón..., que podían continuar la velada en otro lado... y dale que dale...

Helena Puusaari le dijo que si tanto deseaba ayudar a los suicidas, no tenía más que presentarse en la plaza del Senado a las once de la mañana. Allí se reuniría gente sin duda más necesitada de su consuelo que ella. Luego se quitó de encima como pudo a su admirador y se fue a dormir.

Tras desayunar en el hotel, la jefa de estudios y el coronel Kemppainen salieron a pasear por las calles de Helsinki, desiertas en aquel mes de julio. De nuevo el día lucía hermoso, sin nubes en el cielo y el aire en calma. El coronel le ofreció su brazo. Atravesaron la estación en dirección al barrio de Kruunuhaka y de allí, bordeando el mar, fueron a Katajanokka, desde donde un poco antes de las once se dirigieron a la plaza del Senado. El director Rellonen ya estaba allí, al igual que unos cuantos conocidos del día anterior.

A las once en punto ya se habían congregado más de veinte personas a los pies de la estatua de Alejandro II. Había mujeres y hombres, jóvenes y viejos, pero ni rastro del entusiasmo del día anterior. Los rostros de los candidatos a suicida estaban abotargados y su expresión denotaba cansancio. Algunos tenían un tono grisáceo oscuro, como si hubiesen pasado la noche destilando brea o jugando a los bomberos. Flotaba un sentimiento de angustia en el aire.

–Bueno, cómo va eso. Bonita mañana de domingo, ¿eh? –dijo alegremente el coronel, intentando entablar conversación.

–No hemos dormido nada –se lamentó un tipo de unos cincuenta años, natural de Pori, que en el seminario se había presentado como Hannes Jokinen, pintor de brocha gorda. Jokinen soportaba la carga emocional que suponían un hijo hidrocefálico y una esposa loca, además de tener la cabeza medio ida por efecto de los disolventes. Un caso penoso, al igual que el resto de los presentes.

Los resacosos suicidas se pusieron a contar frenéticamente todo lo que les había sucedido la noche pasada. Después de que en Los Cantores dejaran de servirles copas y los echaran, unos cuantos se dedicaron a vagar por las calles, hasta terminar en el cementerio de Hietaniemi. Alguien propuso que se suicidaran enseguida y se pusieron a pensar en cómo quitarse la vida en grupo. Tambaleantes, se pasearon por el cementerio, pero hete aquí que se toparon con cinco o seis cabezas rapadas, que correteaban vociferando entre las tumbas, derribando las estelas a patada limpia. Los suicidas no estaban dispuestos a tolerar tan indecente blasfemia, así que se arrojaron presa de la cólera sobre los profanadores. Se armó una tremenda refriega a tortazo limpio en la que los calvorotas fueron rápidamente vencidos, ya que a los aspirantes a suicida les poseía un ardor guerrero digno de kamikazes. Los cabezas rapadas pusieron pies en polvorosa, pero los vencedores también se vieron obligados a salir por patas del cementerio ya que, alarmados por el escándalo de la pelea, irrumpieron en el mismo unos cuantos vigilantes, con perros y todo.

El grupo se había dispersado, pero veinte de los más tenaces habían continuado su camino bordeando la costa hacia el norte. Dominados por los más oscuros pensamientos, peregrinaron por la calle de Pacius hasta el hospital de Meilahti, y desde allí fueron a la isla de Seurasaari. A la orilla del mar, sobre los restos de una de las hogueras de San Juan, encendieron una lúgubre fogata. Contemplaron las llamas y cantaron canciones llenas de melancolía. Para entonces ya era medianoche.

Continuaron su viaje desde la isla de Seurasaari y fueron por el bulevar Ramsay hasta llegar a la isla de Kuusisaari. Alguien sugirió que fueran a Dipoli, en Otaniemi, donde había una discoteca que cerraba muy tarde. Allí podrían tomarse unas copas para aclararse las ideas. A otro se le había ocurrido de repente que de Dipoli sólo había un pequeño trecho hasta la bahía de Keilahti, donde podrían tomar las oficinas centrales de la compañía petrolífera Neste, subir en el ascensor hasta el último piso y tirarse al mar desde el tejado de la torre. En ese momento se hallaba al mando del grupo un joven de Kotka, el mismo, justamente, que había presentado el plan de los globos aerostáticos.

Durante la noche el grupo había demostrado dejarse llevar por la misma inquebrantable determinación que los estalinistas finlandeses de los años sesenta al asumir la tarea de ponerle las pilas a la revolución mundial. Si bien era cierto que los suicidas no cantaban himnos proletarios, y carecían incluso de bandera propia, su acción estaba igualmente abocada al fracaso.

Tal vez el plan de tomar la torre de Neste se hubiese llegado a consumar si de camino a la isla no se hubieran topado con una oportunidad aún mejor. Al llegar a la altura del número treinta y tres del camino de Kuusisaari, se dieron cuenta de que alguien se había dejado entornada la puerta del garaje en una de las lujosas viviendas. Se asomaron al interior y vieron que se trataba de un local bastante espacioso. En él había un Jaguar descapotable de color blanco. El hallazgo les pareció providencial, un medio de acabar con sus días fácilmente: si conseguían poner en marcha el lujoso vehículo, el monóxido de carbono liberado por su potente motor sería suficiente para matar a todos los que estuviesen en el garaje.

La decisión fue inmediata y unánime. Todo el grupo, más de veinte personas, se hacinó en el garaje. Bajaron la puerta y cerraron el ventanuco de ventilación. Los hombres más jóvenes, con el exaltado de los globos a la cabeza, intentaron hacerle un puente al Jaguar para ponerlo en marcha. No hubiese hecho falta, las llaves estaban en el contacto. El motor arrancó a la primera, con un suave ronroneo de coche de lujo.

El chico de Kotka propuso entonces que diesen una vuelta de honor a la ciudad en el coche antes de morir. Desistieron de la idea, dado que el paseo de despedida habría podido llamar la atención y , además cabían todos en aquel coche tan pequeño. La verdad es que robar un vehículo como último gesto en este mundo no fue visto con muy buenos ojos, sobre todoentre la gente de más edad y las mujeres.

El joven exaltado se sentó en el asiento del conductor y puso el casete. La música era árabe y sus notas traían a la mente la añoranza de la vida en el desierto. Una mujer cantaba con voz melancólica y monótona; la música apropiada para una situación como aquélla.

Los gases del tubo de escape empezaron a invadir el garaje. Las luces estaba apagadas. El rumor del motor y los lamentos en árabe se mezclaban con las silenciosas plegarias finlandesas.

Nadie recordaba a ciencia cierta cuánto tiempo habían estado tragando humo, pero de repente la gran puerta del garaje se abrió y un vigilante vestido con un mono entró como una exhalación acompañado por un pastor alemán. El perro se puso a estornudar y acto seguido salió corriendo. El hombre del mono encendió las luces y les rugió de manera poco civilizada.

A esas alturas, ya había varias personas dormidas o sin sentido tiradas por el suelo del garaje. Los que todavía se tenían en pie salieron por patas y se dispersaron por los bosques de Kuusisaari. Pronto se presentaron en el lugar ambulancias y policías. Los que estaban inconscientes fueron reanimados y llevados a hospitales, pero la mayoría de los suicidas había conseguido escapar. Por caminos diferentes, solos o en pequeños grupos, regresaron a la ciudad atravesando Tapiola y Munkkiniemi. En eso se les había ido la noche y allí estaban ahora, tal como habían acordado en el seminario.

La jefa de estudios, el director Rellonen y Kemppainen escucharon horrorizados el delirante relato de las aventuras nocturnas del grupo. El coronel estalló:

–¡Pandilla de desgraciados! ¡Estáis todos como cabras!

El coronel reprendió a los suicidas con duras palabras por su obstinación sin límites. Luego quiso saber de quién era el garaje donde se habían metido.

Jarmo Korvanen, un joven que era cabo furriel en la reserva, dijo que, a raíz del suceso, había acabado en comisaría para ser interrogado. Pudo sacar en claro que el garaje pertenecía a la residencia oficial del embajador de Yemen del Sur. A Korvanen lo habían soltado hacía sólo una hora, con la condición de que se presentase al día siguiente, lunes, a las nueve, para que se le interrogase más a fondo.

El rostro del coronel se ensombreció aún más. Ya era bastante estúpido meterse en el garaje de un desconocido con el fin de suicidarse inhalando monóxido de carbono, para que encima tuvieran que hacerlo en la residencia de un embajador extranjero, y así arruinar la reputación del grupo y, de paso, también la de la nación. El coronel se llevó las manos a la cabeza y gimió en voz alta.

Jarl Hautala, el ingeniero jubilado, tomó entonces la palabra. Dijo que a él lo habían trasladado desde el hospital universitario hasta el de Meilahti para ser sometido a examen, a causa del envenenamiento por monóxido de carbono. Había conseguido escaparse del hospital a la hora del desayuno. Le asomaba aún el pijama del centro sanitario por debajo de la gabardina que había robado del guardarropa de la entrada, la cual le quedaba más bien sobradita.

–Por desgracia nos interrumpieron en el último momento, coronel. Estoy seguro de que si hubiésemos podido gozar del monóxido, aunque sólo fuera diez minutos más, estaríamos todos muertos. Es inútil que intente culparnos, hemos sido víctima de las circunstancias. Además, no todos fracasamos. Me enteré en el hospital de Meilahti de que el joven de Kotka, el tonto ese de los globos, consiguió lo que nosotros no pudimos. Trajeron su cadáver al hospital y oí cómo los médicos discutían sobre su caso en urgencias.

Lo habían encontrado muerto sentado al volante del coche, con el pie en el acelerador. Por los pasillos pululaban demasiados policías, así que a Hautala le había parecido más prudente irse del hospital por su cuenta y riesgo, ya que se encontraba de nuevo relativamente bien, teniendo en cuenta las excepcionales circunstancias.

Durante este relato, Seppo Sorjonen, el camarero por horas, se había sumado al grupo al pie de la estatua de Alejandro II. Todo en su aspecto era luminoso y alegre, y su llegada fue como una bocanada de aire fresco. El coronel miró con disgusto al recién llegado, pero Sorjonen no dejó que esto afectase a su buen humor.

10

La estatua de Alejandro II, en la emblemática plaza del Senado, había sido testigo principal de muchos acontecimientos turbulentos de la historia de Finlandia. A lo largo de los años aquel zar de bronce había visto desfilar las jaurías de cosacos de la época de la opresión rusa, la parada triunfal de la sanguinaria Guardia Blanca tras la guerra civil, la marcha de los campesinos del Movimiento de Lapua, las multitudinarias manifestaciones de los rojos tras las guerras y las heladas fiestas de Nochevieja organizadas por el municipio. Había asistido al siniestro traslado de los presos a la fortaleza de Suomenlinna y, más recientemente, a los retozos de la celebración del Primero de Mayo, pero nunca se había visto rodeada de suicidas en potencia.

La estatua de Alejandro II pensó que, en sus tiempos, eran los cosacos del zar quienes se ocupaban de masacrar al populacho cuando éste se quejaba de sus males o desobedecía. Hoy en día se mataba él mismo, qué cosas...

Alrededor de la pensativa estatua se congregaba un grupo de unos veinte desgraciados, en el que ya se había producido una baja definitiva. La desmejorada y resacosa tropa le exigió a Kemppainen que tomase medidas urgentes para salir de la peliaguda situación.

—Debemos abandonar inmediatamente la ciudad —decidió el coronel. Dio orden al director Rellonen de que alquilase un autobús y se ocupase de que estuviese disponible en una hora. Cuando Rellonen se fue a cumplir su misión, el coronel y la jefa de estudios Puusaari dirigieron a la desgraciada tropa a través de la plaza del Mercado hacia el restaurante Kappeli del paseo de Esplanadi, para que desayunasen.

—Procuren comer bien, a ver si así reviven un poco —aconsejó Helena Puusaari al mortecino grupo.

Seppo Sorjonen se sumó a ellos. Cuando el coronel le preguntó qué hacía un camarero de sonrisa forzada en su grupo, éste declaró que sólo quería ayudar. Le contó que había vivido un par de años con una psicóloga, y que en ese tiempo había adquirido grandes conocimientos sobre las profundidades abismales de la mente humana. Sorjonen estaba seguro de que podría dar consuelo a los desgraciados guerreros del coronel.

La jefa de estudios opinó que no vendría mal un rayo de luz en tan tenebroso grupo. Por su parte, Sorjonen podía acompañarles, siempre que no causase problemas. Al coronel no le quedó más remedio que resignarse.

En menos de una hora Rellonen se presentó para informar de que el autobús les esperaba en la plaza. Ya podían marcharse. Los que tenían habitación reservada en algún hotel se fueron a pagar la cuenta y recoger el equipaje. Los que vivían en Helsinki fueron a sus casas a buscar lo necesario para el viaje. En el grupo había dos personas que, según sus propias palabras, no poseían nada que valiese la pena recuperar. Una de ellas era Seppo Sorjonen.

Al llegar a Tikkurila, hicieron una parada frente a la

piscina municipal. El coronel anunció que aquellos que lo desearan podían darse una zambullida o ir a la sauna; el autobús esperaría tres cuartos de hora. Todos los participantes en la excursión nocturna para inhalar monóxido de carbono aprovecharon de buena gana la oportunidad de refrescarse. La directiva se quedó en el autobús. El coronel soltó con voz fatigada:

–De verdad, vaya tropa la que me ha tocado... Lástima no haberme ahorcado en San Juan.

El director Rellonen, sin embargo, veía los aspectos positivos de la situación:

–No te preocupes, Hermanni. Son buena gente y sólo lo estaban intentando, lo mismo que nosotros hace poco. Tampoco atinamos la primera vez. Y ahora tenemos dinero, más de ciento veinte mil marcos, así que no te apures, ya nos las apañaremos.

La jefa de estudios quiso saber adónde se dirigían, y lo mismo había preguntado ya el conductor del autobús en un par de ocasiones. El coronel dijo que primero irían por la nacional 3 hacia el norte. Por el momento no tenía instrucciones más precisas que darle al conductor.

Los aspirantes a suicida volvieron de la piscina. Olían bien; se habían refrescado y estaban como nuevos. Alguno incluso se atrevió a bromear, hasta que le recordaron los hechos de la noche pasada. Se pusieron otra vez en marcha.

Durante las dos o tres horas siguientes viajaron a la buena de Dios, hacia el norte. Pasaron de largo Järvenpää, Kerava, Hyvinkää y Riihimäki. En Hämeenlinna se tomaron un descanso.

El coronel se fue a fumar un cigarrillo detrás del autobús y el conductor se le acercó para preguntarle de nuevo por el destino de la expedición. Kemppainen le gruñó y le dijo que eso no lo sabía ni él, pero que lo importante no era el destino final, sino moverse. El conductor tuvo que contentarse con aquella respuesta.

El viaje a ninguna parte continuó desde Hämeenlinna rumbo al norte. La jefa de estudios dijo que quería pasar por su casa, ya que iban en dirección a Toijala. No les costaría tanto tiempo, ¿no? Tenía algunos efectos personales que quería llevar consigo.

Ya en Toijala, dejaron a Helena Puusaari ante la puerta de su casa y, mientras ella recogía sus cosas, el coronel se llevó al resto de la compañía a comer a una taberna local. De menú había carne en salsa de eneldo y costillas de cerdo, pero como eran más de veinte, la carne en salsa no fue suficiente para todos. Bueno, pues nada, comieron cerdo. Casi todos bebieron agua o leche agria y el coronel pidió una cerveza. A la jefa de estudios le encargaron la comida y se la llevaron al autobús.

Y de nuevo en marcha. Esta vez fueron hacia el sudoeste, rumbo a Urjala. A algunos viajeros no les hizo gracia el cambio, pero el coronel dijo que ya se había hartado de ir todo el día en la misma dirección. Y además Urjala era un lugar como cualquier otro. Alguien propuso que fuesen de un tirón hasta el extremo septentrional de Noruega, hasta el Cabo Norte. Con aquel verano tan hermoso sería muy agradable divertirse y hacer un poco de turismo. De eso justamente se había hablado, además. ¡Ésa era la ocasión para empezar a pasárselo bien! Ya habían llorado suficiente por sus desgracias y su miserable destino.

El criador de renos Uula Lismanki apoyó con entusiasmo la idea de hacer una incursión en el rincón más septentrional de Europa. Alabó los paisajes del Cabo Norte, que había visitado en el verano de 1972 con una delegación del Consejo Sami del Casquete Polar. También participó el gobernador de la provincia sueca de Norrbotten

Ragnar Lassinantti: un hombre agradable, para ser un pez gordo, y encima extranjero. Por la noche, en el hotel, Lassinantti había desafiado a Uula a una pelea de lucha libre y ambos habían rodado jadeantes por la moqueta del hall durante dos horas. Ganó Lassinantti.

Uula recalcó que, por lo que sabía, el cabo era uno de los más famosos y elogiados del mundo, tan conocido como el de Hornos, en la punta más meridional del continente americano.

Se pusieron a discutir seriamente sobre el Cabo Norte, y la propuesta recibió un amplio apoyo, sobre todo después de que a alguien se le ocurriese que cuando llegasen allí, podían tirarse de cabeza al mar en el autobús. Si lo que Uula Linsmanki les había contado era cierto, sería muy fácil acabar con sus días, pues la costa estaba llena de acantilados y la carretera discurría justo al borde de los mismos. ¡El autobús podría acelerar al máximo y llevarse por delante la barrera de seguridad para lanzarse al vacío!

Uula Lismanki dijo que él no pensaba acompañarles en el salto final. En realidad, nunca había pensado en suicidarse, y estaba allí un poco por casualidad.

Todos se extrañaron de que, en esas condiciones, Uula se hubiese unido al grupo, ¿acaso no le deprimía viajar en compañía de gente tan taciturna? ¿Y por qué se le había ocurrido participar en un seminario de suicidiología, no siendo partidario de la idea? Las ganas de vivir de Uula causaron cierto malestar entre los viajeros. Asimismo, tampoco veían con buenos ojos la actitud positiva de Seppo Sorjonen ante la vida, que les parecía superficial.

Uula Lismanki explicó que era un vecino suyo quien había contestado al anuncio en su nombre. Se trataba de un tal Ovla Aahtungi, un viejo contrabandista y ladrón de

91

renos, famoso en la zona por su sentido del humor, de dudoso gusto, todo había que decirlo.

Tal vez Ovla había querido vengarse de Uula por una broma por el estilo que éste le había gastado años atrás. A Uula le había parecido gracioso inscribir a la abuela de Aahtungi en el concurso internórdico de Miss Sami que iba a tener lugar en Trondheim, Noruega. La abuela ya tenía hechos todos los preparativos del viaje, pero por desgracia contrajo el moquillo justo por esos días, y tuvo que renunciar a participar en el concurso, al menos por esa vez.

Cuando le llegó la invitación del coronel para asistir al seminario, Uula pensó que, después de todo, no había motivo para no ir. Su último viaje a Helsinki se remontaba a 1959. Ya habían pasado tres décadas, y hacía años que Uula buscaba una excusa adecuada para viajar a la capital. Por fin la tenía. Cogió un poco de dinero, unos cientos de miles, y tomó un avión rumbo a Helsinki en Ivalo.

–Cuando empecé a oír vuestras historias en Los Cantores, me dije: «Joder, vaya pandilla de tarados más cachonda, me quedo para ver en qué para esto.» Y vaya si ha habido de todo, la verdad... Vamos, que no me arrepiento.

En cuanto a su propia muerte, sin embargo, Uula quería decidir por sí mismo. Por supuesto que la idea del suicidio colectivo merecía una seria reflexión, Después de todo, matarse tal vez no estuviera tan mal: el mundo no era un lugar especialmente maravilloso.

El criador de renos se puso a recordar los paisajes del Cabo Norte. Según él, se prestaban de maravilla para un suicidio. Les aseguró que si lanzaban el autobús a cien por hora desde el borde del acantilado hasta las olas del Ártico, el vehículo volaría por lo menos medio kilómetro antes de estrellarse contra las rocas de lo alto que estaba. No garantizó posibilidad alguna de sobrevivir a los que estuviesen a bordo, información que fue considerada muy prometedora.

En Urjala, el conductor paró a repostar y echó doscientos litros de gasoil. Fue a la cafetería de la gasolinera, llamó al parecer a alguien, se tomó un café y pagó el combustible. De vuelta en el autobús, tomó el micrófono y les soltó de golpe que, por lo menos él, no pensaba llevar a semejante tropa hasta el norte de Noruega.

—Son ustedes unos irresponsables, así que he decidido volver a Helsinki. Ya he dado parte del asunto a la empresa y el jefe me ha dado orden de regresar inmediatamente. En este país, nadie está obligado a llevar locos de un lado a otro.

El tipo se mantuvo en sus trece, a pesar de las órdenes insistentes del coronel. No avanzaría ni un metro más en dirección al norte, así que todas sus esperanzas de tirarse al mar habían resultado vanas. Después de todo, tenía una familia y una casa a medio construir. Sin ir más lejos, al día siguiente iba a empezar a echar los cimientos. Quedaba descartada una excursión al Cabo Norte.

En aquella situación sólo podían negociar un destino más aceptable. Decidieron poner rumbo hacia el este, al lago Humalajärvi. Con gran trabajo lograron convencer al conductor de que los llevase a la casa de Rellonen. Antes de aceptar, el hombre exigió que le explicasen con exactitud cuál era la altura de la costa respecto al lago y a qué distancia de ésta discurría la carretera: el autobús costaba un buen pico y estaba bajo su responsabilidad.

11

En Urjala se abastecieron de comida suficiente para varios días. La jefa de estudios Puusaari consiguió también ollas y sartenes de gran tamaño, ya que en la casa no había cacharros de cocina apropiados para un grupo tan numeroso como aquél. También compraron vasos y platos de cartón y sábanas de papel.

Los somnolientos aspirantes a suicida iban dando cabezadas a bordo del autocar de alquiler pilotado por el cabreado conductor. El camarero Seppo Sorjonen, por el contrario, estaba de lo más espabilado: invitaba a sus compañeros de viaje a que echasen un vistazo al paisaje estival de Häme, que en aquel momento del día se hallaba en todo su esplendor, bañado por el sol de la tarde. Elogió la hermosura de la naturaleza: los campos de cereales que se extendían a ambos lados del camino, los oscuros bosques de abetos, las pequeñas lagunas y los lagos que surgían de vez en cuando y que, con su suave oleaje de un azul profundo, parecían dispuestos a tomar en sus dulces brazos a algún nadador. Para Sorjonen era un pecado, y de los más gordos, pensar en el suicidio en un país tan bello.

Pero ni siquiera esa hermosura despertó las ganas de

94

vivir de los hoscos viajeros, que le pidieron a Sorjonen que cerrase la boca.

Llegaron al lago Humalajärvi a la caída de la noche. La tropa de suicidas se dispersó por la playa y los bosques cercanos para familiarizarse con el lugar. Uno de ellos encontró en la orilla una botella de vodka medio llena.

Las mujeres se alojaron en la casa y los hombres en el jardín. Uula Lismanki se ocupó del campamento: con ayuda de varios hombres fue a buscar troncos a la leñera para encender un fuego. En el bosque cercano, y siguiendo sus instrucciones, cortaron algunas ramas a fin de hacer con ellas unos cobertizos. El campamento resultó de lo más confortable y se reconocía en él la mano de todo un profesional. Aun así, Uula se quedó algo decepcionado al no obtener permiso para talar y quemar un árbol muerto que se erguía en el jardín, pero finalmente comprendió que las posibilidades que ofrecía el pasar la noche al raso en el sur no eran las mismas que en los silvestres páramos del norte. Colgó de unas trébedes una enorme cafetera y cavó en un talud cercano a la orilla un horno, que cubrió con una loseta de pizarra arrancada del jardín. Encima de ésta colocaron una olla de diez litros en la que las mujeres prepararon una sopa de salchichas. También pusieron a refrescar un par de cajas de cerveza en el pozo.

El día había sido intenso y agotador, así que tras comerse la sopa, la tropa se retiró a dormir. El coronel Kemppainen se fue a Helsinki con el tozudo conductor para recoger su coche, no sin antes ordenar a los suicidas que permaneciesen en Humalajärvi bajo el mando de Rellonen y Puusaari hasta su vuelta. Se llevó consigo el dinero de la colecta con el fin, dijo, de abrir una cuenta bancaria, pero les dejó lo suficiente para comprar comida.

Kemppainen prohibió a todos cualquier tentativa de

suicidio en su ausencia, así como irse al Cabo Norte por su cuenta y riesgo. Dijo que ya estaba harto de la testarudez de la tropa.

–Y si se presenta la policía para indagar sobre el incidente de Kuusisaari, negáis vuestra participación en él. Yo trataré de enterarme en Helsinki de cómo avanza la investigación –les aconsejó el coronel antes de subirse al autobús vacío. El vehículo dio marcha atrás por el camino de grava y se alejó de la casa.

Kemppainen se demoró tres días en Helsinki. Tenía muchas cosas que hacer: ingresar el dinero de la colecta invirtiéndolo a corto plazo, ocuparse de su coche e ir a ver a la esposa de Rellonen, para recoger algunas cosas de su camarada y anunciarle que el coche de Onni quedaba a su disposición. El oficial del juzgado estaba de vacaciones, así que por esa parte no había nada nuevo. Tras la visita, el coronel Kemppainen fue al estado mayor para ver a sus compañeros, aunque la mayoría se hallaba de permiso. Oyó que un tal Lauri Heikurainen, teniente coronel que había estudiado en la academia de oficiales en su misma época, había muerto el día de San Juan. Se sospechaba que se trataba de un suicidio: Lauri, que fue en vida un bebedor empedernido, se había «ahogado» la noche de San Juan en el lago Pälkäne. El ejército finlandés había perdido aquel día a su mejor nadador...

–Así es como desaparecen de nuestras filas los mejores y más veteranos oficiales, aunque no haya ni rastro de guerra –fue la banal conclusión del estado mayor a la hora del café.

Gracias a sus contactos, el coronel consiguió sacar del depósito del batallón antiaéreo de Hyrylä una tienda del ejército y una estufa de campaña que cargó en el maletero de su coche.

Al margen de estas diligencias, hizo indagaciones sobre la investigación posterior a los sucesos de Kuusisaari. Pasó, como quien no quiere la cosa, a echar un vistazo por el garaje del embajador de Yemen del Sur. La puerta estaba cerrada, al igual que la cancela de hierro de la residencia. Llamó a la embajada e, identificándose como inspector del departamento de seguros de vida de la compañía Pohjola, hizo unas cuantas preguntas sobre lo sucedido el fin de semana. ¿Qué había pasado exactamente aquella noche en el garaje del embajador? Le explicaron que una horda de tarados, pura escoria, se había introducido en él por la fuerza, con la intención de sustraer el coche deportivo de la hija del diplomático. Por suerte los chalados en cuestión eran unos chapuzas incompetentes. Los muy torpes consiguieron arrancar el coche, pero se quedaron encerrados en el garaje. Incluso había muerto uno de ellos, pero los demás se dieron a la fuga, o tuvieron que ser ingresados en el hospital para recuperarse de la intoxicación. Kemppainen dijo que la compañía de seguros no precisaba de más información sobre los hechos y se disculpó por las molestias causadas por sus compatriotas.

En los periódicos no había mención alguna sobre el asunto, así que al coronel no le quedó más remedio que llamar a la policía, esta vez haciéndose pasar por el agregado de prensa de la embajada de Yemen del Sur, para lo cual se puso a chapurrear en un inglés con acento árabe que le quedó bastante bien, la verdad. El comisario a cargo de la investigación consideraba que el caso estaba prácticamente resuelto.

–Como ya sabrá, un pobre diablo falleció en el garaje de su embajador..., un tal Jari Kalevi Kosunen, nacido en Kotka en 1959..., sin antecedentes..., en paro... Se le ha practicado la autopsia y se ha establecido como causa de su muerte un envenenamiento por inhalación de monóxido de carbono. Interrogamos a varios de los presentes en el lugar de los hechos. Algunos estuvieron en observación en el hospital y otros fueron llevados a las dependencias policiales por el mismo motivo.

El comisario le informó de que ya no quedaba, ni en el hospital, ni en el calabozo, ninguno de los participantes en el altercado. Lo que no mencionó fue que los individuos en cuestión se habían esfumado sin permiso, pero eso ya lo sabía Kemppainen sin necesidad de preguntar. Al menos dos de ellos, el furriel en la reserva Jarmo Korvanen y el ingeniero de caminos retirado Jarl Hautala, se habían librado de una investigación más seria justo a tiempo, ya a la mañana siguiente de los hechos.

El coronel le agradeció al comisario la corrección con la que se estaban llevando a cabo las investigaciones y chapurreó en inglés arabizado sus deseos de que tuviese un buen verano. Aliviado, partió en su coche hacia Häme.

En su ausencia los desgraciados se lo habían pasado estupendamente en el lago Humalajärvi. El campamento del jardín había recibido sus últimos retoques y junto a él se levantaba un cenador hecho con ramas verdes, frente a cuya entrada asaron un buey despiezado que habían comprado en la granja más cercana. El día anterior todos se habían puesto a trabajar, y ahora la casa de Rellonen resplandecía en toda su belleza, gracias a otra nueva capa de pintura. La leñera estaba repleta de madera y en el lago flotaban multitud de botellas a medio beber, producto de las sesiones nocturnas de terapia de grupo alrededor de la hoguera.

Pero había más. Durante toda la tarde se habían turnado para telefonear por todo el país a sus compañeros de infortunio que amenazaban con suicidarse. Sorjonen resultó especialmente eficaz en la tarea, y no les faltó trabajo, ya que los archivos estaban repletos de números de teléfono. Felices, le dijeron al coronel que podía contar con refuerzos: bastaría con ponerse en marcha y recoger a los candidatos para que el grupo alcanzara fácilmente los treinta individuos. Tras el encuentro en Los Cantores la gente se había dispersado, pero poco a poco las cosas volvían a su cauce. Parecía que en Finlandia no faltaban los suicidas persistentes.

Kemppainen se mostró escéptico ante la posibilidad de ir de gira por todo el país recogiendo al resto de voluntarios. Si bien era cierto que había recuperado su coche, en él sólo cabían unas cuantas personas y, además, no tenía muchos deseos de aumentar la tropa. Con el rebaño actual ya tenía suficientes quebraderos de cabeza.

La jefa de estudios Puusaari fue algo crítica con la frialdad del coronel. En su opinión, podían perfectamente admitir a unos cuantos miembros más en el grupo. Además, existía el peligro de que las ovejas extraviadas del rebaño se suicidasen al darse cuenta de que de nuevo se habían quedado solas con sus problemas.

Pero el grupo se había reservado lo mejor para el final. ¡Habían conseguido un nuevo medio de transporte! O al menos eso les habían prometido.

Al coronel se le escapó un gemido: gracias a la colecta habían reunido una gran suma de dinero, pero éste no bastaba para comprar un autobús. ¿Acaso habían vuelto a perder el juicio?

Todos le tranquilizaron. En su ausencia, Sorjonen había investigado en los archivos, para ver si entre los seiscientos desgraciados clasificados allí encontraba a alguien que pudiese ayudarles a conseguir un autobús o, en su defecto, un barco. Y el esfuerzo valió la pena: ¡en Savonlinna había un barco de vapor a su entera disposición! *La Golon-*

drina, la nave en cuestión, fue construida en 1912, y en otros tiempos sirvió para el transporte de pasajeros en el lago Saimaa, entre Kuopio y Lappeenranta. El propietario había perdido la fe en el futuro del transporte naval y estaba pensando en suicidarse. Pero si querían usar su barco, estaba dispuesto a cederlo gratis, a condición de que los futuros marineros se ocupasen de arreglarlo. Y trabajo no les iba a faltar, porque la nave llevaba muchos años en dique seco en un astillero de Savonlinna, y su casco estaba fatalmente oxidado. Sería un milagro que se mantuviese a flote, pero ése era un peligro que traía sin cuidado a los suicidas. Tanto mejor, si el barco se hundía arrastrando a las profundidades a toda la tropa.

El coronel se negó en redondo a ejercer de naviero con una bañera vieja y aconsejó a su gente que se olvidase completamente del tema.

Entonces le hablaron de otra posibilidad aún más interesante. Habían localizado en Pori a un transportista de tendencias suicidas, un tal Rauno Korpela, propietario y gerente de la línea La Veloz de Korpela, S. A., que en su momento había contestado al anuncio. No pudo asistir a la reunión en Los Cantores porque justamente ese fin de semana había tenido que ir a una fábrica de carrocerías de Lieto para recoger un nuevo autobús para su empresa. Decía que en los últimos tiempos había navegado entre dos aguas: no sabía si matarse o ponerse a conducir el nuevo autocar. La llamada de sus camaradas suicidas había llegado como caída del cielo.

Korpela prometió acudir con su vehículo desde Pori en cuanto el jefe del grupo volviese de solucionar sus asuntos en Helsinki. Quedaba a la espera de la orden para ponerse en marcha. No tenía nada que perder y estaba dispuesto a todo.

Al coronel no le quedó más remedio que llamar a Korpela. El transportista estalló en carcajadas y dijo que estaría en Häme en menos que canta un gallo.

–¡Allá voy! Dejen bien abierto el portón. ¡Vamos a ir a muerte, se lo digo yo, mi coronel!

12

De madrugada, a eso de las cinco, el campamento del lago Humalajärvi despertó con la aparición bamboleante de un gigantesco autobús de lujo en el jardín. Korpela había llegado. Dando marcha atrás, aparcó las veinte toneladas entre el cobertizo de ramas y el cenador, y, acto seguido, hizo sonar la potente bocina.

El transportista sesentón bajó ágilmente del vehículo. Llevaba un uniforme azul, como el de un piloto de aviación, y una gorra de visera reluciente. En el lomo del flamante autobús estaba pintado en colores metalizados el logotipo de la empresa: La Veloz de Korpela, S. A. El propietario gritó a los que dormían bajo el cobertizo:

—¡Fin del trayecto! ¿Es éste el refugio de los suicidas?

Los desesperados se agruparon alrededor del nuevo recluta para saludarlo y admirar su hermoso autocar.

Korpela estrechó en primer lugar la mano del coronel, y después las del resto del grupo. Los miró a todos con aprobación y, acto seguido, los invitó a visitar el vehículo, dejando subir primero a las mujeres.

—Éste es el autobús más caro que se puede conseguir en el norte de Europa. Dos millones de marcos me ha costado, se dice pronto... –se jactó Korpela. Les contó que estaba nuevecito y que sólo había hecho el camino de la fábrica de carrocerías de Lieto a Pori y de allí, aquella misma noche, hasta el lago Humalajärvi. Tenía cuarenta plazas y un triple chasis a prueba de bomba. En la parte trasera rugía un motor de cuatrocientos caballos con refrigeración intermedia. El interior estaba dividido en dos pisos: la cabina del conductor quedaba abajo, y la parte de los viajeros, arriba. En el piso inferior había también una cocina con horno microondas y frigorífico, un retrete químico y un armario ropero. En la parte trasera del piso superior había una salita de reunión con capacidad para diez personas. El autobús estaba equipado con vídeo, radio y aire acondicionado, y sus asientos eran más espaciosos que los de primera clase de los aviones. Un vehículo espectacular, realmente.

Encendieron una fogata en el jardín y colgaron de las trébedes la enorme cafetera. Las mujeres sirvieron el desayuno en el porche de la casa, poniendo sobre la mesa lo mejor que había en el campamento: fiambres, huevos duros, panecillos hechos en el horno de tierra, zumo y café. La jefa de estudios Puusaari acompañó a Korpela hasta el porche para que desayunase con los demás.

El transportista era un hombre vivaz y lleno de energía, y no daba la impresión de estar cansado, a pesar de haber conducido toda la noche desde Pori. Elogió su autobús diciendo que estaba tan bien equipado que podía conducir una semana sin parar y sin echar siquiera de menos tomarse un café, por no hablar de dormir.

El coronel entró en la casa para buscar la carpeta que contenía, entre otras, su respuesta al anuncio del periódico. Se trataba de una tarjeta comercial de La Veloz de Korpela, S. A. en cuyo reverso el transportista había escrito: «Muy

103

interesado en el suicidio, pero sin tiempo para escribir en este momento. Pónganse en contacto y ya hablaremos.»

El coronel cerró la carpeta y pasó a exponerle los proyectos de su grupo. Le contó que tenía en su poder los datos de más de seiscientos finlandeses y que los había utilizado para organizar el seminario de Helsinki. Tras referirle a Korpela lo acaecido en el transcurso de la reunión, así como los sucesos posteriores, Kemppainen le preguntó si había entendido bien cuál era el objetivo de la tropa. No estaban hablando de turismo de lujo, sino que más bien se trataba de aliviar a personas desesperadas que se enfrentaban a cuestiones fundamentales y, juntas, intentaban hallar consuelo a su sufrimiento. El coronel quiso conocer los problemas de Korpela, si es que quería hablar de ellos.

El transportista le contestó que había sido informado por teléfono en profundidad sobre las intenciones del escuadrón suicida, con lo que no le quedaba ni la más mínima duda sobre su objetivo, que consistía en una muerte colectiva y feliz.

–Tienen ustedes mi apoyo incondicional.

Korpela le contó que era viudo, pero que ése no era el problema, al contrario. Tenía sus propios motivos de peso para matarse, por supuesto. Sin embargo, por el momento no le apetecía hablar de ellos ni analizarlos en público. Su único deseo era ponerse a sí mismo y a su autobús a disposición del grupo, sin esperar nada a cambio. Podían irse hasta el fin del mundo, si así lo deseaban. Por teléfono le habían hablado en principio sobre una posible expedición suicida al Cabo Norte, y la idea le parecía fantástica. Dijo que él era hombre de viajes largos y que jamás se le ocurriría suicidarse cerca de su casa. Se sabía capaz de matarse solo, pero, de alguna manera, le gustaba la idea de colaborar en este campo.

104

Declaró que podía dejar los asuntos de su compañía de autobuses cuando quisiera. No tenía herederos, sólo unos cuantos parientes lejanos con los cuales nunca se había llevado bien. El trabajo en sí, los viajes contratados por toda Finlandia, se habían vuelto repulsivos en los últimos años. Estaba hasta las narices de los vociferantes equipos de hockey sobre hielo, que se ponían hasta las trancas de cerveza y se dedicaban a ensuciar los autobuses y a mortificar a los conductores. Los veteranos de la Segunda Guerra Mundial que viajaban a Leningrado no eran precisamente mejores, con aquella costumbre que tenían de vomitar en la tapicería de los asientos. Tampoco eran motivo de alegría los viajes de las asociaciones cristianas: los muy beatos se quejaban constantemente por todo. O había demasiada corriente, o hacía demasiado calor y cada poco a algún tipo le entraban ganas de mear. En las paradas para el café siempre había que esperar a alguna matrona rezagada, para luego ayudarla a subir al autobús haciendo palanca y acabar con la espalda rota y sudando a chorros. Y, como pago a tanto esfuerzo, luego había que soportar horas y horas de salmos desafinados que terminaban por ponerle a uno la cabeza como un bombo.

Korpela había decidido que de ningún modo permitiría que a su nuevo autocar, un Delta Jumbo Star, lo abollaran a patadas, lo convirtieran en una cochiquera llena de vómitos o le bloquearan las salidas del aire acondicionado con algún misal abandonado.

—Y, además, mientras viva no pienso volver a seguir ningún tipo de horario. ¿Qué opina la tropa? ¿Aceptan a un tipo así en sus filas?

El coronel Kemppainen estrechó la mano del transportista y le dio la bienvenida. El estrépito de los vítores de sus nuevos compañeros fue tal, que unos colimbos que se

105

deslizaban sobre la tranquila superficie del lago se sumergieron espantados en el lodo del fondo y tardaron varios minutos en atreverse a salir de nuevo.

Tras el desayuno, dieron una vuelta de prueba. Eran más o menos las siete. Recorrieron la provincia a una velocidad de vértigo: Turenki, Hattula, Hauho, Pälkäne, Lupioinen y Lammi, donde pararon a comer. Cuando abrió la licorería, compraron veinte botellas de champán y dieron media vuelta en dirección al lago Humalajärvi para festejar el primer y exitoso viaje del buque insignia de la compañía La Veloz de Korpela, S. A.

En lo mejor de la fiesta se detuvo ante el jardín de la casa un coche negro del que se bajaron con torpeza dos hombres de aspecto muy formal, que parecían sentirse molestos. Se quedaron boquiabiertos al ver el alegre gentío que iba y venía por el jardín y el porche. Tras carraspear con aire oficial, preguntaron por el dueño de la casa.

Los serios recién llegados se presentaron a Rellonen: uno era el comisario rural del distrito y el otro un abogado de Helsinki. Este último dijo que representaba al oficial del juzgado encargado de la liquidación de los bienes de su empresa en quiebra. El director gerente ofreció champán a sus visitantes, pero éstos no parecían estar para muchas fiestas. Estaban allí por otro asunto, algo mucho más grave.

El abogado sacó un fajo de papeles y declaró que, en virtud de la sentencia emitida con fecha 21 de marzo del año en curso por el Tribunal de Primera Instancia de Helsinki sobre la citada quiebra, quedaba prohibida toda enajenación o destrucción del inmueble situado a la orilla del lago Humalajärvi, y asimismo, teniendo en cuenta los agravantes del caso, se declaraba la citada propiedad bajo embargo inmediato; por consiguiente, el director Rellonen tenía que hacerle entrega de las llaves y retirarse del citado lugar, él y todos los allí presentes, esa misma noche antes de las doce.

El comisario del distrito añadió que en caso de desobediencia, él mismo se presentaría en calidad de autoridad competente para facilitarle la mudanza y que, de ser necesario, también los oficiales de policía bajo su mando se ocuparían de acelerar dicho trámite.

Rellonen se opuso, diciendo que por lo menos seguía siendo amo de su casa y señor en sus propias tierras. Amenazó con presentar una queja ante el defensor del pueblo por la conducta del oficial del juzgado y el comisario de distrito, y dijo que si hacía falta llegaría hasta el mismo presidente de la República. Pero sus protestas no surtieron ningún efecto.

Les dieron permiso para vaciar el frigorífico, sacar del pozo la caja de cerveza puesta a refrescar y llevarse las ollas y demás menaje de cocina comprado en Urjala, que reconocieron como propiedad de los invitados de Rellonen. Vamos, que al director gerente le dejaron con lo puesto y sólo le dieron permiso para coger sus enseres de aseo personal, además de una pastilla de jabón y una toalla. El resto de los bienes muebles quedaron confiscados en el interior de la casa y Rellonen tuvo que entregar sus llaves a los invasores, tras lo cual aún le fue exigido que firmase el acta de embargo.

La formalidad fue llevada a cabo con la mayor brevedad y frialdad. Cuando terminaron, el comisario de distrito y el oficial del juzgado subieron al coche y se fueron por donde habían venido.

El oficial del juzgado le dijo al comisario con indignación:

–Pues menuda fiestecita tenían organizada... Claro, no me extraña que el tío haya acabado en la ruina. Con una marcha como ésa, hasta el Banco de Finlandia se hundiría, así que... ni te cuento una lavandería...

El comisario no se quedó atrás. El mundo de los negocios estaba podrido de cabo a rabo. El tipo se había declarado insolvente, pero para champán sí que había dinero. Había contado al menos veinte invitados en la casa, y todos estaban borrachos como cubas. Estaría en bancarrota, pero desde luego, eso no le impedía pasárselo en grande.

–¡Joder...! Y, luego, ¡que pague el contribuyente!

–¡Y cómo me hervía la sangre al ver a esos parásitos... tirando al lago las botellas de champán a medio beber! Les ponían el corcho y, hala, al agua. ¡Qué vergüenza! Por suerte, ya ha terminado todo.

El comisario añadió:

–¿Y qué me dice del coronel ese, que se pavoneaba más que nadie? Una conducta inadmisible para un representante de las fuerzas armadas. Los cuervos graznan donde apesta a carroña, eso ya se sabe.

El oficial admitió que de vez en cuando él también bebía champán, y con gusto, pero a sus expensas normalmente. Sin embargo, celebrar semejante sarao y, como quien dice, sobre las ruinas de una empresa sumida en la bancarrota... eso era inaudito. Daba náuseas contemplar semejante desenfreno, cuando en Finlandia quedaba aún tanta miseria material y espiritual. Cientos de personas se suicidaban en el país, gente que se veía superada por sus problemas... Y pensar que mientras tanto semejantes sinvergüenzas se arrogaban el derecho de vivir a lo loco sin preocuparse por el mañana...

13

Cuando el comisario del distrito y el oficial del juzgado se fueron, el director Rellonen se subió a la mesa del porche para pronunciar un discurso. Cubrió de vituperios a los dos funcionarios que se acababan de ir y se quejó de haber tenido que luchar toda su vida contra esa clase de burócratas saqueadores. No era de extrañar que una y otra vez se hubiese visto a las puertas del suicidio. La audiencia se mostró totalmente de acuerdo.

–Pero no permitamos que este deplorable incidente estropee un día que había empezado tan bien –exclamó Rellonen levantando su vaso de cartón lleno de burbujeante champán–. ¡Brindemos por nuestro delicioso suicidio en grupo!

Bebieron champán todo el día y cuando se les terminó, Korpela y Lismanki fueron en el autobús a comprar más provisiones.

–Para habernos matado... Casi nos metemos en una zanja al volver –contó luego Uula, satisfecho.

El coronel Kemppainen les advirtió sobre los peligros de beber con desmesura. Era malísimo para la salud, ya que los riñones y el hígado no podían soportar demasiado alcohol. Alguien llamó la atención de Kemppainen sobre el hecho de que poco importaba una posible cirrosis, dado que, de todas formas, todos tenían un pie en la tumba. El coronel no tuvo nada que objetar a eso.

Más avanzada la tarde, cargaron en la bodega del autobús la tienda de campaña del ejército y todo lo demás y subieron todos en él. El ambiente estaba tan caldeado y los ánimos tan exacerbados que, como despedida, le prendieron fuego al cenador y al cobertizo que habían construido en el jardín. Fue Uula Lismanki quien tuvo la idea y todos estuvieron de acuerdo en que ambas construcciones no formaban parte de las propiedades del director Rellonen en el momento de la quiebra, aunque la casa sí lo fuera. Cenador y cobertizo ardieron artísticamente, creando sobre las apacibles aguas del lago Humalajärvi un espejismo de llamas, justo en el momento en que también el sol se ponía.

El transportista Rauno Korpela, bastante achispado, se sentó al volante de su lujoso vehículo y arrancó. Acordaron ir hacia el este todo lo lejos que pudieran, al menos mientras el conductor se mantuviese despierto. El coronel Kemppainen se metió con la jefa de estudios Puusaari en su coche y siguió al autobús, que en ese momento circulaba por el camino de la casa zigzagueando con una despreocupación alarmante. Sin embargo, al llegar a la carretera nacional aceleró y los kilómetros empezaron a desfilar rápidamente.

De vez en cuando se desviaban por caminos secundarios y Korpela les dijo que prefería circular por las rutas poco frecuentadas, sobre todo después de haber estado bebiendo champán todo el día. Los campos y los pequeños caminos rurales resultaban de lo más agradable aquella noche de verano.

Siguieron circulando en dirección a Vääksy y Heinola

una hora o dos; después nadie se preocupó ya de por dónde iban.

El camarero Seppo Sorjonen se puso a dirigir una canción a coro, dando prueba de su naturaleza lírica. Los suicidas en potencia cantaron con particular entusiasmo cierta copla machacona que hablaba sobre el carácter provisional de la vida:

«La miseria, el dolor, todo pasará, en la vida todo es temporal...»

Korpela pisaba a fondo el acelerador y el coronel Kemppainen tenía dificultades para permanecer en la estela del autocar. Le preocupaba que se produjera un accidente o que les detuviese la policía, pero la jefa de estudios lo tranquilizó. Qué más les daba acabar en una zanja, si de lo que se trataba era de morir. Helena Puusaari llevaba consigo una botella de champán a medio beber. Apoyó su cabeza tiernamente en el hombro del coronel y se puso a tararear con una suave voz aguardentosa el aria de *La condesa Maritza* de la opereta de Kálmán. La embriagadora colonia de la jefa de estudios, que perfumaba el interior del coche, y su seductora feminidad turbaron al coronel. Kemppainen empezó a pensar que, después de todo, lo de suicidarse no estaba tan mal.

Debían de estar ya en la provincia de Savo cuando Korpela se durmió al volante. No era de extrañar, ya que llevaba dos días sin dormir: primero había conducido de Pori a Häme, luego había dado la vuelta de prueba por toda la provincia con el grupo y aquella noche habían ido ya desde Häme hasta Savo, si es que era allí donde estaban. Pero Korpela era un conductor tan experimentado que no se limitó a dormirse sin más al volante, sino que entre una cabezada y otra condujo el autocar hasta el borde del camino, paró el motor y acto seguido se durmió profundamente.

111

Pronto empezaron a oírse sus ronquidos. Entre varios lo llevaron hasta la parte posterior del autocar y lo dejaron durmiendo en el sofá de la zona de reunión. El furriel en la reserva Jarmo Korvanen, que tenía permiso de conducir para vehículos pesados, se puso al volante del autobús y continuaron el viaje. No sin esfuerzo, consiguió recorrer un kilómetro hasta una cantera de grava que les pareció lugar propicio para aparcar. Allí lo dejaron, pero no era cuestión de acampar en aquel frío socavón. En la oscuridad de la noche se pusieron a vagar por los alrededores hasta dar con un hermoso prado, ideal para un campamento. Uula Lismanki tomó las riendas y pronto la tienda estuvo en pie. Sobre el suelo de la misma extendieron ramas frescas para que les sirviesen de colchón, y antes de irse a dormir se bebieron lo que quedaba del champán. El criador de renos encendió una fogata frente a la entrada de la tienda y, sentados alrededor, charlaron de lo divino y lo humano. En general, todos estaban satisfechos de cómo estaba transcurriendo la expedición suicida. El comienzo había sido fascinante, de modo que si todo continuaba así, nadie tendría motivo de queja. Tras beberse hasta la última gota de champán, hombres y mujeres fueron a acostarse, juntos, pero no revueltos.

Un guión de codornices gritó en la noche, las ranitas saltaban por los campos de renuevo y de algún punto de la lejanía llegaba el zumbido apagado de un caza del ejército. La hoguera de los suicidas se fue apagando lentamente. Un cachorrillo de zorro se acercó curioso a olisquearla. Lamió hábilmente una gota de champán del fondo de un vaso de cartón y, para acompañarla, atrapó una ranita y se la zampó. En la tienda todos dormían y sólo se oía el sonido de sus respiraciones, algunas toses y a alguien que hablaba en sueños.

El coronel contempló el prado desde su coche: la bruma nocturna cubría con su manto protector la tienda de campaña y a los pobres desgraciados que dormían en ella. Pensó que probablemente se tratase del campamento más patético y la tropa más desesperada de Finlandia.

–Descansad en paz... –murmuró el coronel. Los buenos deseos iban también dirigidos a Helena Puusaari, pues la enérgica pelirroja también se había dejado vencer por el sueño y respiraba profundamente en el asiento delantero del coche. El coronel la llevó en brazos al autobús, donde estaría más cómoda. Pesaba mucho, pero era agradable llevarla. Pensó vagamente que en sus brazos descansaba una mujer alta y bella con la cual cualquiera podría pasar el resto de su vida felizmente, incluso casándose con ella. Eternamente. Pero también ella moriría pronto; ése y no otro era el motivo de aquel viaje. Entonces él se quedaría viudo de nuevo, si es que no terminaba también por matarse. En realidad, todo estaba ya hablado y decidido. Trágico, en cierto modo.

El coronel dejó a la jefa de estudios al fondo del autobús y la cubrió con una manta de viaje. El transportista Korpela roncaba apaciblemente en su asiento.

Kemppainen anduvo con paso inseguro por el neblinoso prado, tropezando en las zanjas, pero finalmente dio con la tienda en medio del prado, entró en ella a gatas y se durmió inmediatamente.

Los aspirantes a suicida no se preocuparon por establecer turnos de guardia nocturna. En aquel campamento nadie temía a la muerte.

Era ya de madrugada y los pájaros dormían en sus ramas. Desde algún lugar llegaba el monótono y adormecedor zumbido de un chotacabras.

14

Urho Jääskeläinen, granjero de profesión, entró todavía adormilado en su vaquería. Sólo eran las seis de la mañana, pero en una granja de ganado el trabajo no puede esperar. Había que dar de comer a las vacas, ordeñarlas, limpiar el establo y llevar el estiércol al estercolero, luego sacar las reses a pastar al prado.

El granjero, que tenía treinta años y era natural de Savo, era un hombre profundamente arraigado a la tierra. Vivía en la remota aldea de Röntteikkösalmi, donde había heredado de sus padres una granja bastante próspera, con veinte hectáreas de cultivos, de los cuales la mayor parte eran pastos y henares, además de unos sembrados de remolacha azucarera, que eran bastante hermosos. Tenía doce vacas. Hubiese podido tener más, porque el establo estaba nuevo y las tierras producían más forraje del que necesitaba, pero las cuotas lecheras eran implacables con aquella docena. Y trabajadores no encontraba. Raro era el día que en los periódicos no hablaban de desempleo, pero al parecer los que buscaban trabajo se perdían en las profundidades de los ficheros de la oficina del paro. Y ya era mucho si en verano conseguía que alguien le supliera en las labores de la granja para poder escapar una semana a Tenerife; aunque ni siquiera todos los años tenía esa posibilidad.

Urho le limpió las ubres a cada vaca antes de enchufarles las boquillas succionadoras de la ordeñadora automática. La leche empezó a fluir hacia el tanque. En realidad ese trabajo le hubiese correspondido a su esposa Kati, sólo que ésta no era de gran ayuda en la granja. Las chicas de Röntteikkösalmi en edad casadera se iban del pueblo en cuanto acababan la escuela, así que a Urho le había sido imposible encontrar una esposa granjera. Poco le faltó para acabar solterón, hasta que un día, durante la feria agropecuaria de Pieksämäki, unos años antes, por fin le sonrió la suerte, si se puede decir así. Gracias a un ordenador encontró a una chica, Kati, dispuesta a casarse. Era de Helsinki, nada menos que del popular barrio de Kallio, y quería mudarse al campo, pues adoraba la equitación y la agricultura orgánica. Había trabajado de camarera en un bar de la calle Penger.

Pero Kati nunca se acostumbró a los trabajos de la granja. Ordeñar le producía repugnancia. Las vacas le daban miedo. Imposible tener cerdos, porque apestaban que era un horror. De mayo a finales de otoño a Kati le goteaba la nariz porque era algo alérgica a todo, al pelo de las vacas, a la flor de la colza... Tal era el espanto que le causaba la neumonitis, que ni se le ocurría acercarse al heno. Las botas de goma hacían que los pies le sudasen, lo cual también constituía un obstáculo. En cambio, para Kati echar una criatura al mundo había sido coser y cantar: una mocosa llorona, llena de costras de leche. Y la ex camarera era una cocinera excelente: raro era el día que no le servía a Urho salchichas con puré o albóndigas con patatas hervidas. ¡Incluso algunos domingos le sorprendía preparándole un filete digno de un señorito!

Aquella mañana Urho Jääskeläinen no estaba de muy buen humor. Kati se había quedado en la cama, como de costumbre. Solía decir que ni siquiera en el bar la obligaban a levantarse de madrugada para trabajar. Y si hacía alguna hora extra, se la pagaban aparte. ¿Acaso él, Urho, le pagaba por levantarse a media noche para prepararle el desayuno? ¡Pues a callar!

El consejero agrícola del distrito había sugerido a Urho que comprara un ordenador para llevar las cuentas de la granja, pero éste no terminaba de animarse. Dijo que había perdido la fe en los ordenadores unos años atrás, en la feria agropecuaria de Pieksämäki.

Acabadas las tareas de la vaquería, Urho sacó a su ganado y lo llevó a los pastos por un camino que atravesaba los campos. Kati aún dormía, las cortinas seguían corridas tras la ventana del dormitorio.

Disgustado, apremiaba a sus doce vacas por el embarrado camino. Ni siquiera el vigoroso aroma del heno cubierto de rocío le remontaba la moral. En las profundidades de su alma yacía un sentimiento de cólera por la insulsez de su vida. A veces había pensado en el suicidio, incluso en pegarles un tiro primero a Kati y luego a la nena, dejando la última bala para su propia cabeza. Tal vez reuniría el valor para hacerlo si se ponía en serio a beber aguardiente durante una semana entera.

El granjero estaba tan sumido en sus negros pensamientos, que las vacas y él casi chocaron con una tienda de campaña del ejército plantada en medio de su prado. Se quedó pasmado: ¿qué quería decir aquello? ¿Acaso habían empezado las maniobras militares en Juva? Pero... ¡con qué derecho venía el ejército a pisotearle los sembrados y montar un campamento justo en medio de su mejor prado de renuevo!

116

Urho abrió de un tirón la puerta de tela de la tienda y lanzó un grito terrorífico. Tenía una potente voz de mando y no era para menos, porque había hecho el servicio militar en Vekarajärvi, ascendiendo hasta cabo primero.

Su sorpresa fue aun mayor cuando, en vez de los reclutas somnolientos que él esperaba, de la tienda salió un oficial resacoso e irascible. Se sobresaltó, porque se trataba de un coronel de los de verdad, con su uniforme completo, sus correajes y sus tres rosetones dorados en el cuello. Urho se puso firmes instintivamente y se presentó:

–¡Mi coronel! ¡Se presenta el cabo primero Jääskeläinen! ¡Efectivos: uno más doce... vacas!

Se avergonzó. ¡Qué diablos! Ahora era un civil, dueño justamente de aquel prado y de toda una finca, así que, a santo de qué tenía él que ponerse firmes delante de un jerifalte desconocido en medio del campo. Rojo como la grana, Jääskeläinen retrocedió para protegerse entre sus vacas. Si hasta las había presentado a ellas, maldita sea...

El coronel Kemppainen le estrechó la mano y le preguntó cuál era el nombre del lugar donde él y sus tropas habían pasado la noche.

Urho le dijo al coronel que se encontraba en Rönteikkösalmi, en la finca de los Jääskeläinen. Pues vaya con el ejército... ni siquiera tenían idea de adónde habían ido a parar...

Para entonces los demás ya se habían despertado y se agruparon en torno al coronel y al granjero. Urho se fijó en que se trataba de civiles, hombres y mujeres. Una tropa de lo más rara. Calculó que eran por lo menos veinte personas. Los de la ciudad sí que tenían tiempo para viajar y hasta patearle los sembrados a la gente decente en pleno verano.

El coronel le preguntó a cuánto estaban del pueblo o de la ciudad más cercanos. ¿Cuál era: Heinola o Lahti?

117

Urho Jääskeläinen dijo que se encontraban en el municipio de Juva. Heinola quedaba lejos y Lahti aún más. La ciudad más cercana era Mikkeli y casi a la misma distancia se hallaban Savonlinna y Varkaus. Y tampoco es que Pieksämäki quedase muy lejos...

–Vaya, vaya... qué curioso... y yo que pensaba que aún estábamos al oeste de Mikkeli. Pues sí que hemos corrido... Bueno, lo mismo da donde estemos. Y dígame: este prado en el que hemos acampado, ¿es suyo, por casualidad?

–Exactamente. Y para más inri se me han puesto en medio de un henar como quien dice recién sembrado, me cago en la leche –respondió con su fuerte acento del Savo.

–Naturalmente le compensaremos por las pérdidas que le hayamos ocasionado, no faltaba más.

Urho Jääskeläinen masculló que con dinero no podía arreglarse una plantación chafada. La cosa no era tan simple. Aunque tal vez si la tropa echaba una mano... Eso sí que hacía falta en la granja.

–¡El dinero me importa un pimiento! Pero si entre todos me entresacasen la remolacha... pues ya sería otra cosa..., ¡es que hay que ver cómo me han dejado el sembrado! ¡Todo pateado!

Los aspirantes a suicida dijeron que de mil amores echarían una mano si el patrón así lo quería. Las faenas del campo podían resultar una excelente terapia. Pero primero tenían que desayunar y asearse. ¿Había cerca algún lago en el que poder darse un baño?

–Aquí en Savo hay agua para dar y tomar –dijo Urho entusiasmado, calculando el provecho que supondría para su cosecha de remolacha la sorprendente aparición de aquella fuerza laboral. Ante él tenía a veinte turistas ociosos, algunos de los cuales eran ya bastante viejos, pero cada uno trabajaría según sus fuerzas... poco a poco y a su ritmo.

118

El grupo fue a bañarse al lago de Rönttenikkö. Después dieron cuenta de un desayuno campestre delante de la tienda. La jefa de estudios y el transportista se unieron a ellos. Helena Puusaari parecía agotada y evitaba la mirada del coronel. Para ella y para Korpela fue una sorpresa que hubiesen llegado hasta Juva. Éste preguntó si habían atravesado Mikkeli sin darse cuenta. Nadie recordaba haber visto las luces de la ciudad aquella noche, ni siquiera el coronel. A lo mejor es que habían ido a parar a Juva por las pequeñas carreteras secundarias que había entre Ristiina y Anttola, sólo Dios lo sabía.

Cuando el resto del grupo se fue hacia el campo de remolacha, la jefa de estudios le preguntó al coronel si había pasado algo aquella noche. Se sintió aliviada cuando le oyó decir que sólo la había llevado en brazos al autocar y la había arropado en su asiento.

—Es que no me acuerdo de nada..., no hay que beber así. ¿Hice algo inconveniente anoche?

El coronel le aseguró que se había comportado con toda corrección y le ofreció su brazo para llevarla a darse un baño matinal en el lago, cuya orilla estaba llena de bellos nenúfares.

Los desesperados se quedaron en Rönttenikösalmi por espacio de tres días. Durante el día desbrozaban los campos de remolacha y almorzaban las salchichas con puré de patatas que preparaba divinamente Kati Jääskeläinen. Por la noche encendían una hoguera junto al lago y se sentaban alrededor a conversar con fines terapéuticos.

La sana vida del campo les sentaba bien y se hubieran quedado más tiempo, pero las labores de la remolacha no dieron para más.

En el momento de la despedida, Urho Jääskeläinen, que estaba al tanto del destino final del viaje de los suicidas y se había hecho amigo de ellos, les dijo melancólicamente:

–Pues yo me iría con gusto al Cabo Norte ese a matarme..., lo que pasa es que el verano es la peor temporada para los agricultores. Uno no está para viajes. ¿Por qué no os lleváis a mi señora? Ella seguro que se apuntaría al viajecito..., y yo, tan contento de que hiciese turismo, ya me entienden.

Sin embargo, el coronel no aceptó la propuesta de Urho. Personalmente, no le parecía que la señora Jääskeläinen tuviese tendencias suicidas, y eso haría que se sintiera excluida durante la excursión al norte. Sin contar con que no podía garantizar el viaje de vuelta.

–Ya veo que no..., pero tenía que intentarlo –dijo Urho con decepción.

El grupo subió al autocar y Korpela se puso en marcha en dirección a Savonlinna. Allí podrían recoger al dueño y armador de *La Golondrina*, si es que la idea de suicidarse aún le interesaba. Y, ya que estaban en Savo, valdría la pena pasar por un par de direcciones más que habían sacado de los archivos. En el autobús quedaba sitio de sobra.

La jefa de estudios propuso que al llegar a Savonlinna fuesen a una floristería para encargar una corona de muerto a fin de enviarla a Kotka, a la tumba del fallecido Jari Kosunen. ¿Habría sido enterrado ya el primer difunto del grupo?

Decidieron informarse sobre el asunto. Por suerte, el autobús disponía de un radioteléfono. Rellonen llamó a varios números de Kotka y se enteró de que Jari Kosunen sería enterrado el martes siguiente, o sea, dos días después. El entierro se celebraría en la intimidad, en el cementerio nuevo de la localidad. La madre del joven había sufrido un colapso nervioso al enterarse del triste destino de su hijo y estaba internada en un sanatorio mental, de manera que tal vez ni siquiera podría asistir al sepelio del chico. La información les fue proporcionada por un funcionario del registro de la congregación evangélica luterana. Jari sería enterrado a expensas del municipio, ya que su madre carecía de recursos y no había otros familiares cercanos. El muchacho había vivido con ella en un pequeño piso de dos habitaciones de las afueras, y todo lo que ganaba haciendo trabajillos temporales lo derrochaba en la construcción de aviones a escala y cometas, según tenía entendido el funcionario. A Jari se le tenía por un loco en los círculos locales.

El coronel propuso que el grupo de desesperados acudiese al sepelio. Era de justicia que, en su último viaje, rindieran homenaje a un compañero de infortunio, a un pionero que les había abierto el camino.

Según los archivos, en el valle del río Kymijoki vivían al menos dos suicidas más. Era la ocasión de pasar a saludarlos y, si así lo deseaban, de llevárselos con ellos en el viaje al Cabo Norte.

15

En ese mismo momento, en una casa de las afueras de Savonlinna, la profesora de economía doméstica Elsa Taavitsainen estaba recibiendo una zurra por parte de su marido, Paavo Taavitsainen, un electricista que padecía celos paranoicos. Elsa estaba llena de cardenales y en la cabeza lucía un chichón del tamaño de un huevo. Acurrucada en el suelo del vestíbulo, lloraba desconsoladamente. El matrimonio tenía un hijo y una hija en edad adolescente. La chica estaba sentada sobre la cama de su cuarto, con el cuerpo rígido, y daba un respingo cada vez que su madre chillaba al recibir otro golpe. Su hermano, nervioso, se reía por lo bajo en la sala de estar y de vez en cuando daba un trago a hurtadillas de la lata de cerveza de su padre.

Los malos tratos formaban parte de la rutina semanal de la familia. La víctima era siempre la madre, la pecadora de la familia a la que siempre había que humillar. No sabía hacer nada a derechas. Era una guarra, una distraída, un pendón, una derrochadora, no se lavaba y ni siquiera sabía hacer una comida en condiciones, a pesar de ser profesora de economía doméstica. Además, era fea. Olía mal. Era una vaga. No sabía educar a los niños. Era un carámbano en el lecho matrimonial. Elsa había destrozado la vida de su marido y la de toda su familia. No había por dónde cogerla, era un desastre.

Si Elsa intentaba defenderse, el marido enloquecía de rabia y se ensañaba aún más, aunque tampoco soportaba que ella se resignara a su papel de esclava de la familia. Hiciera lo que hiciese, Elsa siempre recibía.

Sólo tenía treinta y cinco años, pero parecía una vieja. Estaba agotada y hundida, y ya no le quedaba ninguna esperanza. El futuro la horrorizaba. No dormía por las noches, ni siquiera cuando no la habían apaleado.

Después de San Juan, leyó un anuncio, entre las esquelas que la impresionó. «¿Estás pensando en suicidarte?», era la pregunta que lo encabezaba. Y Elsa, más que ninguna otra persona, podía contestar que sí. Reuniendo las pocas fuerzas que le quedaban, respondió al anuncio y pronto recibió la invitación a un seminario que se iba a celebrar en Helsinki. Elsa se arriesgó a hacer el viaje, diciendo que iba a unas jornadas educativas para profesores de economía doméstica que se celebraban en la capital.

La reunión en Los Cantores le proporcionó un consuelo y una sensación de no estar ya sola como nunca imaginó que fuese posible. Escuchó atentamente la conferencia sobre el suicidio y su prevención, comió por primera vez en mucho tiempo con toda tranquilidad y habló de sus cosas con gente que la comprendía. Había encontrado a sus compañeros de infortunio.

Tras el seminario Elsa Taavitsainen se unió al núcleo radical de los suicidas, los que querían acabar cuanto antes. Estuvieron en el cementerio y en Seurasaari. De madrugada marcharon por una isla que había de camino a Espoo, donde vivía gente rica. Los demás se habían encerrado en un garaje, pero Elsa no se atrevió a meterse en un lugar que pertenecía a unos desconocidos.

Un guarda acompañado de un pastor alemán se presentó en el sitio. Asustada, Elsa corrió en dirección a la ciudad y pronto empezó a cruzarse con ambulancias y coches de policía. Ella no sabía lo que había pasado. Al día siguiente regresó a su casa, y desde entonces, nadie se había puesto en contacto con ella. Entretanto, su suspicaz marido había descubierto que en Helsinki no se había celebrado reunión alguna de profesores en las fechas indicadas por su mujer. Sus monstruosos celos estallaron como si de una tormenta se tratase. Después de aquello, no quedó ni rastro de la dignidad de Elsa.

Yacía en el vestíbulo de su casa, maltratada y llena de vergüenza. Lo único que esperaba de la vida era que acabase pronto para poder descansar en paz. Quería morir.

Entonces llegó de la calle el sonido de un motor y alguien tocó el timbre. El marido le rugió desde la sala de estar:

–¡Antes de abrir ve a lavarte la jeta esa de guarra que tienes, cacho puta!

No tuvo fuerzas para tanto, pero consiguió enderezarse lo suficiente como para descorrer el cerrojo de la puerta.

Ante ella apareció el coronel Hermanni Kemppainen, que la ayudó compasivamente a ponerse en pie. Elsa tenía la cara ensangrentada y la ropa en desorden. Se le habían roto las medias y le faltaba un zapato.

–¡Coronel Kemppainen! Ayúdeme, se lo ruego...

Se derrumbó en los brazos del coronel, llorando desconsolada.

El coronel la llevó en brazos hasta el autobús, dejándola al cuidado de Helena Puusaari, mientras bajaban del vehículo algunos de los hombres: Korpela, Sorjonen, Lismanki y Korvanen. El marido de Elsa salió al jardín hecho una furia y trató de golpear al coronel, pero rápidamente lo agarraron entre todos. Acusaba a los salvadores de Elsa de violación de su domicilio. Sus hijos seguían los acontecimientos desde las escaleras con aire indiferente, como si la cosa no fuera con ellos.

Elsa estaba loca de terror. Se escondió tras los asientos, al fondo del autocar. La jefa de estudios se sentó a su lado y le habló en tono tranquilizador.

Mientras tanto, el coronel Kemppainen y el furriel en la reserva Korvanen estaban intercambiando ideas con el electricista Taavitsainen. Korvanen se le había sentado encima del pecho y el hombre se revolvía.

El escándalo había llamado la atención de los vecinos. Todos opinaban que había que mandar a Taavitsainen a comisaría. Aquello era demasiado. Alguien fue a llamar a la policía.

El coronel pidió a algunos de los vecinos que retuviesen a Taavitsainen mientras llegaba la autoridad y éstos así se lo prometieron, tras agradecerle que se hubiese hecho cargo del asunto.

Helena Puusaari le preguntó a Elsa si deseaba recoger algún efecto personal de su casa. La pobre mujer no se atrevía, pero bajo la protección de la jefa de estudios y del coronel reunió el coraje necesario para entrar en la casa. Cogió sus papeles, su bolso, algo de ropa, el pasaporte y dinero. Eran todas sus posesiones. Todos los objetos con algún valor sentimental para ella habían terminado en pedazos a lo largo de tantos años de lucha. No abrazó a sus hijos al marcharse, ni ellos se dignaron mirarla. Un coche de policía entró en ese momento en el jardín.

Y así fue como se separó la desgraciada familia Taavitsainen. La policía se hizo cargo del marido y La Veloz de Korpela, S. A. se llevó consigo a la mujer. El destino de uno era el calabozo y el de la otra, la muerte. En la casa quedaron dos adolescentes, un chico que había crecido sin sentimientos y una chica paralizada de terror.

Korpela se dirigió al centro de Savonlinna. Elsa, agotada, se durmió en el asiento trasero del autocar.

La jefa de estudios pidió que pasaran por una farmacia y una floristería. Compró con su propia receta unos tranquilizantes para Elsa y en la floristería dejó el encargo para la corona del muerto. Pidió que pusiesen en la cinta de seda: «En recuerdo del pionero que nos mostró el camino.» Luego llamaron al profesor Mikko Heikkinen, el armador de *La Golondrina* de Saimaa, y acordaron reunirse todos en el astillero.

16

Al volante de su autobús, Korpela cruzó el puente al este de Savonlinna y enseguida llegó al astillero de desmantelamiento. El oxidado vapor descansaba sobre unos caballetes. Los aspirantes a suicida examinaron la triste nave y llegaron a la conclusión de que nunca volvería a navegar, tal era el estado de su casco. Por suerte habían desistido de la idea de una última singladura a bordo del barco, porque eso hubiese acabado con toda la tropa en la misma botadura. La muerte repentina había dejado de interesarles.

Una furgoneta entró traqueteando en el patio del astillero. En ella iba Mikko Heikkinen, un hombre de cuarenta y cinco años, profesor de mecánica del Instituto de Formación Profesional de Savonlinna. Heikkinen aparcó su destartalado cacharro junto al lujoso autobús de Korpela y fue a saludar a los suicidas, que rodeaban su barco en pequeños grupos. Iba vestido con un mono lleno de grasa y llevaba una gorra en cuya visera se leía en letras grandes: ASTILLEROS WÄRTSILÄ. Tenía el rostro bronceado por el sol y curtido por el viento. Daba la impresión de estar resacoso y su aliento olía a aguardiente mal digerido. Las manos le temblaban un poco cuando saludó al coronel.

Kemppainen le señaló a los presentes, precisando que era el mismo grupo de aspirantes a suicida que le había llamado desde Humalajärvi para preguntarle por su barco. Iban camino al norte, pero primero pensaban disfrutar un poco del verano finlandés y ocuparse de paso de varios asuntos.

Heikkinen les enseñó su barco, que tenía un aspecto desolador apuntalado en los caballetes. Dijo que se trataba de un vapor de pasajeros de veintiséis metros de eslora por seis de ancho y ciento cuarenta y cinco toneladas de peso. Tenía capacidad, o, más bien, la había tenido, para ciento cincuenta viajeros. El motor tenía una potencia de sesenta y ocho caballos. Antes de la Primera Guerra Mundial, la nave había hecho la línea del lago Saimaa hasta San Petersburgo. Heikkinen la había adquirido en una subasta en el año 1973 y pagó por ella un precio irrisorio pensando que hacía un gran negocio. Pero con los años la adquisición había resultado una ruina.

Acercó una escalera de mano a la quilla de *La Golondrina* y subió al puente de un brinco, seguido por el coronel y algunos hombres más. El armador les enseñó las dependencias de los pasajeros. Se hallaban en pésimo estado, el barniz de los revestimientos se había desconchado hacía mucho y los tabiques estaban tan carcomidos en algunos puntos que a duras penas se tenían en pie. La verdad es que no invitaban a apoyarse en ellos. Heikkinen había arreglado poco a poco la cabina de mando. El timón era de latón pulido y también la bocina del tubo acústico, que comunicaba con la sala de máquinas, brillaba fruto de un intenso esfuerzo. La campana tintineó graciosamente cuando el armador tiró de la cuerda. Las reparaciones del puente superior se habían quedado ahí. De nada servía gritar por el tubo acústico. Heikkinen reconoció deprimido que nadie le había contestado nunca desde abajo.

Bajaron de uno en uno por la escalerilla de hierro hasta la sala de calderas. Había piezas de la vieja máquina de vapor aquí y allá, desparramadas por el suelo. Heikkinen encendió una linterna que colgaba del techo y les contó que llevaba más de diez años intentando arreglar aquel trasto. Había colado y vaciado unos cojinetes nuevos de bronce blanco, había limpiado todas las piezas y fabricado otras. Una vez, allá por 1982, incluso rearmó la caldera e intentó que arrancase. Se originó algo de presión, la guía de deslizamiento del motor empezó a moverse perezosamente y por la chimenea del puente superior salió vapor. Pero algo no funcionó, porque la máquina giró varias veces y tras emitir unos últimos estertores, se quedó atrancada y poco faltó para que el barco se incendiase. Heikkinen lo desmontó todo nuevamente y se puso a buscar posibles fallos, que encontró a montones. La vieja caldera aún descansaba desmontada en la bodega del barco.

El armador rebuscó a tientas por la sentina de su oxidada bañera, en cuyo fondo se había ido acumulando con los años una charca de líquido de condensación. Algunos botellines de cerveza flotaban en ella. Heikkinen los sacó de la grasienta y negruzca agua y rogó a sus invitados que volvieran a subir al puente de mando.

El armador ofreció una ronda de cervezas y se bebió a morro la suya con tanta ansia, que la nuez subía y bajaba vertiginosamente por su garganta. Cuando la templada y espumosa cerveza le llegó al estómago, entrecerró los ojos un momento, tras lo cual soltó un sonoro regüeldo y declaró solemnemente que aquel barco lo había abocado al alcoholismo.

–Me he convertido en una ruina humana por culpa de este proyecto. Pronto voy a estar tan hecho polvo como esta bañera del demonio.

Mikko Heikkinen siguió con su conmovedor relato. Cuando compró la nave diecisiete años antes, él era un joven fogoso y apasionado de la navegación. Su sueño era reparar el viejo vapor, e incluso tenía la intención de restablecer la línea en el lago Saimaa. En sus visiones más osadas, se veía a sí mismo al timón de *La Golondrina*, navegando por el Neva hasta arribar al puerto de Leningrado, donde anclaría su hermoso vapor junto al histórico acorazado *Aurora*.

Los primeros veranos los había pasado dando entusiastas martillazos en la oscuridad de la bodega, sin apenas ver el sol. Había remachado y soldado, había raspado la herrumbre de las viejas planchas de acero, el cuento de nunca acabar... Pero la nave era demasiado grande y sus fuerzas demasiado limitadas. Era una empresa desesperada, porque el barco se oxidaba a gran velocidad, sin darle tiempo a repararlo.

Todas sus ganancias iban a parar al barco. Su trabajo como profesor de mecánica empezó a resentirse. Heikkinen reconoció que había perdido el sentido de la realidad. Empezó a beber. Su casa se había convertido en un taller y allá donde se mirase no había más que planos y bolas de borra llenas de grasa. Hasta su propia familia empezó poco a poco a despreciarle. Finalmente su esposa pidió el divorcio y se llevó consigo a los hijos. Perdió la casa. Sus allegados empezaron a evitarlo. En el trabajo se burlaban de él con crueldad, preguntándole por la fecha de la botadura del barco. Una Navidad sus compañeros le regalaron una botella de champán para que bautizase la nave. Aquello se convirtió en un ritual que se repetía cada año: Heikkinen ya había sido humillado con quince botellas. Se las había bebido todas con amargura, solo, en la oscura y húmeda bodega del barco. En un arrebato de cólera, rompió los cascos vacíos contra la herrumbrosa quilla.

130

Heikkinen se había convertido en el hazmerreír de la ciudad. Por Savonlinna circulaban todo tipo de chascarrillos sobre él, y le llamaban «el capitán en dique seco de la Compañía de Vapores La Golondrina». Por su cuarenta cumpleaños le regalaron una brújula marina que vendió a un chamarilero, para después gastarse el dinero en aguardiente.

Aquel pecio sólo le ocasionaba gastos. Tenía que comprar herramientas, nuevas piezas, pagar el alquiler del astillero y la electricidad. Estaba sin un duro y su puesto de trabajo peligraba. En el instituto de formación profesional ya estaban buscando un nuevo profesor de mecánica que le sustituyese. Reconocía que se estaba volviendo loco por culpa de *La Golondrina*. En primavera había intentado ponerla a flote, porque pensó que lo más sensato sería hundirse con ella en Linnansalmi, pero tampoco tuvo éxito. A causa de la herrumbre, la nave se había quedado soldada a sus caballetes y no hubo forma humana de moverla, aun cuando Heikkinen intentó forzarla mediante unos gatos a presión hidráulica. Aquel barco era su fatal destino.

El capitán en dique seco acabó su cerveza, se encogió sobre sí mismo y, cubriéndose la cara con las manos sucias de grasa, se echó a llorar con desconsuelo. Las lágrimas se le deslizaban por el rostro moreno y curtido hasta su sucio mono de trabajo.

–Ya no puedo más –sollozó el pobre desgraciado–. Llévenme con ustedes, lo mismo me da adónde vayan, pero llévenme con ustedes, se lo ruego...

El coronel Kemppainen rodeó con su brazo los hombros del fatigado armador y lo invitó a subir con ellos al autobús.

17

El batallón suicida se quedó a pernoctar en Savonlinna. Como la temporada turística se hallaba en pleno auge, los hoteles no disponían de habitaciones suficientes para un grupo tan numeroso, así que tuvieron que pasar la noche en un camping. Como ya venía siendo costumbre, levantaron la tienda dirigidos por Uula. Los hombres durmieron en ella, pero para las mujeres alquilaron tres cabañas.

Por la noche reservaron la sauna del camping, donde todos se lavaron a conciencia, asegurándose en particular de que el capitán en dique seco Heikkinen se restregase con un estropajo el óxido y la grasa de motor rancia incrustada en sus poros durante diecisiete años.

Tras la sauna fueron a bañarse al Paso del Rey Olavi y luego frieron unas salchichas en la hoguera. La sombra tenebrosa del castillo de Olavinlinna se reflejaba en la veloz corriente. Alguien recordó la historia de cierta doncella del castillo que fue emparedada en uno de sus muros en lugar del traidor al que amaba. Calcularon que, a lo largo de los siglos, serían ya decenas de personas las que habrían cometido suicidio tirándose a las negras aguas desde alguna de las torres de la siniestra fortaleza.

Les hubiera encantado prolongar su estancia allí, pero el deber los llamaba. Había que estar en Kotka a tiempo para el entierro de Jari Kosunen. Los nuevos miembros del grupo, la profesora de economía doméstica Elsa Taavitsainen y el capitán en dique seco Mikko Heikkinen, eran los que parecían tener más prisa por irse. Ya estaban hartos de Savonlinna y de sus habitantes.

Así, se pusieron en marcha. El lujoso autocar de La Veloz de Korpela, S. A. tenía que hacer la ruta de Savonlinna a Kotka, pasando por Parikkala, Imatra, Lappeenranta y Kouvola. En Parikkala recogieron a Taisto Laamanen, un herrero artesanal de setenta y cuatro años machacado por la sociedad posindustrial y decidido a acabar con todo.

Ya que estaban, fueron a visitar los rápidos de Imatra y sobre todo el puente de la presa. Era justo mediodía, la hora en que se abrían las compuertas de la central eléctrica. El puente estaba lleno de turistas. Las espectaculares trombas de agua bramaban de manera hipnótica al caer por las rocas del desfiladero. Jarl Hautala les contó que cientos de aristócratas de San Petersburgo se habían arrojado a los rápidos para ahogarse, ya que, en el siglo XIX, Imatra había sido el lugar más de moda de Europa del norte entre los suicidas.

Las aterradoras espumas del rabión atraían morbosamente a los miembros del grupo. El coronel prohibió que ninguno de ellos se arrojase a los rápidos.

–¡Tened paciencia! No quiero tonterías en público –le ladró Kemppainen a su rebaño, asomado en pleno por encima de la barandilla.

Al extremo este del puente se erguía una sobrecogedora estatua de bronce, obra del escultor Taisto Martiskainen, llamada La Doncella de Imatra. Representaba a una joven ahogada en la corriente, la larga cabellera flotando alrede-

133

dor de ella. También el dotado artista había terminado sus días ahogándose en uno de los lagos del interior del país.

Pasaron por la fábrica Enso-Gutzeit de Joutseno para recoger a Ensio Häkkinen, uno de los trabajadores de la planta, treinta y cinco años, ex delegado general del sindicato y feroz estalinista. Había perdido las ganas de vivir por varias razones, la menor de las cuales no era la caída de Europa del Este y los países Bálticos. La Unión Soviética había representado siempre su ideal, pero ya nada hacía que su corazón se inflamase como antaño. Tenía la sensación de haber sido traicionado por la Unión Soviética, él, que siempre la había defendido a cualquier precio. Y la traición no había sido para menos. El mundo entero se había vuelto loco tras el derrumbe del comunismo: primero el mundo y luego la visión que Häkkinen tenía de él.

La siguiente parada era Lappeenranta, donde había que recoger a Emmi Lankinen, una pastelera de treinta años. Pero no llegaron a tiempo: Emmi se había suicidado. Su entierro se había celebrado el fin de semana anterior en el camposanto de la localidad. Fue su marido quien, roto de dolor, les dio la fatal noticia. Había encontrado a su esposa muerta en la mecedora del jardín. Emmi se había sentado allí tras ingerir algún veneno y descansaba con los ojos cerrados. La voz del hombre se quebró al evocar a su esposa muerta.

Emmi había padecido una depresión profunda en los últimos años y hubo que internarla en dos ocasiones. Después de San Juan, pareció animarse durante un tiempo, e incluso había ido a Helsinki para participar en un seminario, pero el efecto estimulante del viaje no duró demasiado.

El marido de Emmi no se explicaba lo sucedido y su muerte le había dejado un sentimiento de culpabilidad y una profunda tristeza. Si hubiese sabido lo que ella pensaba hacer..., tal vez habría podido impedirlo. Pero siempre tenían prisa, nunca encontraban el momento, o el valor, de hablar sobre ello.

Lankinen quiso acompañarles al viejo cementerio de Lappeenranta, donde descansaba la difunta. La jefa de estudios depositó la corona destinada a Jari Kosunen sobre la sepultura de Emmi Lankinen.

–En recuerdo del pionero que nos mostró el camino –leyó el coronel en la cinta de la corona, con su voz grave de oficial del ejército.

Todos guardaron unos instantes de silencio alrededor de la tumba. Luego el coronel llevó al viudo en su coche de vuelta a casa.

El viaje continuó. En el autocar reinaba una atmósfera de consternación general. No habían llegado a tiempo de ayudar a Emmi. El director Rellonen la recordaba: una mujer morena y de complexión fuerte, que en Los Cantores estuvo sentada en la sala pequeña y no intervino en el debate. Buscaron en los archivos la carta de la difunta y la leyeron, pero eso tampoco les aclaró lo ocurrido. Emmi decía estar al borde del suicidio, eso era todo. Su letra era forzada, como hecha con una manga pastelera.

Helena Puusaari señaló en tono severo al coronel que no podían seguir demorándose. Quedaban muchos lugares por recorrer en diferentes puntos del país a fin de recoger a los candidatos a suicida antes de que aumentase la lista de difuntos. Ella había hecho sus pesquisas entre los informes y le constaba que había al menos una decena de personas en situación extrema. Kemppainen tuvo que admitir que la muerte de Emmi Lankinen acentuaba la urgencia de la misión.

La jefa de estudios cogió el archivo suicida y se retiró

a la zona de reuniones en la trasera del autobús para establecer la lista de los últimos desesperados. Antes de llegar a Kotka ya tenía preparada una posible ruta. Helsinki, Häme, Turku, Pori, Savo y Carelia eran las zonas que ya habían sido peinadas hasta el momento, pero había que ir a Ostrobotnia, Finlandia Central, Kainuu, Kuusamo y Laponia. Según ella, en el autocar había aún sitio para los casos más extremos.

El coronel tenía sus dudas al respecto. Meterían en el lujoso autocar a los aspirantes a suicida en peor estado, para asegurarse de que no se matasen por sus propios medios; pero la ruta era hacia el norte, así que se trataría sólo de un breve aplazamiento. Bueno, y qué. Al fin y al cabo estaban todos en el mismo barco, o, más bien, en el mismo autobús.

Llegaron a Kotka a las tres de la tarde, dos horas antes del sepelio de Jari Kosunen. Korpela estacionó el autobús delante del restaurante El Lince, donde almorzaron. El coronel fue con la jefa de estudios al domicilio de Kosunen. Como era de esperar, allí no había nadie, ya que la madre estaba en un sanatorio y el hijo en el depósito de cadáveres. Pasaron por una floristería antes de volver al autobús, en el que fueron todos juntos al cementerio. Como habían depositado la corona destinada a Jari sobre la tumba de Emmi, la jefa de estudios compró un gran centro de flores en su lugar. Les resultaba un tanto embarazoso presentarse en el entierro sin haber sido invitados, sobre todo porque ninguno de ellos iba vestido para la triste ocasión.

El entierro fue pobre y extremadamente sencillo. El féretro fue llevado desde el depósito del cementerio a la tumba en un carrito y con un cortejo fúnebre reducido a lo imprescindible: un cura, un sacristán y un par de ayudantes. La caja era la más barata, ya que era el municipio el que corría con los gastos y no era cuestión de organizar ceremonias de mucho boato con el dinero de los contribuyentes. En Kotka había gastos más urgentes que los del entierro de un loco de altos vuelos. Tanto el sacristán como el resto de los presentes por cuestiones laborales eran funcionarios mal pagados, así que no se tomaban la cosa con demasiada solemnidad. Uno de los portadores bostezó y el otro se puso a rascarse la espalda mientras empujaban el carrito con el féretro hacia la tumba. También se había ahorrado en el cura: las últimas bendiciones le habían sido encomendadas al pastor más joven y más tonto de la parroquia evangélica luterana de Kotka, que había terminado por los pelos los estudios de teología y carecía de la menor posibilidad de ascenso en la carrera eclesiástica.

La madre de Jari fue llevada medio a rastras hasta la tumba por una asistente social y una enfermera del sanatorio mental. Su frágil aspecto despertaba lástima. A la pobre mujer se le había ido la cabeza a causa de la súbita pérdida de su hijo.

Pero cuando el lujoso autocar de La Veloz de Korpela, S. A. apareció junto al muro de piedra del cementerio y de él empezaron a bajarse más de veinte nuevos asistentes, las exequias cobraron el lustre y la dignidad que merecían. Los aspirantes a suicida formaron una fila de a dos y, con el coronel al mando, emprendieron la marcha hacia la fosa. El féretro de Jari Kosunen esperaba junto a la sepultura para ser bajado a su seno. La madre del muchacho sollozaba junto al ataúd y la asistente social intentaba obligarla a coger un pañuelo de papel.

El cura estaba a punto de comenzar la ceremonia, cuando vio aproximarse el cortejo fúnebre encabezado por el coronel y la jefa de estudios, que llevaba en los brazos el enorme centro de flores. El pastor se apresuró a su en-

137

cuentro, saludó al coronel y le preguntó quiénes eran los recién llegados. Kemppainen explicó que eran amigos del difunto. El camarero por horas Sorjonen añadió que constituían una delegación del Club Aeronáutico de los Países Nórdicos, cuya misión era rendir el último homenaje al que fue en vida uno de sus miembros, Jari Kosunen. El pastor entonces recordó haber oído algo sobre las aficiones aeronáuticas del difunto. Pero lo que no sabía era que se hubiese distinguido por sus proezas en esa ciencia, algo evidente, a juzgar por la solemne embajada que había acudido al sepelio.

El grupo formó un círculo alrededor de la tumba. La ceremonia podía comenzar.

El pastor maldijo su negligencia por no haber preparado un sermón fúnebre en condiciones. Había creído que el difunto en cuestión era un simple trabajador de la localidad, medio tonto, además, y ahora resultaba que el tipo en cuestión tenía contactos importantes en el extranjero. No era habitual que en un entierro se presentasen decenas de personas con un oficial de alto grado, seguramente un coronel, a la cabeza. En aquel momento el pastor se acordó también de ciertos rumores según los cuales el difunto había muerto en extrañas circunstancias en la embajada de algún país árabe, o algo así. No era en sitios como ése donde un don nadie solía acabar sus días. Tendría que improvisar con rapidez, el difunto merecía un sermón más largo y florido que el que traía preparado.

Pero rara es la ocasión en que un representante de la iglesia se queda sin palabras, y aquel curita no era la excepción. Se aclaró la garganta y, con voz potente, empezó a exponer los méritos del difunto. Hizo un panegírico de la vida de Jari Kosunen en el cual no faltaron abundantes alabanzas. Ya desde su más tierna infancia, Kosunen habría demostrado una nobleza de sentimientos de la cual sus prójimos hubieran tenido que tomar ejemplo. Su paso por la tierra había sido ejemplar, un hombre sin prejuicios que siempre aspiraba a lo más alto, su modestia, su espíritu de sacrificio y su imaginación dejarían una huella indeleble en sus coetáneos. La corta vida de Kosunen –corta desde el punto de vista humano– había estado llena de problemas y contratiempos, pero con su proverbial tenacidad, el difunto había superado –por qué no decirlo– obstáculos sobrehumanos, llegando a ocupar una posición destacada en los círculos aeronáuticos internacionales. Ni siquiera las estrecheces económicas habían podido con la voluntad de lucha de un espíritu ardiente como el de Kosunen, que se había enfrentado con determinación a todas las dificultades.

La oración fue larga y conmovedora. Al escuchar aquellas palabras, la madre de Jari Kosunen levantó hacia el cielo su rostro inundado de lágrimas. La frágil figura de la anciana se enderezó y su pecho se llenó de una noble tristeza. Incluso la enfermera, que no había llorado en años, rompió a sollozar.

El cura pronunció las últimas bendiciones por el descanso eterno del distinguido difunto, y el féretro fue bajado a la fosa mientras todos entonaban un salmo. Después de que la madre dejase su pobre ramillete en la tumba, el coronel Kemppainen y la jefa de estudios Puusaari colocaron a los pies de ésta el enorme centro de flores de los aspirantes a suicida, hecho con decenas de rosas rojas y fresias de un amarillo brillante. El coronel se cuadró en señal de respeto y declaró con voz seria y marcial:

–En recuerdo del pionero que nos mostró el camino.

Acabada la ceremonia, la madre del difunto y sus acompañantes emprendieron la marcha hacia el coche del sanatorio que los esperaba tras la tapia del cementerio, pero la anciana quiso saludar al coronel antes de irse. Le tendió la mano y dijo con voz temblorosa:

–Señor oficial. Gracias en nombre de Jari y le ruego presente mis respetos a las fuerzas aéreas. Ha sido muy amable de su parte el que haya venido. A Jari le hubiese hecho mucha ilusión ser piloto de caza.

El oficiante del sepelio se acercó a la puerta del autocar para hablar con Kemppainen y agradecer al grupo su participación en la ceremonia. Las muertes accidentales, recalcó, eran siempre trágicas. Y más aún en aquel caso, en que el difunto era un hombre joven y con un prometedor futuro en los círculos aeronáuticos. El pastor hizo referencia al epitafio del coronel. Finlandia necesitaba precursores, pioneros valerosos, y la muerte de Kosunen representaba una gran pérdida para la aviación civil del país. Un estado tan pequeño no podía permitirse el lujo de perder a sus jóvenes talentos. Pero lo que el cura valoraba más era la dimensión internacional del difunto, algo que sus conciudadanos ignoraban. Por lo que él sabía, Jari Kosunen había tenido importantes relaciones con estados extranjeros, llegando incluso en sus últimos días a mantener contactos nada menos que con diplomáticos del Yemen del Sur. Por desgracia las proezas aéreas llevadas a cabo en medio de las turbulencias del caldeado clima de la península arábiga ya no estarían al alcance del difunto...

18

El transportista Rauno Korpela apremió a sus compañeros para que se subieran al autocar, diciéndoles con voz fúnebre:

—Es hora de irnos. La muerte nos espera.

El imponente autobús de La Veloz de Korpela, S. A. se llenó de nuevo, se animó, efectuó unas cuantas maniobras adelante y atrás en el aparcamiento del cementerio y, acto seguido, se incorporó al flujo del tráfico. El coronel lo siguió en su coche a través de la ciudad de Kotka y luego al cruzar el puente que enlazaba el brazo de mar con la carretera de Porvoo. Hicieron de un tirón el camino de Loviisa a Helsinki, ciudad que dejaron atrás ya que nadie tenía nada especial que hacer allí. Siguieron, pues, la carretera de Pori y continuaron sin parar hasta Huittinen, donde Korpela paró para repostar y tomar café y bocadillos en la cafetería de la gasolinera.

Por la noche, a eso de las diez, llegaron a Pori. Korpela condujo el autobús hasta el patio de su empresa, en la zona industrial de la ciudad, y haciendo un par de maniobras, lo aparcó en el hangar junto a otros seis autocares de su propiedad. No había nadie.

–Aquí la tenéis... Con esta flota me he ganado el pan, recorriendo las carreteras de toda Finlandia –dijo el transportista por el micrófono.

La visita no duró mucho más. Korpela ni siquiera bajó: se quedó contemplando los vehículos un instante, sonrió sin alegría y dio marcha atrás para retormar la carretera.

El coronel se separó momentáneamente del grupo para ir a su casa de Jyväskylä. Acordaron encontrarse en Kuusamo al cabo de dos días. Helena Puusaari se ofreció a acompañarlo.

Saliendo de Pori, Seppo Sorjonen encontró rebuscando en los archivadores una interesante postal, en la que se veían dos visones jugueteando. El remitente era un tal Sakari Piippo, de Närpiö. Con afilada caligrafía, había escrito un mensaje un tanto seco:

«Qué mala suerte la mía; por mucho que me esfuerce, todo me sale mal, coño. Llámenme si les parece. Sakari Piippo. Närpiö.»

En Närpiö todos conocían a Sakari Piippo, director de circo fracasado. Vivía en las afueras de la aldea en una granja bastante nueva. En uno de los extremos de la parcela se extendía un gran criadero de pieles, pero en las jaulas no se veía visón ni zorro alguno. Un poco más lejos había un establo y, detrás, un gran granero. Nada indicaba que allí hubiese un circo.

Aunque ya era tarde, Sorjonen y Rellonen entraron en la casa y allí encontraron al dueño, un tipo hosco de mediana edad que iba vestido con un jersey de lana y unos pantalones de montar. Estaba sentado en una mecedora, leyendo *La Nación de Ostrobotnia*. Su expresión era grave, como es habitual en los deprimidos, pero su aspecto no era para nada el de un director de circo.

Tras las presentaciones, Piippo ofreció café a sus visitantes. Lavó unas tazas y se disculpó por no haber tenido fuerzas para limpiar desde que se había quedado solo.

Sorjonen no pudo evitar preguntarle por qué la gente de Närpiö le llamaba «el director de circo Piippo». ¿Acaso había trabajado en uno?

Sakari Piippo les habló con mucha serenidad sobre su vida y sus dificultades. Se dedicaba a las pieles, criaba visones y zorros. Bueno, ya no. Un par de años atrás, cuando su actividad comercial empezó a ser objeto de crítica de las asociaciones protectoras de animales, Piippo se puso a pensar en nuevas alternativas. Reconoció que las condiciones del criadero no eran precisamente dignas de elogio. Los visones malvivían en jaulas con muy poco espacio, que además estaban expuestas al viento. Eran unos animales deliciosos, a pesar de su naturaleza salvaje. Desollarlos después de haberlos criado era lo peor.

Por aquella época, Sakari Piippo estuvo con su mujer en Amsterdam, en un viaje organizado por la Unión de Productores Agrícolas. En el programa se incluía la visita a un zoo holandés. Allí había unos monitos, loris, o algo parecido, apenas más grandes que un visón. A Piippo los visones le parecían criaturas más bellas que aquellos monos que andaban todo el día buscándose las pulgas. Los visones se comportaban con la gracia de los depredadores y su piel era suave y brillante. Entonces se le ocurrió una idea excelente. Si la gente acudía en tropel para ver a unos monos, ¿acaso los visones, que eran mucho más graciosos, no atraerían a más público?

No contento con eso, fue aún más lejos en el desarrollo de su idea. Visitó el zoo de Ahtäri con el propósito de estudiar el comportamiento de los animales salvajes. Llegó a la conclusión de que los visones por sí solos, en estado natural no iban a atraer a mucha gente. Hacía falta algo más. ¿Y si les enseñaba a hacer un par de trucos? Se dio cuenta de que acababa de inventar algo fabuloso: un circo de visones. Su criadero estaba lleno hasta los topes, así que lo único que necesitaba era trabajar con tenacidad.

Piippo eligió cincuenta visones de los más vivaces y los trasladó al granero, donde había habilitado una zona para ellos, con su comedero y todo. Además tapió todas las entradas y salidas para que no escaparan. Los bichos podían correr libres por aquel espacio enorme y pronto comenzaron a disfrutar de la situación. Se veía que les gustaba mucho jugar y corretear por las paredes y las vigas del techo. En comparación, eran mucho más animados y graciosos que los monos del zoo holandés.

Sakari Piippo empezó a amaestrarlos para convertirlos en artistas circenses. Según sus planes, los visones tenían que aprender todo tipo de trucos cómicos, tal y como se hacía en el circo: pasar por el aro en fila india, bailar al compás de la música, agruparse haciendo diferentes figuras y otras cosas por el estilo. A lo largo de su vida, Piippo había adiestrado algunos perros para la caza y sabía que enseñar a un animal era difícil y exigía una paciencia sin límites. Pero al menos los perros eran capaces de aprender.

Se dedicó a leer mucho sobre el tema circense y terminó convencido de que su espectáculo ambulante de visones tenía futuro, sobre todo habiendo como había un gran hueco en el mercado. En Finlandia había exhibiciones itinerantes de reptiles que, con toda seguridad, daban grandes ganancias a sus dueños. Piippo había visto aquellos repugnantes animalejos. Desde luego los visones eran mil veces más graciosos que esas perezosas serpientes, que se pasaban la vida enroscadas e inertes en sus cestas, sin aprender ningún truco divertido. Al criador le complacía soñar con su éxito como director del circo de visones.

Piippo pensaba llevar su circo de una localidad a otra en una simple furgoneta. El gasto sería mínimo. Los grandes circos de animales, por ejemplo, se veían obligados a invertir mucho dinero en el material necesario para transportar a los elefantes. Además, el pienso que comían los visones era barato. Comían la centésima parte que un elefante y no había que lavarlos, porque ellos mismos se aseaban a lengüetazos. Pero ante todo se trataba de una empresa humanitaria: los bichos ya no vivirían encerrados en jaulas exiguas, sino que recibirían continuos estímulos y verían el mundo. Las asociaciones protectoras de animales no tendrían nada que decir sobre aquella nueva forma de sacar provecho de tan graciosos animalillos.

Piippo convenció a su mujer para que hiciese de domadora: su físico se prestaba bien a tal menester. En un taller de peletería le encargó un traje de escena, naturalmente todo de piel de visón. El conjunto consistía en unas botas blancas de caña alta, un bikini de visón blanco y una capa del mismo material. Y como remate, un sombrero stetson decorado obviamente con pieles. Cuando su esposa vio aquellas prendas se sintió algo cohibida al principio. La vestimenta era, sin duda, extremadamente sexy, y la granjera se transformaba con ella en una auténtica belleza.

Sorjonen y Rellonen le rogaron a Piippo que le mostrase al grupo los resultados de su trabajo, pero el director no parecía muy convencido. Se quejó de que los visones eran mucho más difíciles de entrenar que los perros: se trataba de unos bichos testarudos, que no atendían las órdenes del entrenador y olvidaban con suma facilidad todo lo aprendido. Para ser sinceros, por culpa de su desvergüenza todo su brillante proyecto se había venido abajo en unas pocas semanas.

Les llevó a regañadientes a visitar el granero, donde había amaestrado a los visones durante casi un año y me-

145

dio. Los suicidas en potencia le siguieron. Había que colarse a toda prisa por la puerta para evitar que las bestias escaparan; aun así, eran tan rápidas que siempre se producía alguna fuga.

El director de circo encendió las luces del vasto edificio. A primera vista parecía desierto. En el suelo, junto a una de las paredes, había una fila de jaulas con cómodos lechos para los animales, y los comederos estaban al fondo. El lugar apestaba a la orina de las bestezuelas.

Piippo se puso a dar órdenes para que saliesen de sus escondites.

–¡Aaaaa formaaaar! ¡Ar!

Detrás de las jaulas, en lo alto de las vigas y en otros rincones, empezaron a asomar hocicos desconfiados. Piippo siguió gritando, y los visones empezaron a salir, reticentes. Se situaron en el centro del granero, en una vaga formación, y empezaron a dar volteretas con evidente desgana. Los más ágiles trepaban por la escalera del granero y volvían a bajar dando pasos de baile. Piippo cogió una llanta vieja de bicicleta y ordenó a sus pupilos que saltaran a través de ella. Los visones mostraron sus afilados dientecillos y se negaron a obedecer. Alternando amenazas y súplicas, Piippo consiguió que los animalillos se acercaran de mala gana al aro. Finalmente, cinco o seis de ellos cedieron a las pretensiones de su amo y con un trotecillo desganado pasaron por el aro, como quien no quiere la cosa. Pero, hete aquí, que algunos de ellos se pusieron a saltar desde el otro lado, lo cual acarreó una discusión entre congéneres que acabó en pelea. Sólo se calmaron cuando su entrenador les repartió unos cuantos arenques. La comida sí que les venía bien, así que, rápidos como el rayo, se acercaron todos, incluidos los que no se habían dignado a hacer pirueta alguna.

146

Piippo se quejó del fracaso del adiestramiento. Además, desde que su mujer le había dejado, los visones se habían vuelto aún más descarados. Su esposa había actuado con dos o tres de los más dóciles en Pori y otras localidades de las cercanías en diferentes ocasiones, como pequeñas ferias de beneficencia o inauguraciones de tiendas y almacenes. Había cosechado un gran éxito, más por su seductor traje que por el número en sí. Los hombres de la región acudían en tropel a ver a la señora Piippo y sus visones. Al final ella encontró a otro hombre y el divorcio ya estaba en trámite. La esposa de Piippo había abandonado la carrera artística y se había ido a vivir a Laitila con el dueño de una granja de gallinas ponedoras. Por lo visto ya sólo se ponía el bikini de piel en las actuaciones que hacía en privado para aquel tipo. O al menos eso era lo que decían las malas lenguas.

El director de circo había llegado a la conclusión de que aquellas bestezuelas nunca llegarían a ser artistas de circo, por más que se empeñase. Durante el año y medio de esfuerzo y trabajo se había endeudado hasta las cejas, la granja estaba hipotecada y carecía de ingresos. La semana anterior había vendido sus testarudos aprendices a un criadero vecino y pronto vendrían a buscarlos. Estaba a dos velas, amargado por culpa de aquellos bichos peludos, y ni siquiera se atrevía a acercarse por el pueblo, ya que siempre había algún gracioso dispuesto a charlar sobre el mundo del circo y sus dificultades.

El camarero por horas Sorjonen y el director Rellonen le sugirieron que se uniese al grupo. El viaje hacia el norte le ayudaría a olvidar, al menos por un momento, a aquellas ingratas bolas de pelo. Dando muestras de gran alivio, Sakari Piippo recogió sus cosas y subió al autobús.

147

19

Kemppainen y Helena Puusaari llegaron de madrugada a Jyväskylä. El coronel la llevó a su casa, un hermoso piso en el centro de la ciudad. En el suelo del recibidor se había ido formando una montaña de periódicos y correo de todo tipo. Kemppainen apartó de una patada los diarios, recogió las cartas y las llevó al salón. Se quedó un instante pensando si debía abrirlas y leerlas. Eran correo oficial, facturas y publicidad, en su mayor parte. Como no sentía ninguna curiosidad por aquella correspondencia, la tiró a la basura sin abrir.

Los muebles, que eran heredados, le daban al salón un aire anticuado y solemne. En las paredes había cuadros de paisajes realistas; aquí y allá, pequeñas esculturas. La biblioteca estaba muy bien surtida: tratados de historia militar y sobre fortificaciones y, en menor cantidad, literatura de ficción. En una de las paredes colgaba una colección de viejas espadas. El coronel, un tanto avergonzado, explicó a la jefa de estudios que él no era ningún fanático de la guerra, ni le gustaban especialmente las armas blancas, pero, debido a su profesión, las había ido acumulando, hasta llenar con ellas aquella pared.

El dormitorio del coronel estaba a oscuras y cerrado, porque desde el fallecimiento de su esposa no se había vuelto a utilizar. Le preparó allí la cama a su huésped y él se instaló en el salón. Ambos estaban tan cansados que se durmieron de inmediato; no era para menos, porque en un solo día habían viajado desde Savonlinna, pasando por Carelia, hasta Kotka, y desde allí hasta Pori, para llegar finalmente a Jyväskylä, parando además en el camino para asistir a dos funerales.

Al día siguiente, el coronel llamó a la compañía de electricidad para que cortaran la corriente de la vivienda. Asimismo, informó a su banco de que estaría fuera con motivo de un largo viaje y les pidió que abonaran todas las facturas habituales con cargo a su cuenta. Desenchufó el teléfono. Plantas no tenía. El coronel se llevó consigo, además de su pasaporte y sus cartillas de ahorro, unos prismáticos, el uniforme de gala y las botas de oficial, de brillante cuero negro.

Pasaron las cortinas. Así de fácil resulta marcharse de la casa donde uno ha vivido durante años. No se echan raíces en un edificio de pisos, al menos no un oficial del ejército. Para ser un hogar, un piso necesita la presencia de una mujer. Si ésta se marcha o muere, el lugar se convierte en un simple alojamiento, un lugar de paso, un agujero. Eso fue lo que le explicó el coronel a Helena Puusaari.

–¿Aún echas de menos a tu esposa? –le preguntó la jefa de estudios, ya en el ascensor.

–Sí. Tyyne murió de un cáncer hace tres años. El primero fue el más duro de llevar. Hasta me compré un perro, pero, por mucho que sea de raza, un animal nunca podría sustituir a una esposa.

Estaba nublado cuando se marcharon de Jyväskylä. En Kuopio ya llovía, y en Iisalmi los recibió una tormenta. Allí recogieron a un aspirante a suicida del lugar, Tenho Utriainen, de cuarenta años de edad y antiguo funcionario de ferrocarriles. Había salido de la cárcel a principios de junio, después de ser condenado por agresión a un superior e incendio intencionado. Utriainen no tenía muchas ganas de entrar en detalles sobre lo sucedido y sólo se quejó de haber sido víctima de un terrible error judicial. Por culpa de un falso testimonio le habían acusado de un crimen que él no había cometido. Así era el mundo: los justos pagan por los pecadores.

Utriainen admitió que habían llegado a las manos con su jefe, e incluso que éste se había llevado la peor parte. Eso fue una imprudencia, porque el tipo era un retorcido que prendió fuego a su propia casa e hizo que él cargara con el muerto. El inexistente crimen fue ratificado por el tribunal. Así, todas las propiedades de Utriainen fueron confiscadas como indemnización por daños y perjuicios, y encima le cayeron dieciocho meses de prisión incondicional. Por menos de eso a cualquiera se le quitarían las ganas de vivir.

Pasaron la noche en Kajaani, y al día siguiente llegaron a Kuusamo. Grande fue la emoción de la señora Puusaari y del coronel al ver el autobús de La Veloz de Korpela, S. A. en el aparcamiento del hotel. Era como regresar a casa.

El reencuentro fue muy caluroso. Rellonen les contó que habían recogido a cinco nuevos suicidas en las provincias de Ostrobotnia y Oulu. Fueron a buscarlos para presentárselos al coronel y a la jefa de estudios. Dos mujeres y tres hombres: Sakari Piippo, de Närpiö, y los demás de Vaasa, Seinäjoki, Oulu y Haukipudas. La vida de todos ellos se había ido a pique. El caso más triste era el de un operario industrial de Oulu llamado Vesa Heikura, que tenía treinta y cinco años y se había quedado totalmente inválido. Tenía los pulmones destrozados desde que el invierno anterior había inhalado gases tóxicos mientras reparaba una máquina defectuosa. El médico le había dicho que no llegaría al otoño. En el peor de los casos, duraría sólo unas semanas.

–Quién sabe..., pero pronto se verá...

Utriainen también fue presentado al grupo, que lo aceptó como miembro de pleno derecho. Acusado injustamente de pirómano y en la ruina más absoluta, ¿quién si no él tenía buenos motivos para querer acabar con sus días?

En Kuusamo se incorporó un miembro más a la tropa, un vendedor de coches de veintiocho años llamado Jaakko Lämsä, que había sido expulsado de la poderosa secta pietista de Laestadius. Los otros adeptos consideraban que la forma de vida de Lämsä era demasiado mundana y se le había prohibido que mantuviese cualquier tipo de contacto, ya fuese con Dios o dentro de los círculos de la congregación. El vendedor había perdido de repente las ganas de vivir. Nadie le había comprado un solo coche después de lo sucedido. El motivo de la sentencia era que Lämsä mantenía una relación pecaminosa con la dependienta del departamento de ropa interior de una cooperativa de Kuusamo. Al parecer la señora en cuestión estaba divorciada y no pertenecía a la congregación.

El grupo no podía demorarse allí más de un día, ya que en Kemijärvi y en Kittilä les esperaban sendos desgraciados para ser llevados a la muerte.

En Kemijärvi se les unió el guarda fronterizo Taisto Rääseikköinen, de veinticinco años de edad, que padecía de alucinaciones y delirios paranoicos de un tiempo a esa parte. La situación se veía empeorada por el hecho de que se creía vigilado por potencias extranjeras, lo que convertía su trabajo en un suplicio infernal.

En Kittilä, La Veloz de Korpela, S. A. hizo parada en la aldea de Alakylä para salvar al último suicida, el agricultor Alvari Kurkkiovuopio, un solterón de cuarenta años que había vivido desde siempre con su tía Lempi. La señora había educado al chico de manera tiránica, a resultas de lo cual se había convertido de adulto en un ser completamente sometido. No le toleraba ningún tipo de rebelión o pensamiento autónomo, por no hablar de iniciativas personales. Era tal la dureza con que lo hacía trabajar, que la granja se había convertido en la más rica del pueblo. Sólo en dos ocasiones Alvari había conseguido escapar al yugo de su tía. La primera, cuando se fue a hacer la mili a Oulu, y de eso hacía ya veinte años. La segunda había sido aquel verano, cuando desafiando su destino, viajó por primera vez en su vida a Helsinki, al seminario de suicidiología.

Estaba claro que un hombre en aquellas circunstancias merecía la oportunidad de librarse definitivamente de su medio familiar.

Cuando Korpela preguntó a los aldeanos por dónde se iba a casa de Alvari, éstos le contaron que en la granja de los Kurkkiovuopio se había celebrado un gran funeral la semana anterior. Temiéndose lo peor, los aspirantes a suicida se dirigieron a casa de Alvari, que, para sorpresa de todos, estaba vivo y en buena forma. Después de todo, la difunta era su malvada tía Lempi.

Alvari no dio demasiadas muestras de tristeza, aunque sólo había pasado una semana desde el entierro. Su rostro resplandecía, parecía aliviado y tranquilo. Ahora era un hombre libre y tenía una gran fortuna. Su futuro estaba asegurado y todo le parecía apasionante. La idea de suicidarse se había desvanecido. Unos tienen que morir para que otros vivan...

Todos le desearon suerte a Alvari y lo dejaron allí, en su aldea de Alakylä de Kittilä, disfrutando de su luto.

El coronel Kemppainen le pidió al director gerente que condujese su coche, porque, para variar, le apetecía viajar en autobús con los demás. La jefa de estudios se fue con él y el vendedor de coches Jaakko Lämsä se ofreció para acompañar a Rellonen, con la esperanza de que, de camino a Noruega, podrían disfrutar de un rato agradable, discutiendo entre hombres de negocios sobre los reveses que habían sufrido en el mundo empresarial.

Korpela calculaba que llegarían a la frontera de Noruega por la noche si salían enseguida, y así lo hicieron. El paisaje gris y neblinoso de Laponia desfilaba velozmente tras las ventanillas del autocar. Al borde del arcén vieron algunos renos que pacían con aire indiferente. La lluvia azotaba los almiares en los campos.

La jefa de estudios comentó que el ambiente de aquel viaje le recordaba el de una novela de Pentti Haanpää, *El turista invernal,* donde varias personas recogidas al azar viajan en coche hacia el norte.

–Un viaje angustioso, oscuro... a lo mejor a causa de las terribles heladas que se describen en el libro. Por lo demás, Haanpää siempre me ha parecido un escritor bastante sombrío –dijo Puusaari.

Desde la trasera del autocar alguien gritó que *El turista invernal* no era de Haanpää, sino de Ilmari Kianto.

Discutieron sobre ello un rato sin llegar a un consenso unánime. Pero sí estuvieron de acuerdo en que *El turista invernal* no era una historia creíble. Nadie sería tan loco de ir hacia el norte con semejantes heladas, por lo demás descritas de forma magistral.[1]

---

1. Los viajeros se refieren a la novela de Veikko Huovinen titulada *El turista invernal (Talvituristi),* publicada en el año 1965 por WSOY. *(Nota de la edición finlandesa.)*

En el albergue del monte Pallas, los viajeros comieron estofado de reno con puré de patatas y salsa de arándanos rojos. Aprovecharon la ocasión para efectuar el recuento final de la tropa: en total eran treinta y tres los aspirantes a suicida reunidos. Era un grupo grande, pero el autobús de Korpela también lo era, con sus cuarenta plazas para viajeros. Al pagar la cuenta, el coronel pensó algo abatido que acababan de comer el último estofado de sus vidas. Pronto nadie tendría que cocinarles nada, ni ir a buscarles arándanos para el acompañamiento.

Al abandonar Pallas, el cielo parecía haberse escondido tras un manto de pesadas nubes. Abajo, en el valle, les sorprendió una tormenta infernal. Llegaron al pueblo de Raattama en lo peor de la tempestad. Korpela tuvo que hacer una parada, porque la densidad del chaparrón era tal que los limpiaparabrisas no podían con tanta agua como caía por la luna delantera. Un reno macho empapado que trotaba cegado en dirección contraria estuvo a punto de chocar contra ellos. El animal soltó un bramido y desapareció en la tormenta sacudiendo la cola mojada.

La tempestad los persiguió hasta el fin de su viaje por tierras finlandesas. Con furia tenaz continuó rugiendo desde Pallas hasta Enontekiö, sin parar hasta la frontera de Noruega. El frente tormentoso seguía la misma ruta que los suicidas. El espectáculo era extraño y aterrador, como si las potencias de la muerte se hubieran unido para escoltar al autocar. Poco antes de llegar al puesto fronterizo, cayó un rayo tan cerca de ellos que por un instante se apagaron las luces y la radio se quedó muda.

Korpela cambió los fusibles del sistema eléctrico y continuó hasta la frontera. La carretera estaba llena de charcos y las zanjas a ambos lados estaban cubiertas por una blanca capa de granizo.

154

Uula Lismanki les dijo que conocía a uno de los guardas fronterizos, un tal Topi Ollikainen. Y justamente allí estaba, junto a la barrera y bajo una lluvia implacable, haciendo señas al autobús para que continuase. Uula le pidió a Korpela que le abriese la puerta delantera y se quedó en la escalerilla. Al pasar junto a Ollikainen, le saludó alegremente agitando la mano y le dijo a voces:

−¡Topiiiii! ¡Que te leas bien los diarios y escuches la radiooo! ¡La que se va a liaaar! ¡Diles a todos que te lo ha dicho servidoooor! ¡Los que van a morir te saludaaaan!

20

Llegó la noche y la tormenta quedó atrás, en Finlandia. Korpela cruzó Kautokeino, rumbo al Ártico. En Noruega brillaba el sol, aunque faltaba poco para la medianoche. Sorjonen les explicó que el motivo de que el sol nunca se pusiera en Laponia era que los lapones no tenían tierra propia. En invierno el sol desaparecía tras el horizonte, pero era porque la tierra estaba cubierta de hielo y nieve.

Korpela les preguntó a los viajeros si alguno de ellos tenía tanta prisa por morir como para tener que ir de un tirón hasta el destino final. Estaba cansado, había conducido cientos de kilómetros desde Kuusamo, así que les propuso que pasasen aquella última noche sin noche en el desierto altiplano.

Ninguno de los aspirantes a suicida se opuso a la sugerencia del transportista. Para morir siempre había tiempo.

Aparcaron a la orilla de unas pequeñas lagunas. En esa meseta barrida por el viento, situada por encima del nivel del mar, apenas había bosques, pero sí extensos pantanos donde crecían camemoros.

Uula encendió una hoguera, prepararon café y levantaron la tienda a la orilla de una de las lagunas. Una trucha salió del fondo para volver a zambullirse, produciendo en la superficie unas ondas que se fueron extendiendo calmosamente.

Bajo el brillo rojizo del sol de medianoche, surgió la conversación sobre la patria que habían dejado atrás. Nadie echaba mucho de menos Finlandia; había tratado mal a sus hijos.

Llegaron a la conclusión de que la sociedad finlandesa era fría y dura como el acero y sus miembros eran envidiosos y crueles los unos con los otros. El afán de lucro era la norma y todos trataban de atesorar dinero desesperadamente. Los finlandeses tenían muy mala leche y eran siniestros. Si se reían, era para regocijarse de los males ajenos. El país rebosaba de traidores, fulleros, mentirosos. Los ricos oprimían a los pobres, cobrándoles alquileres exorbitantes y extorsionándolos para hacerles pagar intereses altísimos. Los menos favorecidos, por su parte, se comportaban como vándalos escandalosos, y no se preocupaban de educar a sus hijos: eran la plaga del país, que se dedicaban a pintarrajear casas, cosas, trenes y coches. Rompían los cristales de las ventanas, vomitaban en los ascensores e incluso hacían sus necesidades en ellos.

Los burócratas, mientras tanto, competían entre sí por ver cuál de ellos inventaba un nuevo formulario con el que humillar a los ciudadanos haciéndolos correr de una ventanilla a otra. Comerciantes y mayoristas se dedicaban a desplumar a la clientela y a arrancarles de los bolsillos hasta el último céntimo. Los especuladores inmobiliarios hacían las casas más caras del mundo. Si te ponías enfermo, los indiferentes médicos te trataban como ganado que se lleva al matadero. Y si un paciente no soportaba todo esto y sufría una crisis nerviosa, un par de brutales enfermeros le colocaban la camisa de fuerza y le ponían una inyección que de-

157

jaba a oscuras hasta el último resto de lucidez que le quedase.

En su amada patria, la industria y los dueños de los bosques destruían sin piedad la naturaleza, y lo que quedaba en pie era devorado por los xilófagos. Del cielo caía una lluvia ácida que envenenaba la tierra haciéndola estéril. Los agricultores echaban en sus campos tal cantidad de fertilizantes químicos, que no era de extrañar que en los ríos, lagos y bahías proliferasen las algas tóxicas. Las chimeneas de las fábricas y los tubos colectores de residuos arrojaban sustancias que contaminaban el aire y el agua. Los peces morían y de los huevos de los pájaros salían polluelos prematuros que inspiraban lástima. Por las autopistas circulaban temerariamente insensatos que se vanagloriaban de su manera de conducir y que iban dejando tras de sí un triste reguero de víctimas en cementerios y hospitales.

En las fábricas y oficinas se obligaba a los trabajadores a competir con las máquinas y, cuando se agotaban, se los hacía a un lado. Los jefes exigían un rendimiento ininterrumpido y trataban a sus subordinados de forma vil y humillante. Las mujeres eran acosadas, siempre había algún gracioso que se creía con derecho a pellizcar traseros que ya tenían suficiente con soportar la celulitis. Los hombres vivían bajo la presión constante del éxito, algo de lo que no se libraban siquiera en los pocos días libres que pudiesen tener. Los compañeros de trabajo se acechaban unos a otros, acosando a los más débiles hasta llevarlos al borde de una crisis nerviosa, o cosas peores.

Si uno se ponía a beber, el hígado y el páncreas empezaban a fallar. Si comía bien, el colesterol se le ponía por las nubes. Si fumaba, se le incrustaba un cáncer asesino en los pulmones. Pasara lo que pasase, los finlandeses siempre se las arreglaban para echarle la culpa a otro. Unos se dedicaban a hacer ejercicio, correteando por ahí a riesgo de su vida, hasta caer derrumbados en la pista de footing, reventados como caballos. Si uno no corría, se llenaba de grasa, se anquilosaba, venían los problemas de espalda. Al final, el resultado era siempre el infarto.

Hablando de estas cosas, los aspirantes a suicida empezaron a sentir que en realidad estaban en una situación privilegiada comparados con sus compatriotas, a los que no les quedaba más remedio que continuar con su existencia gris en su miserable país. Este descubrimiento les llenó de felicidad por primera vez después de mucho tiempo.

Pero siempre tiene que haber un aguafiestas. El camarero por horas Seppo Sorjonen, sin preguntar si le interesaba a alguien, empezó a referir sus recuerdos de Finlandia. Y lo peor es que eran todos positivos. Les puso como ejemplo la sauna finlandesa. Según él, su sola existencia implicaba que ningún finlandés tuviese derecho a suicidarse bajo ninguna circunstancia, al menos no sin antes darse un buen baño de vapor en ella.

Con voz tranquila y suave, les describió cómo era una sauna de humo al estilo del norte de Carelia, donde por desgracia no había tenido la suerte de nacer pero sí había pasado algunos de los mejores momentos de su vida. Aquella sauna era una construcción muy sencilla, un armazón de troncos. Acudía allí con su padre y con su madre, y toda la familia colaboraba para calentarla: el padre hacía leña con los alisos cortados el verano anterior, la madre fregaba y hacía pasteles de arroz y Seppo era el encargado de acarrear el agua. El padre bebía una pizca de aguardiente y la madre refunfuñaba por costumbre. Las urracas que estaban posadas tras el estercolero miraban ladeando la cabeza el ventanuco de la sauna, del que salía un espeso humo de ali-

159

so que se extendía alrededor como una nube. Sorjonen recordaba aún su aroma.

El pequeño se sentaba entre su padre y su madre en la grada más alta de la ennegrecida sauna, sin hablar y con el cuello encogido, sumergido en el calor. Le dejaban que él solito arrojase agua a la estufa. «Muy bien, así se hace, hijo», le decía su padre, y su madre: «Hala, mi amor, pero sin pasarte.»

Su padre contemplaba con una mirada cargada de intención los pesados pechos de su madre y entonces Seppo comprendía que él era hijo de aquellos dos seres adultos. La madre le daba entonces unas ramas de abedul pidiéndole que le diera un poco en la espalda con ellas, pero flojito, ¿eh?

—Y no te me quedes mirando así, cariño.

Su madre era de Uura y su padre era un jornalero de Ostrobotnia.

Tras sudar un buen rato, Seppo salía corriendo hacia la orilla del lago para zambullirse hasta el fondo, aunque todavía no sabía nadar bien. Su padre le enseñaba a hacerlo al estilo de los perros, mientras su madre enjuagaba su ropa interior de color rosa detrás del embarcadero. Luego volvían corriendo a la sauna y el padre se azotaba con las ramas de abedul, todo lo fuerte que podía. La sauna estaba completamente llena de aire caliente, pero Seppo no quería sentarse en la grada más baja, aunque su madre le tenía allí preparado un barreño de agua para que se bañase.

—No olvides lavarte bien la cholilla —le decía la madre al salir.

Su padre y él se quedaban aún largo rato y después, caminando como dos adultos por la hierba del patio, volvían a la casa, donde olía a pasteles de arroz recién sacados del horno. La madre llenaba un gran vaso de leche para Sep-

160

po, pero dejaba vacío el del padre. El olor de las toallas de lino envolvía a padre e hijo. Seppo quedaba casi oculto en la suya. Luego la madre sacaba de la del padre la botella de aguardiente, la misma de la que éste había bebido en la leñera. La madre le servía un poco en el vaso y se llevaba el resto riéndose. Seppo la entendía.

Salía entonces de la casa con su vaso de leche y su pastel aún caliente y se sentaba en las escaleras. Contemplaba el lago, que estaba tan en calma como aquel desconocido estanque del páramo, decenas de años después, lejos, en Noruega. En aquella evocación el sol se ocultaba, pero en el presente empezaba a salir.

Con el espíritu sensibilizado por los cálidos recuerdos, el camarero por horas Seppo Sorjonen confesó que a veces escribía poemas. Les recitó algunos versos que tampoco resultaron precisamente dolorosos.

«Es una aguatragedias», pensaban los demás de Sorjonen.

Poco a poco la conversación se fue apagando. Un sueño ignorante del destino que se avecinaba invadió al grupo. El coronel cerró la lona de la entrada de la tienda y se acostó allí mismo. Los soldados son como los perros, siempre están de guardia por instinto, aunque no sea necesario. En su duermevela el coronel creyó notar que la jefa de estudios se acurrucaba junto a él.

El inspector jefe de la policía secreta Ermei Rankkala hojeaba con desgana una carpeta con los datos que había ido acumulando sobre el caso más peculiar del verano, un asunto complicado por el que se había visto obligado a posponer sus vacaciones. Aquella calurosa tarde estaba sentado en su miserable despacho de la calle Ratakatu, pensando que en su trabajo no había nada de lo que alegrarse. Cada nuevo caso era aún más asqueroso, siniestro, secreto y difícil que el anterior.

Rankkala, a punto de cumplir los sesenta años, estaba hasta las narices de su desagradecido trabajo de policía secreto. Nadie lo valoraba; los rencorosos ciudadanos, y especialmente la prensa, hacían todo lo que estaba en su mano para degradar el importante y en parte inevitable trabajo de los investigadores. Cualquier periodista de pacotilla podía escribir con desfachatez sus disparates en el periódico sin que la policía secreta se dignase a exigir una rectificación de aquella basura. Cuando un trabajo es secreto, da lugar a todo tipo de conjeturas, que no se pueden desmentir, precisamente porque es secreto. Esta paradoja era el motivo de que el inspector jefe Ermei Rankkala estuviese asqueado de su trabajo y del mundo entero. Se sentía como la mano invisible y protectora que se extiende sobre los ciudadanos, y que éstos, desagradecidos, muerden sin piedad, ignorando a su benefactor.

Rankkala soltó una risita cínica. Las naciones cometían estupideces a la vista de todo el mundo, cuyas consecuencias dañinas había que corregir después en secreto. La policía secreta podía ser ubicua, pero no pública.

El caso que tenía entre manos le había parecido en un principio una simple bagatela. A su mesa había ido a parar un recorte de prensa referido a gente con intenciones suicidas. Por pura rutina, quiso aclarar el asunto en profundidad. Los suicidios no eran especialmente competencia de la policía secreta, pero el hecho de que éstos se anunciasen en la prensa exigía una investigación. El inspector jefe se enteró enseguida de que detrás del anuncio estaba un hombre de negocios, Onni Rellonen, que contaba con varias quiebras sin aclarar en su haber. Habían seguido sus pasos desde la lista de correos hasta una casa situada en Häme. Descubrieron que tenía intención de organizar una reunión secreta en Helsinki y que en el caso estaba involucrado incluso un coronel de las fuerzas armadas.

Rankkala infiltró a uno de los suyos en la reunión de Los Cantores, la cual resultó ser más importante de lo previsto, pero no ilegal, sino más bien enfocada a objetivos terapéuticos. Estaba claro que aquel seminario de suicidiología no suponía ninguna amenaza para la seguridad nacional. Y ahí se habría quedado la cosa, si después de la reunión no se hubiese producido una extraña muerte que había despertado las sospechas del inspector jefe. Lo preocupante del asunto era que el deceso había tenido lugar en la residencia oficial del embajador de Yemen del Sur. El grupo, por lo tanto, había complicado las relaciones entre

Finlandia y un país extranjero. El asunto exigía una investigación, y eso era terreno de la policía secreta. Tal vez aquel rebaño no fuera tan inocente como podía parecer.

La maquinaria de la policía secreta puso al descubierto que el grupo estaba dirigido por el coronel Kemppainen y el arriba citado Rellonen, quienes habían reclutado a una joven de Toijala, la jefa de estudios Helena Puusaari. Las actividades del grupo se habían extendido con gran rapidez a escala nacional. Habían recaudado una importante suma de dinero y disponían de un autobús de lujo completamente nuevo. Estaba claro que el grupo –que ya contaba con varias decenas de miembros– intentaba librarse de las autoridades. Al parecer, su objetivo era llevar a cabo un suicidio colectivo.

La policía le había perdido la pista en la casa de Rellonen, cuando ésta fue puesta bajo embargo por las autoridades. El inspector jefe Rankkala la visitó en compañía del administrador judicial al día siguiente de hacerse efectivo dicho embargo. El lugar estaba desierto y en el jardín sólo quedaban los restos humeantes de un cenador de ramas.

Las pistas se hubieran acabado allí, de no ser porque un tal Taavitsainen, de profesión electricista, llamó desde Savonlinna para denunciar el secuestro de su mujer. Taavitsainen había intentado primero que la policía local se ocupase de la investigación, pero allí le habían dicho que su esposa había hecho bien en marcharse con aquel grupo de extraños. Tras hacer las correspondientes comprobaciones, se estableció que la citada señora había participado en el seminario de suicidiología celebrado en Helsinki. Pero antes de que la policía secreta les echara el guante, el grupo itinerante de suicidas desapareció de Savonlinna.

El autocar de lujo fue visto posteriormente en Kotka. El grupo tuvo la desfachatez de asistir al entierro de uno de sus miembros. El inspector jefe Rankkala se culpaba a sí mismo por no haber organizado un seguimiento con ocasión del sepelio. Ahora ya era demasiado tarde, y el autobús había seguido su camino.

En base a las investigaciones, se temía que las intenciones de la sospechosa organización fueran salir de Finlandia, pero en cuanto a sus objetivos, Rankkala no estaba seguro. En cualquier caso, si estaban pensando en un suicidio colectivo, el asunto era realmente grave. Quitarse la vida ya no era un delito, y menos aún intentarlo, pero tras aquella actividad a gran escala tal vez se escondiese algo mucho más serio. Tras reunirse con su jefe, el superintendente Hunttinen, Rankkala pidió la colaboración de la guardia fronteriza. Se envió a todas las aduanas la petición de comprobar todos los autobuses nuevos que saliesen del país, en especial aquellos cuyos pasajeros pareciesen más lúgubres de lo normal.

Los antecedentes del coronel Kemppainen habían sido comprobados y no se había encontrado nada que llamase la atención. El oficial se había presentado en el estado mayor tras la reunión de Los Cantores. Eso parecía muy sospechoso. También había hecho algunos arreglos para irse de vacaciones, e incluso mandado que cortasen la luz de su vivienda de Jyväskylä. Todo apuntaba a que se trataba de algo gordo. Pero cuál, eso era lo que él quería descubrir.

Al inspector jefe le había costado un gran trabajo averiguar la matrícula del autobús que el grupo estaba utilizando y la identidad de su propietario. Según los datos proporcionados por los testigos, el vehículo era completamente nuevo y de un modelo destinado al turismo de lujo. En una fábrica de carrocerías les dieron varias pistas y, basándose en ellas, acabaron por identificar a un transportista de Pori, un tal Korpela, que había desaparecido con uno de sus vehículos. Rankkala puso de guardia a uno de sus hombres en los hangares de La Veloz de Korpela, S. A., en Pori y la cosa dio su fruto: el autobús pronto hizo una breve aparición en su puerto de origen, pero enseguida continuó rumbo al norte. Los detectives de la secreta sólo disponían de un viejo Lada para el seguimiento y el autocar de La Veloz los había dejado atrás nada más incorporarse a la autopista. El vehículo se esfumó definitivamente en Närpiö, se suponía que en dirección norte.

Durante todo aquel tiempo habían ido desapareciendo personas en diferentes lugares del país. El último informe hablaba de un guardia fronterizo de Kemijärvi, un tal Rääseikköinen. Rankkala estaba perplejo: ¿estarían también involucradas personas al servicio de la seguridad fronteriza en aquel caso en que ya se mezclaban cuestiones de la política internacional y de la defensa nacional?

A Ermei Rankkala empezó a asquearle aquel asunto. Se arrepentía de no haber tirado a la papelera en su momento el anuncio que había desencadenado la investigación. Ya era demasiado viejo para meterse en semejante berenjenal. La policía secreta no disponía de hombres suficientes, los investigadores más jóvenes actuaban a menudo con negligencia, el presupuesto era escaso, las herramientas de trabajo obsoletas e inadecuadas. Lo había constatado por enésima vez. Rankkala empezaba a temer que aquella extraña cadena de sucesos le estallara en la cara. Todo indicaba que aquello era una auténtica bomba.

Uno de los casos más intrincados de la historia de la policía secreta había sido el de los depósitos secretos de armas en 1945. Lo que en un principio parecía un incidente sin importancia, fue creciendo poco a poco hasta adquirir dimensiones gigantescas, y sus consecuencias políticas y legales, que se prolongaron durante años, pusieron en pe-

ligro la estabilidad del país. El inspector jefe Ermei Rankkala sospechaba desde hacía unos días que el expediente
que tenía entre manos contuviese otro caso de las mismas
magnitudes que aquél, pero aún más confuso.

Le echó un vistazo a su reloj. Ya era la hora del almuerzo. Tenía acidez de estómago, sin duda había tomado
demasiado café por culpa de aquel enredo. Apartó el expediente de un manotazo y se marchó. El sol brillaba, no por
nada era verano. El inspector jefe caminó a lo largo de la
calle Ratakatu, rumbo a la plaza del Mercado. Allí se compró un tomate, lo restregó contra la manga de la chaqueta
para eliminar cualquier resto de pesticida y le pegó un
buen bocado. El zumo y las pepitas le salpicaron la corba-
ta. Como de costumbre, nada le salía bien por mucho que
se esforzase. Rankkala le dio un pisotón al tomate, espa-
churrándolo contra los adoquines de la plaza y se paró a la
orilla de uno de los andenes del puerto. Por un instante le
pasó por la cabeza la idea de tirarse al mar y ahogarse en
aquella agua aceitosa.

22

Por la mañana los suicidas llegaron a Alta. El capitán en dique seco Mikko Heikkinen estaba firmemente convencido de que una decisión tan importante e irrevocable como el suicidio no debía tomarse con la cabeza clara, sin el consuelo de un par de tragos. El coronel no tuvo nada que objetar; ¡el alcohol no mata en un día! Y tal como estaban las cosas, eso era lo que le quedaba de vida al grupo.

Heikkinen encontró una licorería a la vuelta de la esquina y se metió en ella. Pidió treinta y tres botellas de aguardiente. Los vendedores se retiraron a la trastienda para discutir el pedido. Naturalmente, estaban familiarizados con la debilidad de los turistas finlandeses por las bebidas espiritosas, pero es que el tipo pretendía llevarse media tienda. Consultaron con el director si podían venderle treinta y tres botellas de aguardiente a un mismo borracho y éste se asomó para verlo. En cuanto le echó el ojo, supo que el finlandés era un profesional del ramo; autorizó la venta e incluso recomendó a su cliente algunos aquavits noruegos. Heikkinen se dejó convencer y se llevó en total cuarenta y cinco botellas. El coronel Kemppainen pagó y le ayudó a llevarlas al autobús. En su opinión, unas cuantas menos hubiesen bastado, pero Heikkinen se justificó diciendo que el ser humano sólo se moría una vez.

También fueron a por comida, pero sólo para una vez. No les parecía que fuese necesaria más, ya que se acercaban al final de su viaje.

Uula Lismanki quiso comprar medio estéreo de leña. Al ver que los demás se extrañaban, Uula les dijo que no tenía intención de seguirles hasta el fin. Se quedaría con el aguatragedias contemplando cómo el autobús se precipitaba al océano Ártico desde el acantilado del Cabo Norte. Necesitaba la leña para hacer una hoguera y no congelarse en aquellas rocas azotadas por los vientos. No era para menos, porque lugar era tan frío, que ni siquiera los abedules enanos crecían en él.

El criador de renos preguntó a unos lugareños dónde se podía conseguir madera para quemar, preferentemente ya cortada. Le dieron las señas de un granjero que vivía en las afueras de la ciudad y que solía vender leña seca. Uula la cargó en la bodega del autocar y de paso vaciaron el depósito de aguas residuales del autobús –que con tanto viaje estaba a rebosar– en el pozo ciego de la granja.

En Alta tomaron rumbo noreste, hacia las montañas que rodeaban el mar. Delante de ellos circulaba a trompicones un destartalado autobús local, pero el buque insignia de La Veloz lo adelantó sin ningún problema. Korpela vio por el retrovisor que el autobús en cuestión era el que hacía la línea Alta-Hammerfest. Se le pasó por la cabeza que su flamante Delta Jumbo Star fuese tal vez demasiado caro como para arrojarlo a las olas del océano Ártico y que para ese menester podía servir también un autocar de peor calidad, como el que acababan de adelantar. ¿Qué tal si hacía su última buena obra, y canjeaba su autobús de lujo por el destartalado coche de línea, donando la diferencia a la economía noruega? El transportista lo consultó a través del micrófono con los pasajeros. Ellos también se mostraron de acuerdo en que era un derroche innecesario cometer un suicidio colectivo en un autocar tan sofisticado y aceptaron de buena gana morir menos suntuosamente.

Con una rápida maniobra, Korpela le cortó el paso al traqueteante coche de línea, y lo obligó a pararse en el arcén. Preguntó a sus compañeros si alguno hablaba noruego. Una mujer de cincuenta y cinco años de la clase alta de Helsinki, la señora Aulikki Granstedt, que había permanecido durante todo el viaje sumida en sus propios pensamientos, se sobresaltó al oír que sus conocimientos lingüísticos eran requeridos y se ofreció como intérprete. Korpela y la señora Granstedt se fueron a presentar su propuesta mercantil al conductor del coche de línea de Hammerfest.

El conductor noruego estaba cabreado con Korpela por su brusca maniobra, pero dejó de quejarse en cuanto oyó lo que le proponía. ¿Cambiar de autocar en pleno trayecto? ¿Acaso aquel finlandés estaba mal de la cabeza? El noruego declaró que no tenía tiempo de hacer el payaso en medio de la nada y que tenía que ceñirse a su horario para poder estar por la noche en Hammerfest. En el autobús había unos veinte pasajeros de los que al menos una parte tenía que llegar a tiempo al transbordador de Hurtigruten.

Korpela intentó convencerle de que tenía ante él el negocio de su vida: se sentaría al volante de un autocar de lujo sin hacer desembolso alguno. Los papeles estaban en regla y el vehículo estaba completamente pagado. ¿No se daba cuenta de que allí, al borde de aquel camino, se le estaba presentando la oportunidad de hacerse de oro?

Pero la idea de un enriquecimiento repentino dejaba frío a aquel hombre. Korpela invitó a los noruegos a que

170

visitasen su autobús. Entusiasmados, los viajeros fueron a conocer por dentro el lujoso vehículo de La Veloz de Korpela, S. A. El intercambio les pareció una idea estupenda y reprocharon al conductor su inútil pusilanimidad. Había que coger al vuelo las oportunidades que se le presentaban a uno. Los habituales de la línea conocían muy bien a aquel hombre, al que tachaban de indeciso y quisquilloso.

El noruego se enfadó al oír aquello y se cerró en banda. Declaró que el canje de autobuses no podía llevarse a cabo en medio del páramo, que el vehículo no le pertenecía, que era propiedad del estado y él no estaba autorizado a cedérselo a nadie. Vamos, que de ningún modo, aunque en el cambio se llevase el mejor autobús del mundo.

A raíz de aquello se originó una fuerte riña entre conductor y pasajeros. Los noruegos insistían en quedarse con el nuevo autocar para la línea Alta-Hammerfest, pero no había forma de doblegar al idiota del conductor, que no hacía sino repetir como un loro lo de los horarios estrictos y lo de la propiedad del vehículo. Un auténtico cretino, fue la conclusión unánime. Al final hasta Korpela se hartó y retiró su generosa oferta, subió con la intérprete a su autocar y salió pitando. El tozudo conductor de línea continuó en silencio rumbo a Hammerfest, según el horario establecido, y los viajeros no pararon de lanzarle improperios hasta el final del trayecto.

Al cabo de más o menos una hora de conducción brusca, desde la carretera empezó a verse de nuevo el mar. Llegaron al fiordo de Porsanger. Las ganas de conversar de los viajeros empezaron a agotarse conforme el viaje avanzaba, hasta que la visión de la gris superficie del Ártico y su oleaje los dejó por fin sin habla. No era de extrañar, ya que aquellas enormes y espumosas olas que se sucedían sin tregua iban a convertirse en su tumba; sólo tenían que llegar

171

a la boca del fiordo y desde allí, tras una travesía de diez millas marinas, a la isla de Mageroya, en cuyo extremo septentrional el funesto Cabo Norte se hundía en el gélido mar polar.

El final del viaje discurría a gran velocidad, como si el Cabo Norte corriera a su encuentro. Hicieron en el transbordador un cortísimo trayecto y continuaron de nuevo la marcha por tierra firme. Korpela no se entretuvo, sino que fue derecho de Honningsvåg al cabo. Era ya de noche cuando llegaron al acantilado más septentrional del mundo.

El transportista detuvo su autobús a un kilómetro de la punta y ordenó a Uula Lismanki y a Seppo Sorjonen que recogieran sus pertenencias y la leña y se despidiesen. Aquél era un lugar adecuado para acampar, y desde allí podrían acercarse al acantilado a pie y contemplar cómo el autobús, a toda velocidad y atravesando las vallas protectoras, caía al mar.

–¡Vaya película... para haber tenido una cámara de vídeo! –dijo el criador de renos con pesar, mientras él y Sorjonen amontonaban la leña sobre el suelo de la tundra. Les habían dejado víveres suficientes para ambos–. ¡Eh!, ¿qué pasa con el aguardiente? ¡No irán a tirarlo al mar! –preguntó Uula. Y era cierto, porque la mayoría de las botellas que el capitán en dique seco Heikkinen había comprado, estaban aún intactas. Él mismo ya había vaciado una y empezado otra, pero el resto de la tropa casi no había bebido nada durante el viaje. El coronel admitió que no había ninguna necesidad de destruir la carga de aguardiente y llevó las botellas al brezal; quedaron bajo la custodia de Uula, cuyos ojillos brillaron de felicidad.

El director Rellonen y Jaakko Lämsä llegaron en el coche del coronel, y éste le pidió que le entregase las llaves a

172

Sorjonen. Le parecía inútil destrozar dos vehículos, cuando los que iban a morir cabían en uno. Luego añadió que había llegado el momento de subir al autobús, cosa que Rellonen y Lämsä hicieron con bastante lentitud.

Korpela giró la llave en el contacto. El potente motor comenzó a rugir de manera siniestra y fatal. Frente a ellos se abría el estrecho camino que discurría por la planicie rocosa hasta el mar. Algo más lejos se levantaba una pequeña construcción. Estaban a trescientos metros sobre el nivel del mar. Por el momento.

Los suicidas permanecían en sus asientos, tensos y en silencio. Había llegado el instante fatal. Algunos habían cerrado los ojos y otros se cubrían la cabeza con las manos. Heikkinen era el único que bebía aguardiente.

Uula Lismanki y Seppo Sorjonen echaron a correr hacia el borde del acantilado, adelantando al trote al autobús. Se apresuraron para no perderse el último vuelo de sus amigos. Aquello no se veía todos los días, dijo un Uula jadeante mientras corrían.

Todavía había tiempo. Lismanki y Sorjonen tardarían un poco hasta llegar al borde del acantilado. El coronel se acercó a Korpela para preguntarle si quería explicarle sus motivos para suicidarse, ya que había llegado el momento de morir. El transportista miró al coronel fijamente a los ojos y dijo:

—Los de Pori nunca hemos sentido la necesidad de irle contando a la gente nuestras cosas... así que vamos a dejarlo.

Los dos corredores estaban ya a suficiente distancia de ellos. El transportista se volvió hacia sus compañeros y anunció por el micrófono que había llegado el momento de partir.

—Así que adiós y gracias por todo. Voy a poner este

trasto a su máxima potencia. Agarraos como podáis a los asientos, porque esto se meneará al despegar. Luego, a volar unos segundos y el resto ya os lo imagináis.

El coronel tomó entonces el micrófono y agradeció a los suicidas su contribución al éxito de expedición. A punto estuvo de citar la famosa orden del día del general Mannerheim y decir que había combatido en numerosos frentes, pero que nunca había visto soldados luchando por la vida con tanto valor como aquellos aspirantes a suicida. Pero, finalmente, se abstuvo: no era cuestión de hacer bromas a la hora de la muerte.

–Y para terminar, quisiera subrayar de nuevo que nadie tiene la obligación de seguir a los demás hasta el final. Queridos amigos, os ruego que meditéis una vez más sobre vuestro destino. La puerta del autocar está abierta, podéis salir con total libertad. La vida sigue ahí afuera.

Un silencio embarazoso siguió al llamamiento del coronel. Desconcertados, los suicidas en potencia se miraban unos a otros, algunos dando la impresión de que, tal vez, hubiesen querido salir del autobús y seguir con vida. Sin embargo, nadie se levantó.

El coronel fue a sentarse junto a la señora Puusaari. La jefa de estudios le tomó de la mano y se la apretó. Miró a lo lejos por la ventanilla, hacia el mar abierto. A un kilómetro de distancia se veían las figuras de Uula Lismanki y Seppo Sorjonen, que estaban de pie al borde del ventoso acantilado. Uula agitaba los brazos en un gesto de aliento.

Korpela pisó a fondo el acelerador y comprobó el freno de mano. Metió una marcha. El motor se empezó a poner a cien y la aguja se inclinó del lado rojo del indicador. Korpela soltó lentamente el embrague. El autocar se puso a temblar en su sitio como un bombardero cargado hasta los topes que calentase motores en la pista, listo para el despegue.

Korpela levantó el pie del embrague y soltó el freno de mano. Con la rabiosa fuerza de sus cuatrocientos caballos, el autobús de lujo salió disparado, las ruedas echando humo.

La aguja del indicador de velocidad se volvió loca, el asfalto pasaba bajo el vehículo suicida a un ritmo salvaje; el acantilado se acercaba a una velocidad de vértigo. Korpela tocó la bocina y todo el Cabo Norte se puso a temblar y resonar. El negro humo del tubo de escape salía a chorro. El autobús corría como nunca. La gélida tumba del océano Ártico les esperaba.

De repente, una luz roja se encendió en la parte superior del tablero de mandos y se empezaron a oír unos pitidos penetrantes. La señal de alarma empezó a parpadear con insistencia: muchas eran las manos de los deseosos de vivir que se habían alzado para apretar el botón de parada. Korpela pisó el freno hasta el fondo: el autocar dio varios coletazos con brusquedad, los viajeros salieron disparados de sus asientos y las ruedas humearon por la fuerza de la frenada. El océano Ártico se aproximaba y las figuras boquiabiertas de Lismanki y Sorjonen quedaron atrás. Frente a ellos se levantaba la valla protectora de acero. Al borde del abismo, Korpela echó mano de todas sus fuerzas para girar el volante y consiguió en el último segundo evitar la barrera, desviando el vehículo para devolverlo de nuevo al camino. El autocar se escoró peligrosamente, como un buque luchando entre las olas, y por un breve instante todos vislumbraron por las ventanillas el plomizo mar que, monstruoso, les esperaba. Continuaron aún cien metros por el borde del barranco, dando sacudidas a la misma velocidad, hasta que finalmente el autocar se detuvo. Su sistema hidráulico silbaba y bramaba y del recalentado motor empezó a salir vapor, ya que se había consumido totalmente el agua de su sistema de refrigeración.

Korpela se volvió hacia la cabina de pasajeros, desde donde treinta seres aterrorizados le miraban, pálidos como la muerte.

23

Los aspirantes a suicida salieron en tropel del autocar de La Veloz, enjugándose del rostro el sudor de la muerte. Korpela apagó el motor y bajó el último. Uula Lismanki y Seppo Sorjonen se acercaron corriendo. El primero parecía ligeramente decepcionado por la interrupción de un suicidio colectivo preparado con tanto ardor desde el inicio. El aguatragedias Sorjonen, en cambio, dijo estar felizmente emocionado por el giro positivo que habían dado los acontecimientos y se abalanzó a felicitar a los supervivientes, los abrazó a todos uno tras otro, les dio palmadas en la espalda y lloró con sentimiento.

Uula Lismanki preguntó qué había fallado.

Lo mismo preguntó Korpela. ¿Quiénes eran los desgraciados que habían apretado el botón de parada? ¿Les parecía una broma lo que acababan de hacer? Había tenido que dar un frenazo de emergencia en el último segundo y ya era demasiado viejo para entender o tolerar esa clase de jueguecitos. Cuando uno ha decidido morir, se muere. O una cosa o la otra. Si alguno tenía dudas, podía apearse.

–Sin contar que este tira y afloja estropea el motor

–gruñó Korpela, arreándole furioso una patada a la rueda más próxima.

Todos callaban. Desde el mar abierto soplaba un viento gélido. El incansable sol de la noche sin noche, rojo, descansaba sobre el horizonte tiñendo de sangre con su resplandor la superficie del mar, mientras el enorme y estremecedor oleaje rompía con estruendo contra la vertical de roca. Unos frailecillos de pico colorado buscaban pelea con las descaradas gaviotas marinas. Aquí y allá llovía guano sobre las cabezas de la tropa suicida.

Korpela les dijo que él no pensaba quedarse toda la noche de pie, al borde de aquel acantilado. Subió a su autocar y ordenó a los demás que le imitaran. ¿Qué tal si lo intentaban de nuevo?

Subieron en silencio. Uula Lismanki preguntó si aquella vez iba en serio. ¿Valía la pena que volviese a su puesto de observación para presenciar la caída?

El coronel tomó entonces la palabra. Con tono serio y reflexivo declaró haber visto cómo al menos diez o quince de los viajeros habían apretado el botón de parada en el momento culminante de la mortal carrera. Confesó que él también lo había hecho y que en su caso se trataba de algo que tenía decidido desde un principio.

Korpela preguntó por qué demonios se había metido en el autocar, si no tenía intención de morir. El coronel le contestó que al menos él había tomado el riesgo con fines terapéuticos. Ver la muerte cara a cara aumentaba las ganas de vivir, ésa era una verdad muy antigua.

–¿Y qué hubieses dicho si no llego a parar el coche, so listo? Ahora estaríamos sirviendo de cebo a los bacalaos en el fondo del mar –rugió Korpela.

–De vez en cuando hay que arriesgarse en la vida –repitió el coronel, y les propuso que por ese día se dejasen de lanzamientos suicidas. La reciente experiencia había resultado horripilante y todos necesitaban tiempo y descanso para devolver algo de equilibrio a sus mentes. Ordenó a la tropa que volviese junto a Uula y que organizase de nuevo el campamento. Podrían abrir alguna de las botellas de aguardiente que habían comprado en Alta y quedarse allí a pasar la noche. Por la mañana intentarían su segundo y definitivo salto.

La propuesta fue aprobada por unanimidad. Volvieron al punto de salida de la carrera de la muerte y encendieron allí una hoguera con la leña de Uula mientras las mujeres preparaban unos bocadillos. Decidieron pasar la noche en vela. Recuperaron las botellas que les habían regalado a Lismanki y Sorjonen y se las repartieron. El alivio era palpable en el campamento. La gente se sentía feliz y en cierto modo como si hubiese vuelto a nacer. El aguatragedias los entretuvo contándoles historias maravillosas, aderezadas con sus habituales y optimistas consideraciones sobre la vida.

Lismanki mencionó que había visto al borde del acantilado un pequeño grupo formado por dos alemanes y un finlandés que estaban observando los pájaros justo cuando el autobús de Korpela hubiera debido precipitarse al mar. Abortada la tentativa, el trío se había acercado a escuchar lo que hablaban los suicidas. El finlandés les había traducido las conversaciones a los alemanes, los cuales menearon la cabeza con desaprobación.

En medio de la alegría reinante nadie hizo caso del asunto. De todos modos, a los alemanes siempre les extrañaban las costumbres de los finlandeses, así que no había motivo de preocupación alguna.

A la mañana siguiente, Korpela se levantó temprano y fue a calentar el motor de su vehículo. Había llegado el momento de intentarlo de nuevo.

179

El autobús de La Muerte Veloz ronroneaba en la carretera, justo al lado de la tienda. El transportista gritó a todo pulmón por la ventanilla abierta que ya era hora de levantarse y subir al autocar. Esta vez no pensaba parar aunque todos apretasen el botón al mismo tiempo.

De la tienda no llegó respuesta alguna, ni nadie salió de ella. Pues sí que dormían profundamente... Korpela apagó el motor y fue a despertar a los aspirantes a suicida para su último viaje. Todos roncaban con una intensidad fuera de lo normal. Parecía como si la gente hubiese estado en vela durante semanas, tan profundo era su sueño. Intentó despertar a uno de los roncadores sacudiéndolo con el pie, pero éste se limitó a gemir y a darse la vuelta buscando una postura más cómoda para seguir durmiendo. Hasta la jefa de estudios Puusaari y la señora Grandstedt roncaban tan fuerte que hacían temblar la lona de la tienda.

El transportista lanzó un rugido: en caso de necesidad, le salía voz de guerrero. Los aspirantes a suicida se incorporaron fingiendo sobresalto, pero se les notaba que sólo estaban en duermevela. No parecían tener muchas ganas de subir al autocar de la Muerte de Korpela. Sus ansias de matarse se habían aplacado el día anterior, y en la tienda se respiraba claramente las ganas de vivir.

Los desgraciados salieron a gatas de la tienda con evidente desgana, pero ni uno solo subió al autobús que los esperaba en la carretera. En lugar de eso se pusieron a preparar el desayuno. El capitán en dique seco Mikko Heikkinen sacó con un chirrido el corcho de su botella de aguardiente y tomó un trago de su medicina matinal. Se quejaba de resaca. Los demás también padecían del mismo mal, pero se contentaron con un té.

Tras un par de tragos más, Heikkinen se sintió de nuevo en forma y sacó el tema del suicidio. Por su parte y por el momento, él se plantaba. Todavía le quedaban unas cuantas botellas de aguardiente por beber antes de morir. Comentó que durante la expedición había olvidado por completo las congojas que *La Golondrina* le había causado, así que ya tendría tiempo de estirar la pata en otro momento.

Otros miembros del grupo estaban en ese mismo estado de ánimo. El ingeniero de caminos Jarl Hautala dijo haber sido un ferviente partidario del suicidio colectivo desde el momento de la clausura del seminario en Los Cantores. Declaró que había estado encantado de hacer aquel largo viaje con sus compañeros de infortunio. Había disfrutado muchísimo del periplo por el país, del verano y del sentimiento de pertenencia al grupo. Los entierros a los que habían asistido habían sido muy hermosos y el viaje al norte particularmente enriquecedor.

—Pero ahora que ya estamos en nuestra meta común, y sobre todo tras el fracaso de ayer, he llegado a la conclusión de que hay razones de peso para aplazar el suicidio colectivo para más adelante. En mi corazón se ha encendido una leve llama de esperanza y ganas de vivir. Ayer, durante nuestra carrera hacia la muerte, la llama se avivó hasta hacerse una hoguera y esta mañana, al despertar, sentí una gran aprensión al pensar en mi inminente muerte. Cuando el amigo Korpela nos ha invitado a subir al autocar, me he puesto a roncar con gran escándalo y he constatado que los demás también se hacían los dormidos. He llegado a la conclusión de que aún no estamos preparados para la muerte. Comprendo muy bien la postura del capitán Heikkinen, aun cuando personalmente no esté a favor del consumo desmedido de alcohol.

El transportista escuchó el discurso de Hautala con

181

cara avinagrada. Había conducido su costoso autocar por pura buena voluntad hasta la última punta de Europa y ahora resultaba que la expedición había sido en vano. Le habían tomado el pelo. En el tacómetro se habían acumulado miles de kilómetros a fuerza de recoger suicidas por todo el país, y ahí estaban. Un hombre de acción como él se cabrearía por menos de eso.

–Pues vaya... así que ésas tenemos... muy bonito. Un servidor dejándose la piel en la carretera y ahora a nadie le apetece matarse. Pues que sepáis que no pienso llevaros de vuelta a Finlandia, así que os las apañáis como podáis, pero se acabó lo de viajar de gorra.

Todos intentaron tranquilizar a Korpela. No se trataba de vivir indefinidamente... sólo querían aplazar el suicidio... tenía que comprender el cambio de opinión de sus amigos. El glacial océano Ártico ya no les parecía tan atractivo como al partir de Finlandia, pero todos seguían amando y defendiendo el ideal del suicidio colectivo.

La señora Grandstedt formuló en ese momento una propuesta, para someterla a la consideración del grupo.

–¿Y si nos fuéramos a Suiza? Estudié allí en mi juventud y, ¡es un país tan hermoso! Querido Korpela, ¿y si nos llevase usted hasta allí?

La señora Grandstedt les describió la belleza de los Alpes suizos y la escalofriante profundidad de sus barrancos. Un suicidio colectivo no supondría allí trabajo alguno, podían tirarse con el autobús por donde les diese la gana, y ya estaba.

Al coronel Kemppainen la propuesta le pareció interesante. Había visitado Suiza en una ocasión, con una delegación de oficiales del ejército, y recordaba los espectaculares barrancos que había en los Alpes. En su opinión, la Confederación helvética era el país más indicado de Europa desde ese punto de vista. Las carreteras alpinas estaban llenas de lugares ideales para precipitarse al vacío. Por su parte, apoyaba calurosamente la idea de la señora Grandstedt de viajar a Suiza.

La propuesta fue aprobada. Aparte de Uula Lismanki, todos disponían de un pasaporte en regla. El criador de renos se puso triste: se hubiese ido encantado con los demás, pero a falta de documentación, mejor sería quedarse allí, en el Cabo Norte.

Intentaron arreglar el asunto inmediatamente. El coronel llamó por radio a la policía de Utsjoki. El oficial de guardia le informó de que allí no se hacían pasaportes y que había que dirigirse al comisario rural del distrito de Inari, en Ivalo. Según él, el documento estaría listo en una semana. Para acelerar los trámites, solicitaron por radio el certificado del registro civil, y Kemppainen se comprometió a llevar a Uula en su coche a Ivalo para recogerlo.

Consiguieron convencer a Korpela de que fueran a Suiza. Todos prometieron ser considerados con él durante el viaje y el furriel en la reserva Korvanen se ofreció para relevarlo al volante siempre que hiciese falta, para que Korpela no se fatigara demasiado. Korvanen tenía un permiso para vehículos pesados, y no le importaría conducir de vez en cuando el autocar.

El transportista sopesó la propuesta. Recordaba los Alpes suizos, un bello paisaje, sin duda alguna. Tal vez pudieran realmente ir hasta allí. Si cortaban por Suecia, Dinamarca y Alemania, pronto estarían en Suiza. Había hecho varios viajes organizados por Europa y conocía al dedillo las autopistas. Por su parte, accedía a la propuesta.

La decisión de modificar la fecha y el lugar del suicidio colectivo fue, pues, aprobada por unanimidad. El coronel Kemppainen y el criador de renos Lismanki partieron hacia Ivalo en cuanto desayunaron para ocuparse del pasaporte de este último. Acordaron encontrarse en Suecia al cabo de una semana, ya fuese en el Parador de Haparanda o, a lo más tardar, en Malmö.

Segunda parte

Con la muerte se puede jugar, pero con la vida no. ¡Viva!

ARTO PAASILINNA

24

Cuando el coronel Kemppainen y el criador de renos Lismanki partieron hacia Ivalo, el resto de la tropa decidió hacer un poco de turismo por el Finnmark de Noruega. Desde que en el último segundo habían decidido por unanimidad renunciar al suicidio colectivo, el ambiente se había vuelto alegre y distentido. Disponían de una semana para disfrutar del verano en los magníficos paisajes de montaña del Ártico. Más o menos lo que tardarían los trámites del pasaporte de Uula.

Convencieron a Korpela para que les llevase a ver los lugares más hermosos de la región. La primera noche la pasaron en el Cabo Norte, pero cuando se les terminaron los víveres decidieron volver al continente. En el estrecho de Porsangerhalvøya compraron unos cuantos salmones a los pescadores del lugar y luego desvalijaron la tienda del pueblo de Svartvik. Instalaron su campamento a la orilla de un lago de montaña, en Øvre Molviktvatn, visitaron Seljenes y pescaron en el río Cinajohka una enorme cantidad de truchas. También pasaron una noche en un hotel de Lakselv, donde aprovecharon para asearse en condiciones y dormir en una cama decente, para variar. Sin embargo, el ruido de la vecina base aérea de Banak les obligó a ponerse de nuevo en movimiento. Pasaron los dos días siguientes en pleno páramo, a orillas del río Gakkajohka, adonde llegaron por un estrecho camino secundario de diez kilómetros que se desviaba de la carretera general de Porsanger.

La profesora de economía doméstica Elsa Taavitsainen se encargó de las tareas de intendencia de la tropa. Como estaban en Noruega y había truchas y salmones a mansalva, el grupo se deleitó con los más deliciosos platos de pescado. La señora Taavitsainen y sus ayudantes sabían preparar el salmón de diferentes maneras: marinado o a la cazuela. Las truchas más pequeñas se cortaban en filetes y se asaban sobre el fuego de leña. En el monte recolectaron cebolleta silvestre para la sopa de pescado, que aderezaban con mantequilla de granja y acompañaban de patatas. Para que no se cansasen de tanto salmón, la profesora Taavitsainen consiguió un queso fresco de cabra de la región, cordero y carne de reno seca, y con todo ello preparaba espectaculares sopas y calderetas. Sobre las mismas piedras en que las asaba, les servía tostas de carne de reno cubiertas de queso de cabra fundido. También recolectaron por los pantanos arándanos árticos con los que resaltaba aún más el sabor silvestre del estofado de reno.

Durante aquellas felices noches se dedicaron a descansar tranquilamente en la naturaleza y a charlar sobre lo divino y lo humano. Evocaron con gravedad su gran carrera hacia la muerte en el Cabo Norte y el aplazamiento del suicidio colectivo les pareció a todos una sabia decisión. Alguien dijo haber leído que el miedo a la muerte en su forma más espantosa era el que experimentaban los recién nacidos. Era la sensación de pánico al ser arrojados fuera de su planeta, del útero materno, hacia el vacío insondable del espacio exterior, el mismo terror que ellos habían padecido en el Cabo Norte durante la aceleración.

Todos se lamentaron de que no hubiese entre la tropa suicida un auténtico genio, un filósofo capaz de revelarles los secretos de la vida y la muerte. Tal vez existiesen personas así, pero, por el momento, no les quedaba más remedio que contentarse con sus experiencias cotidianas y los sentimentalismos de Sorjonen. En cualquier caso, el viaje les había proporcionado muchas y nuevas perspectivas de reflexión sobre la existencia.

Tras una de aquellas conversaciones alguien propuso que fundasen una asociación de suicidas, o más exactamente, que hiciesen oficial la creada después del día de San Juan por la jefa de estudios Puusaari, el director Rellonen y el coronel Kemppainen. El objetivo no era, naturalmente, registrarse como club, sino sellar un pacto que concluiría, a más tardar, en los Alpes suizos, cuando diesen a Korpela la última oportunidad de precipitarlos con su costoso autobús por algún abismo insondable.

Al club le pusieron de nombre Asociación Libre de Suicidas Anónimos y no escribieron norma alguna, sino que acordaron simplemente que los miembros actuarían siempre llevados por el espíritu de la hermandad y unidos por un frente común. Evocaron las duras pruebas de la guerra de invierno, durante la Segunda Guerra Mundial, y decidieron tomar ejemplo de la heroica lucha de los soldados finlandeses, que habían peleado hasta morir. Al camarada no se le dejaba ni solo ni vivo. Los soldados de la guerra de invierno cayeron codo con codo, y lo mismo harían los Suicidas Anónimos, sólo que en aquel caso el enemigo era aún más feroz que la temible Unión Soviética: se trataba de toda la humanidad, del mundo y de la vida misma.

En su situación, las diferencias sociales no tenían ninguna importancia. Muchos de los miembros del grupo eran pobres y desdichados, pero también los había ricos e incluso millonarios, como la señora Granstedt, Uula Lismanki y algunos más. Llegaron a la conclusión de que los finlandeses se suicidaban al margen de su fortuna, fuese la falta de recursos la razón principal para unos o, para otros, la única razón.

La jefa de estudios Puusaari tuvo la oportunidad de visitar un par de cementerios noruegos y pasear por sus sombrías arboledas, aunque esta vez del brazo del director Rellonen, ya que el coronel estaba en Ivalo.

Finalmente, una mañana Korpela anunció que las vacaciones en Noruega habían terminado. Hacía ya una semana que disfrutaban de la vida silvestre del norte, y ya era hora de marcharse hacia el sur, a Haparanda, adonde también el coronel y Uula Lismanki llegarían pronto. La profesora de economía doméstica Elsa Taavitsainen aún tuvo tiempo de poner en marinada unos veinte kilos de salmón y luego los suicidas levantaron el campamento, fueron a darse un baño y continuaron el viaje.

El coronel Kemppainen y Uula Lismanki habían llegado entretanto a Ivalo para ocuparse del pasaporte de este último. Uula se quedó en el hostal, de charla con algunos de sus conocidos, mientras el coronel se dirigía a la oficina del comisario rural.

Para su sorpresa, resultó que conocía al funcionario, ya que habían asistido juntos a un cursillo de oficiales en la reserva que se había celebrado en Hamina hacía muchos años. Aquel chico tímido y flaco como una anguila se había convertido en un robusto hombretón de cincuenta años que no había renunciado a su pasión por la ornitología. Armas Sutela se lamentó de no disponer de más tiempo para charlar con Kemppainen. En Utsjoki se había cometido un vergonzoso crimen en cuya investigación se le había ido medio verano, y aún no lo había esclarecido. Prometió ocuparse del pasaporte de Uula en cuanto le llegase del Registro Civil el certificado que habían solicitado y el criador de renos se hiciese las fotos. Lismanki tenía que presentarse para firmar los documentos.

El coronel le dijo que, mientras esperaban, tenían la intención de ir a pescar corégonos en el lago Inari. ¿Por qué no les acompañaba el comisario, aunque sólo fuese un día o dos? Podría dedicarse a observar las aves acuáticas del lago con sus prismáticos, o lo que le apeteciera, y recordarían juntos los viejos tiempos en Hamina.

El comisario lamentó tener que rechazar la invitación, pero el caso de Utsjoki era realmente complicado y exigía toda su atención. El escandaloso crimen se había cometido en la zona pantanosa de Pissutsuollamvärri, en un páramo al noreste del parque nacional de Kevo, a unos diez kilómetros de la frontera de Noruega. A principios de verano un equipo de rodaje norteamericano formado por diez personas se había presentado en el lugar, con la intención de rodar una serie sobre la vida en los campos de prisioneros de Vorkuta, al noroeste de Rusia, en la época de Stalin. Los cineastas, a pesar de la glasnost, no habían conseguido permiso para filmar en Rusia –quién sabe si por las violentas huelgas mineras que en aquel momento estaban teniendo lugar en Vorkuta–, así que se les ocurrió reconstruir los miserables campos en un paisaje semejante, pero del lado de Finlandia. El equipo, con ayuda de un guía del lugar, había encontrado las localizaciones óptimas, justo en Pissutsuollamvärri, una desolada zona en medio de la tundra. Hasta allí habían transportado en helicóptero material y herramientas y empezado a construir un gran campo de concentración al estilo soviético. Todo hubiese salido bien de no ser porque el guía local –que un rayo lo partiese– había resultado ser un criminal. Se había dado el piro con la caja del rodaje, que no era precisamente de bajo presupuesto. Según sus cálculos, la suma ascendía a medio millón de marcos. Hubo que suspender la construcción del campo, del cual sólo había dado tiempo a levantar un par de torres de vigilancia bastante chapuceras y cien metros de valla de alambre de espino. El contratiempo acabó con la paciencia de los americanos, que abandonaron el país tras presentar la pertinente denuncia ante las autoridades. Algunos periódicos de los Estados Unidos habían publicado artículos indignados sobre el criminal lapón que había abusado de la confianza de los cándidos artistas de cine. Al parecer, finalmente habían decidido seguir el rodaje en la zona pantanosa de Masuria, en Polonia, que era lo bastante desangelada para servirles de Vorkuta, casi tanto como el desolador páramo de Pissutsuollamvärri.

–Este caso se ha convertido en un escándalo político y cinematográfico, demonios, con ramificaciones que van desde Vorkuta hasta California, pasando por Polonia, y yo aquí, con la lengua fuera y en medio del berenjenal. ¿Entiendes por qué te digo que no tengo tiempo de ir a pescar, Hermanni?

Al día siguiente, mientras recogían sus redes en el estrecho de Veskonniemi, en Inari, el coronel se quedó observando detenidamente a su compañero. No pudo evitar contarle a Uula el monstruoso crimen cometido en los apartados páramos de Utsjoki, cuyo ejecutor había sido un lapón del lugar. A Uula se le cayó la boya de la red al agua y palideció. Empezó a carraspear con cara de culpabilidad.

Consiguieron pescar grandes cantidades de corégonos, descansaron tumbados a orillas del lago Inari y contemplaron el cielo. Al cabo de una semana, Uula fue a recoger su pasaporte a la oficina del comisario rural. Al parecer, éste estaba ausente en una misión por las deshabitadas tierras de Utsjoki.

Y así, los dos amigos partieron hacia Haparanda en el coche del coronel. En el maletero llevaban dos toneles de grasientos corégonos en salmuera y Lismanki calculó que estarían en su punto cuando llegasen a los Alpes suizos. Serían el ingrediente ideal para la última cena de sus amigos.

25

En el Parador de Haparanda, el coronel Kemppainen preguntó en la recepción si había algún mensaje para él, pero Korpela y su tropa aún no habían dado señales de vida. Al coronel le asaltó una terrible sospecha. ¿Y si a aquellas horas todos yacían ya en el fondo del océano Ártico, con el lujoso autocar a modo de féretro común? Atormentado por la duda, reservó una habitación doble y le pidió a Uula que subiese el equipaje.

Al llegar la noche, los temores del coronel se revelaron infundados. El autocar de La Veloz de Korpela hizo su entrada en el jardín del Parador y pronto el bullicioso grupo invadió la recepción. El reencuentro estuvo lleno de alegría. Los aspirantes a suicida le contaron entusiasmados lo bien que se lo habían pasado en su semana de vacaciones en Noruega. Parecían tranquilos y en plena forma, y nadie mencionó la muerte para nada. La jefa de estudios abrazó con fuerza al coronel delante de todos. Rellonen se quedó discretamente rezagado cuando Helena Puusaari y Kemppainen se fueron a pasear por la ciudad. Visitaron el modesto cementerio de Haparanda y constataron que, a diferencia de los camposantos finlandeses, allí no había ningún monumento a los caídos.

Al día siguiente, el coronel llevó su coche a un negocio de segunda mano de Tornio. El precio no era ni mucho menos satisfactorio, pero como ya no le hacía falta tenía que deshacerse de él.

En Haparanda compraron víveres y artículos de primera necesidad: treinta y tres toallas, treinta y tres peines con sus correspondientes espejos, quince brochas de afeitar, doscientos pares de medias, setenta kilos de patatas, un kilo de betún y mil salchichas de Frankfurt. El capitán en dique seco, por su parte, hizo una expedición a una licorería y adquirió cien botellas de vino y doce cajas de botellines de cerveza. El coronel lo pagó todo.

Por la tarde volvieron a tomar rumbo al sur. Empezó a llover y las carreteras se vaciaron de turistas, con lo que la circulación era escasa y avanzaron a buen ritmo. Korpela y el furriel en la reserva Korvanen se turnaron al volante a través de Suecia, y de madrugada llegaron a Malmö.

Durante el viaje, el aguatragedias Seppo Sorjonen se encargó del entretenimiento de los viajeros, recitando sus poemas al micrófono y contándoles historias divertidas. Al sur de Estocolmo les confesó que había escrito un libro de cuentos que ningún editor había aceptado publicar, a pesar de que, según él, el tema era de lo más interesante y la historia, magnífica.

Le permitieron que contase su cuento, ya que en ese momento por la radio sueca se estaba emitiendo un programa de rock duro que nadie quería escuchar, y por otra emisora sólo se escuchaban los comentarios de algún acontecimiento deportivo.

Sorjonen les contó que ya hacía un par de años que había escrito el libro. Un día, leyó por casualidad cierto artículo que hablaba de las condiciones de vida de las ardillas finlandesas, a las que, al parecer, no les había ido muy bien

195

en los últimos años. La proliferación de aves de presa suponía un pesado tributo para los pobres roedores y, además, había menos piñas comestibles que antes. Pero lo peor de todo era que en los bosques ya no se encontraba liquen, un material del todo indispensable para la construcción de sus nidos. Esta penuria era debida a la contaminación del aire, que había hecho desaparecer el liquen en todo el sur del país. La situación era también preocupante en el este de Laponia, en la zona de Salla, a causa de los vertidos tóxicos de la península de Kola. Las ardillas se veían obligadas a tapizar sus nidos con las escamas que arrancaban de la corteza de los enebros. En las zonas urbanas se las habían ingeniado para sustituir el liquen por tejido de fibra de vidrio, un aislante térmico que se utilizaba en la construcción. Sin embargo, aquellos sucedáneos carecían de la calidad del liquen natural: las crías de las ardillas pasaban frío en aquellas nuevas madrigueras húmedas e insalubres. Además, la fibra aislante podía provocarles cáncer de pulmón. Los pobres animalillos no habían aprendido a empapelar sus nidos con los restos que abundaban en las obras.

Sorjonen el cuentacuentos se puso profundizar sobre la precariedad de las viviendas de las ardillas desde un punto de vista literario, y se le ocurrió que podría escribir un libro para niños sobre el tema. La historia comenzaba cuando el protagonista leía por casualidad el artículo en cuestión. Érase una vez un pescador cincuentón llamado Jaakko Lankinen, que estaba a cargo de un puente transbordador; tenía un par de hijos ya adultos y acababa de quedarse viudo. Vivía desahogadamente y, sobre todo durante los largos inviernos, tenía mucho tiempo libre. Era hombre de buen carácter y vivía solo a orillas de un gran lago, practicando a pequeña escala la protección de la naturaleza.

196

Lankinen se empezó a preocupar por las crías de las ardillas y quiso mejorar sus condiciones de vida. Intentó enterarse de si existía algún material adecuado que pudiese sustituir al liquen, pero los expertos le explicaron que sólo el auténtico liquen servía para tal propósito. Pero éste ya no crecía en la naturaleza, ni en los bosques finlandeses y, por lo tanto, habría que diseminarlo por el bosque de manera artificial para que las ardillas pudiesen utilizarlo.

Entonces le vino a la cabeza que Siberia era el lugar donde más abundaba el liquen. Claro que no en todas partes, pero sí en las regiones en las que aún no existía una industria contaminante. Hizo una visita de reconocimiento del otro lado de los Urales y comprobó con sus propios ojos que estaba en lo cierto. Durante, el viaje trabó amistad con los habitantes de un koljós y les contó su idea, proponiéndoles comprarles grandes cantidades de liquen en pacas. Los convenció diciéndoles que les pagaría la mercancía en divisas. Durante los largos inviernos, tanto aquel koljós como los de los alrededores, estaban llenos de miles de agricultores ociosos, con tiempo de sobra para dedicarlo a su recolección.

Pero en realidad la cuestión era mucho más complicada: había que desarrollar un método, sacar adelante un largo proceso burocrático que incluía todo tipo de permisos, etc., para, al final, obtener las licencias pertinentes en la oficina de comercio exterior, así que Jaakko Lankinen regresó a Finlandia para ocuparse de todo ello y además conseguir la financiación para el proyecto.

El hombre se puso manos a la obra, negoció una financiación, solicitó los correspondientes permisos y estableció contactos.

Por fin el proyecto se puso en marcha. En Siberia se empezó la recolección del liquen y los árboles se llenaron de abuelas trepadoras. Los veteranos sin empleo de la guerra de Afganistán también fueron llamados a filas para la gran tarea. Entre una feliz algarabía, los montones de liquen empezaron a crecer. La mercancía se amontonaba en grandes almiares y luego era acarreada hasta los graneros de los koljoses, donde la empacaban. Las pacas eran enviadas a unos almacenes intermedios situados a lo largo de la ruta del Transiberiano y, una vez inspeccionadas, se las cargaba en vagones de tren y viajaban hasta el puesto fronterizo de Vaalimaa, donde Lankinen las recibía acompañado por un funcionario de la Compañía Nacional de Ferrocarriles de Finlandia. Tras pagar los derechos de aduanas, Lankinen descargaba los vagones y llevaba las pacas a algún lugar apropiado, donde eran de nuevo almacenadas.

Lankinen alquiló un helicóptero de carga equipado con un sistema para desmenuzar las pacas. Se trataba de una idea que había desarrollado en colaboración con el Centro de Investigaciones Científicas del Estado. Luego, desde el helicóptero, se procedía a arrojar el liquen siberiano por todo el sur de Finlandia y Salla, que eran las regiones donde según los investigadores existía la mayor cantidad de ardillas faltas de materiales de construcción. El sistema instalado dosificaba las cantidades necesarias de copos y éstos caían flotando sobre los bosques. Los animalitos, llevados por su instinto de nidificación, encontraban sin problema el liquen llovido del cielo y lo cargaban hasta sus madrigueras. El proyecto tuvo un gran éxito. En los bosques finlandeses se construyeron miles de cálidas madrigueras en las cuales las hembras podían parir tranquilas sus enternecedoras crías. Éstas crecían sanas y su piel era brillante y espesa, ya que por fin tenían viviendas en condiciones.

Sorjonen les dijo que su historia hablaba de manera

compleja e imaginativa sobre la mejora de las condiciones de vida de las ardillas. Además de los ingredientes fantásticos, a los niños se les proporcionaba gran cantidad de conocimientos sobre la sociedad actual: su legislación, las investigaciones sobre animales, la Unión Soviética, la política comercial, el ferrocarril, los asuntos referentes a la economía bancaria, los helicópteros, el ejército, la cartografía aérea, etc.

Al parecer, Seppo había enviado su manuscrito a numerosas editoriales, pero ninguna se había mostrado interesada en publicarlo.

26

Por la mañana llegaron a la frontera de Alemania y a Uula le sellaron por primera vez en su vida el pasaporte. Los aduaneros registraron el vehículo de cabo a rabo y se extrañaron de las brazadas de leña seca de abedul que había en el maletero. También hurgaron en la bolsa de la tienda de campaña e hicieron que sus perros la olisquearan, tras lo cual el grupo pudo continuar el viaje. Korpela, al volante en ese momento, eligió el camino más directo hasta Suiza, la autopista 45, cuyos seis carriles el transportista conocía como la palma de su mano.

A mitad de trayecto entre Hamburgo y Hannover empezó a llover a cántaros y se encontraron en medio de un atasco. Sintonizaron la radio en una emisora local y oyeron que se había producido un tremendo accidente en cadena. Con las luces de emergencia encendidas, Korpela hizo una maniobra y tomó un desvío a la altura de Fallinghostel. Dijo que no le apetecía que todos se matasen en aquella autopista, bajo aquella lluvia torrencial, así que mejor sería buscar algún motel y esperar a que escampase. El transportista estaba cansado porque Korvanen y él habían conducido sin parar desde el norte de Suecia hasta Alemania.

Los viajeros también opinaban que ya iba siendo hora de dormir en una cama decente.

Al cabo de unos diez kilómetros, llegaron a la pequeña ciudad de Walsrode, en cuyas afueras encontraron un motel. Los Suicidas Anónimos corrieron bajo la lluvia hasta la recepción y con el pelo mojado y fatigados se dispusieron a registrarse. Había las suficientes habitaciones libres para hospedar a todo el grupo.

Justo cuando habían terminado de llenar los formularios y se dirigían a sus habitaciones, otro autobús hizo su entrada en el aparcamiento del motel. Unos cuarenta jóvenes borrachos con las cabezas rapadas y chaquetas de cuero invadieron la recepción y, vociferando, exigieron hospedaje para la noche. Por lo visto, habían asistido en Hamburgo a un partido de fútbol entre el equipo local y el de Múnich del que eran seguidores. Habían perdido y todavía estaban irritados. Y, claro, encima se habían pasado el día bebiendo cerveza y estaban como cubas.

Los propietarios del motel, una pareja de ancianos, intentaron explicarles que ya no quedaban habitaciones. Habían dado las últimas disponibles a un grupo de turistas finlandeses. Pero no sirvió de nada. Los recién llegados dijeron con insolencia que no tenían la menor intención de seguir su viaje con semejante tiempo y la autopista llena de atascos. Recordaban haber pasado la noche en aquel motel en otras ocasiones. En realidad eran casi clientes fijos. Además, no estaban de humor para que ningún extranjero les quitase lo que era suyo. Por algo eran hijos de Alemania, y de la Gran Alemania, nada menos.

El dueño recordaba muy bien que aquella panda ya se había hospedado en su motel con anterioridad, dejando todo tipo de destrozos y suciedad a su paso. Pero esta vez sería imposible, porque estaban al completo.

201

Los hinchas trajeron a rastras sus bolsas desde el autobús y algunos se instalaron en los sillones de la recepción a beber cerveza. En la planta baja del motel se creó una confusión indescriptible. Los cabezas rapadas daban empujones y codazos a los candidatos a suicida finlandeses para que se apartasen del mostrador de la recepción. Ésa fue la gota que colmó la paciencia de Uula Lismanki, que rugió de modo inquisidor al intruso que tenía más cerca:

–¿Esprejen das lapón? ¡Ajtún! ¡Ausfar!

Como toda respuesta, Uula recibió una sólida patada en la entrepierna que le hizo derrumbarse. El capitán en dique seco Heikkinen y el furriel en la reserva Korvanen corrieron en su ayuda. El coronel le pidió al dueño del motel que llamase a la policía y dejó claro que su grupo no pensaba marcharse. Habían viajado de un tirón desde el norte de Escandinavia, estaban fatigados y querían dormir en paz. Aquellos violentos intrusos eran los que debían irse y dejar de escandalizar en un local público.

El dueño llamó a la comisaría de Walsrode, donde le dijeron que no tenían a nadie a quien mandar para poner orden: todos los efectivos habían sido enviados de urgencia a la autopista para despejar los restos del accidente en cadena. Por el momento, se las tendrían que apañar solos en el motel.

El coronel declaró con firmeza que su grupo no dejaría el terreno libre de manera voluntaria. Los agresivos hinchas se pusieron aún más violentos. Arrojaron los equipajes de los finlandeses afuera, bajo la lluvia, y acto seguido empezaron a sacarlos a todos a empellones. Ahí empezó el volar de los puños, el caer de las mesas, el ruido de vasos rotos. Las mujeres se pusieron a salvo, pero uno de aquellos desaprensivos agarró a la jefa de estudios Puusaari por los pelos y le dio una patada en el trasero.

Kemppainen retrocedió con su tropa ordenadamente. Llevaron a las mujeres a un lugar seguro detrás del motel, donde había una zona industrial y de almacenaje y Korpela acercó el autocar hasta allí.

Tras un rápido cambio de impresiones, llegaron a la conclusión de que los Suicidas Anónimos habían sido víctimas de un violento ataque y que su integridad corría peligro. Dadas las circunstancias, el coronel declaró el estado de guerra, tras lo cual se llevaron a cabo con suma diligencia los preparativos del equipo. Los hombres se repartieron los leños de abedul y Kemppainen recomendó que no tuvieran piedad con el enemigo cuando atacasen el motel:

–Golpead de preferencia en la espalda, y bien fuerte, ¡quiero ver cómo saltan las chispas!

Dividió sus efectivos en tres escuadrones de unos seis hombres cada uno. El jefe del primer grupo era el furriel en la reserva Korvanen, el del segundo, el guardia fronterizo Taisto Rääseikköinen y Korpela recibió el mando del tercero. Al capitán en dique seco Heikkinen lo pusieron a cargo de la intendencia y Uula Lismanki fue ascendido al grado de oficial de telecomunicaciones, con la orden –y la firme voluntad– de participar en el combate en caso de necesidad. Las mujeres organizaron en la zona industrial, al abrigo del autobús, una enfermería, por si había muertos o heridos. Todo era posible, ya que el enemigo los doblaba en número. Además los hinchas era más jóvenes, mientras que en la tropa del coronel Kemppainen había muchos hombres de avanzada edad a los cuales les hubiese correspondido más bien estar ya en la reserva. Pero desde el punto de vista militar, el pequeño ejército finlandés tenía más preparación, ya que se hallaba bajo el mando nada menos que de un oficial de alta graduación y sus suboficiales también tenían experiencia.

El campo de batalla les era favorable para el enfrentamiento que se avecinaba, ya que el motel estaba situado en un llano y los solares industriales que se hallaban tras él constituían una buena zona de apoyo. Al otro lado se extendían unos densos viñedos adonde podrían replegarse llegado el caso. Una carretera separaba el campo de batalla de un bosque que ofrecía otra posible vía de escape.

El estado del tiempo favorecía a la tropa atacante. Seguía lloviendo con fuerza y la visibilidad era escasa, ya que además estaba anocheciendo. El coronel miró el reloj. Eran las 18.35, la hora H. Dividió a su tropa para el ataque, situando al furriel en la reserva Korvanen en un rincón, junto a la puerta principal del motel. El grupo del guardia fronterizo Rääseikköinen se colocó al otro lado de la carretera, listo para entrar a saco en cuanto los hombres a las órdenes de Kemppainen les abriesen el camino. El transportista Korpela se quedó en reserva al borde del viñedo. El coronel en persona se ocupó de dirigir la lucha desde la esquina del motel, donde el encargado de comunicaciones y transportes Lismanki esperaba ya junto a unos cuantos leños más que tenía preparados, por si acaso.

Exactamente a la hora H, la punta de lanza al mando del furriel Korvanen irrumpió en el motel, armada con los leños de abedul y empezaron a dar palos a los sorprendidos cabezas rapadas en las partes del cuerpo sugeridas por el coronel. Dejaron las puertas abiertas de par en par y pronto el segundo grupo entró a la carga, bajo las expertas órdenes del guardia fronterizo Rääseikköinen. La llegada de los refuerzos fue motivo de pánico entre las filas del enemigo. Los hombres caían como fichas de dominó por los suelos de la recepción. Las espaldas de las chaquetas de cuero resonaban que daba gusto bajo los leñazos y por todo el motel se escuchaban los gritos de socorro y las palabrotas en

204

alemán de los cabezas rapadas, algunos de los cuales saltaron por las ventanas despavoridos, llenos de cardenales y cojeando. Unos veinte intentaron escapar en dirección a las viñas, pero allí se dieron de manos a boca con las tropas finlandesas de refresco al mando de Korpela, que saliendo de su escondite los derribaron sin esfuerzo alguno.

Al darse cuenta de que la retirada en dirección al viñedo estaba cortada por el enemigo, parte del contingente alemán intentó huir a través de la zona industrial. Allí el recibimiento no fue menos caluroso. A la sombra de la fábrica, el comando femenino conducido por la jefa de estudios Puusaari pulverizó a una media docena de teutones.

El enemigo, aturdido aún por el ataque sorpresa, fue incapaz de organizar su defensa. No disponían de mandos adiestrados ni de táctica concertada. La partida estaba, pues, ganada de antemano. Hasta el último alemán fue apaleado. Llenos de chichones y sangrando salieron huyendo hacia su autocar, ayudándose unos a otros, y el vehículo se perdió bajo la lluvia. Los equipajes de los cabezas rapadas se quedaron en el motel y el propietario los confiscó como compensación por los desperfectos en las ventanas y el mobiliario.

Korpela, enardecido por el fragor de la batalla, exigió que emprendiesen la persecución. Estaba seguro de que con su potente vehículo podrían alcanzar fácilmente a los fugitivos, desviarlos a una zanja con una maniobra de bloqueo y darles a aquellos gamberros hasta en el carnet de identidad, e incluso matarlos, si fuese necesario.

El coronel, sin embargo, consideraba que el objetivo de la ofensiva se había cumplido. Prohibió que se emprendiese persecución alguna. La policía alemana podía ocuparse de ellos, suponiendo que el asunto les interesara.

Luego realizó con sus tropas una visita de inspección

al campo de batalla. Varias ventanas estaban rotas y algunas de las puertas colgaban de sus goznes. El suelo de la recepción estaba lleno de manchas de sangre. Los daños materiales eran escasos, después de todo, si se tenía en cuenta la ferocidad del combate. El coronel acordó con la pareja de propietarios que él correría con los gastos de los cristales, si por su parte ellos les hacían un treinta por ciento de descuento en el precio de las habitaciones. La rebaja estaba justificada, ya que la tranquilidad del establecimiento no era precisamente de clase superior. Finalmente llegaron a un acuerdo satisfactorio para todos.

No vieron motivo alguno para apostar centinelas en el exterior del hotel. Más avanzada la noche supieron por la policía de Hannover que ésta había detenido en la autopista a un autobús que circulaba zigzagueando peligrosamente, con cuarenta cabezas rapadas apaleados de mala manera a bordo. El grupo había sido trasladado al calabozo de una comisaría y más tarde ya se presentarían cargos contra ellos por los disturbios ocasionados en Walsrode. No eran necesarios testigos, porque el estado de los hombres demostraba que habían participado en una violenta pelea. Seis de ellos habían tenido que ser enviados al hospital, con una intoxicación etílica y la cabeza llena de chichones.

Los agradecidos propietarios del motel prepararon una cena festiva en honor de los vencedores. Mandaron traer de la ciudad un cerdo, que mataron detrás del motel. La lluvia torrencial arrastró a su paso hacia el sumidero la sangre del cochino y la de los cabezas rapadas. Asaron el animal en el gran horno de la cocina y lo sirvieron adornado con una manzana en la boca.

Los dueños agradecieron al coronel y a los demás su lucha triunfal y valerosa, por la que esperaban haberse librado definitivamente de aquellos gamberros que no hacían sino estorbar la paz del establecimiento y expresaron vivos deseos de que los finlandeses volviesen a utilizar sus servicios.

Regaron la cena con un vino tinto ligero, que el anfitrión alabó, explicándoles que era uno de los mejores de la región. Su familia lo elaboraba desde hacía cientos de años.

Durante la comida, empezó a preguntarles qué clase de gente eran los finlandeses. Le había sorprendido el ardor guerrero de sus huéspedes y se preguntaba qué lo motivaba.

El coronel levantó su copa y dijo que dirigía una asociación de personas que van a morir, pero no quiso revelarle nada más acerca de su tropa.

–Por supuesto... todos vamos a morir –asintió el anfitrión.

27

Los Suicidas Anónimos no se reunieron para desayunar hasta cerca del mediodía. Los rostros de los hombres estaban en carne viva y cubiertos de cardenales. El coronel tenía un arañazo en la comisura de un párpado, el capitán en dique seco cojeaba, Uula Lismanki se quejaba de dolor en las ingles y Jarl Hautala de la espalda. A este último le avergonzaba, además, el entusiasmo con el que había participado en la pelea. Toda su vida había sido un ferviente defensor de los ideales pacifistas y de repente había perdido los papeles poniéndose a repartir leña con gente más joven que él. Se daba cuenta de que las guerras estallaban de la misma manera que la pelea de la víspera: de la provocación surgía el odio colectivo y de éste la lucha armada.

Las mujeres aplicaron agua boricada en los chichones y tiritas en los arañazos. Luego desayunaron entre todos el cerdo que había sobrado de la cena, tomaron unas cuantas copas del vino de la casa y volvieron a la carretera. Korpela les recordó que la muerte les esperaba.

Fueron rumbo al sur atravesando los paisajes más hermosos de Alemania. En Würtsburg se desviaron por las pequeñas carreteras secundarias que formaban la famosa Romantische Strasse, la Ruta Romántica, a cuyos lados se levantaban numerosos castillos, para deleite de la vista. Los aspirantes a suicida suspiraban encantados al contemplar los limpios pueblecitos y sus bellas casas. Se dijeron que si en la zona se instalaran aunque sólo fuese mil finlandeses de los que vivían en los suburbios, los lugares turísticos de la Ruta Romántica aparecerían en apenas un día llenos de pintadas y todos los bellos edificios –los pabellones ornamentados, las vallas de las iglesias, las prensas del vino– acabarían destrozados a patadas, y lo mismo sucedería con las abuelas que hubiesen sobrevivido a la guerra.

A la caída de la tarde llegaron a los montañosos bosques de abetos de la Selva Negra. Empezaba a oscurecer, y la frondosa vegetación de las laderas cubiertas de coníferas, con su negrura, tenía algo de tranquilizador. En efecto, cuanto más oscuro es el bosque en el que se interna, más seguro se siente un finlandés. Allí, los bosques vírgenes de abetos centenarios invitaban a acogerse en su seno a aquellos seres, ciudadanos de un país que se dedicaba a la industria forestal. Las estrechas carreteras zigzagueaban siguiendo la línea del bosque o de los prados, y aquí y allá surgían pueblecitos como salidos de un cuento. Un poco más adelante encontraron algunos albergues, pero eran demasiado pequeños para hospedar a todo el grupo. Encontraron un lugar agradable para levantar la tienda junto a un pastizal de ovejas a las afueras de un pueblecito, y las mujeres se alojaron en el pequeño albergue de la localidad. Los hombres se metieron a gatas en la fresca tienda a descansar.

Por la mañana se despertaron con el kikirikí de los gallos del valle. Luego fueron a lavarse a un manantial de la montaña y desayunaron los corégonos del lago Inari que Uula Lismanki había puesto en salmuera. Los flancos de los pescaditos eran tan negros como la corteza de los abetos cercanos.

Los moretones de los rostros de los hombres se habían oscurecido aún más y en esas condiciones no se atrevían a dejarse ver, así que esperaron a que las mujeres volviesen del albergue después del desayuno. Cuando éstas llegaron, tuvieron que reconocer que parecían una banda de peligrosos salteadores de caminos.

Las huellas de la pelea en grupo se notaban en toda su magnitud. No había uno solo de los guerreros que no tuviese alguna parte de la cara hinchada en mayor o menor grado. En unos los hematomas eran azules o de un verde amarillento, mientras que en otros eran de un amenazador púrpura ennegrecido. Les dolían los miembros y muchos de ellos cojeaban al andar.

Korpela, que tenía el labio partido y el ojo izquierdo a la funerala y avanzaba con paso vacilante, se miró en el espejo y declaró que no pensaba presentarse en público por lo menos en una semana y que prefería permanecer echado en la penumbra de la tienda lamiéndose sus heridas. El capitán en dique seco, que además de los chichones sufría de una resaca monumental, exigió que viajasen de un tirón hasta los Alpes y, sin pensárselo dos veces, se lanzasen a un abismo. El mundo era demasiado cruel, y la vida no valía la pena.

Reflexionaron sobre el asunto desde diferentes puntos de vista. Algunos de los que lucían chichones compartían la opinión de Heikkinen. ¿Qué les obligaba a prolongar aquel triste vagar sobre la tierra? Y ya que se dirigían hacia la muerte, ¿acaso no había llegado ya el momento de cometer el suicidio colectivo?

Las mujeres, que habían pasado la noche en un acogedor albergue y se habían librado de los golpes, estaban fres-

210

cas y perfumadas. Su actitud ante la vida era claramente más optimista. Reconocían que los combatientes no ofrecían una estampa demasiado apetecible, pero, por otra parte, un finlandés no se derrumbaba por unos cuantos hematomas ocasionales. Aunque no estuviesen en su mejor momento —todo había que decirlo— el tiempo les devolvería su aspecto habitual. Además —se les ocurrió a las mujeres—, si se suicidaban en ese momento iban a ser unos cadáveres aún más feos de lo normal. Francamente escalofriantes, si se los contemplaba de más cerca.

De manera que decidieron quedarse una semana en los oscuros bosques de la Selva Negra, afectados por las lluvias ácidas, y vivir en el campamento, lejos de los ojos de la humanidad, hasta que sus heridas mejorasen.

La mujeres sugirieron que, pasada la cuarentena, fuesen a Francia, como mínimo hasta Alsacia, que les quedaba bastante cerca. Una finlandesa no podía acercarse a la frontera de Francia sin soñar en pasar al otro lado. Desde Alsacia tendrían tiempo de dirigirse a los Alpes y acabar su viaje en algún barranco, según lo previsto.

Los hombres prometieron meditar la propuesta en nombre de la armonía del grupo.

La expedición suicida se preparó, pues, para vivir en el campamento de la Selva Negra, en cuyos oscuros árboles el viento producía un rumor como de muerte; los que iban a morir dormirían al pie de los abetos agonizantes y se alimentarían de corégonos negros muertos.

En una de las granjas del lugar compraron varios troncos de árboles secos para hacer fuego. Y los pagaron bien caros: un finlandés no puede talar árboles gratis en un país extranjero. Además del pescado en salmuera, las mujeres les habían traído del pueblo a sus maltrechos guerreros unas salchichas bien grasientas, que asaron al calor de la

211

hoguera. También se vendía en aquella zona col agria, así como *kassler*, que era como llamaban allí a la carne entreverada del pescuezo del cerdo. A ojos vista, los hombres del grupo iban fortaleciéndose poco a poco y se les notaba que lo pasaban bien, haciéndose con rapidez a la vida silvestre: los más jóvenes se aficionaron a practicar cierto tipo de lucha primitiva; los mayores, por su parte, se dedicaban a cantar viejas marchas militares de la época de la guerra de los Treinta Años sentados alrededor de la hoguera.

Por las noches, el aguatragedias Seppo Sorjonen les contaba al amor del fuego dulces historias que hacían que sus corazones de suicidas latiesen anhelando la vida.

A través de una de aquellas historias, Sorjonen llevó a sus oyentes de regreso a la patria, al gélido invierno, la noche y los hielos de un lago. Un hombre esquiaba sobre la vasta extensión, sólo por el placer de hacerlo, en medio de la noche y sin destino preciso. La luna brillaba e iluminaba el paisaje helado haciéndolo refulgir como un inmenso mantel de seda blanca. Helaba –veinte grados bajo cero tal vez– y la nieve chirriaba bajo sus esquíes, los aros de los palos producían al hincarlos en el hielo un sonido tranquilizador.

La bóveda celeste, llena de miles de estrellas, se curvaba conteniendo al esquiador, que miró hacia arriba contemplando su vertiginosa altura. Allí mismo brillaba la Estrella Polar y él estaba debajo. Se veían las Pléyades, la constelación de Orión, la de Leo y la Osa Menor. Del espacio surgió con un destello repentino una estrella fugaz y el esquiador pidió instintivamente, a la velocidad del rayo, todo lo mejor para los suyos y para el mundo entero. En ese mismo instante, otra estrella surcó el cielo: un tajo ardiente de amor y esperanza sobre el negro fondo del espacio. Como la respuesta a una plegaria silenciosa que parecía decirle que en la vida había esperanza, sueños, bondad.

Allá en el horizonte, al norte, unas débiles auroras boreales emprendían su revoltoso juego. La helada se recrudeció y en la gélida inmensidad surgió con un grito una grieta de más de un kilómetro. Pero la capa de hielo era espesa, no había por qué temer a la grieta, la helada cicatrizaría pronto. De alguna orilla lejana le llegó el quejido salvaje de un zorro solitario: la pequeña bestia había olfateado al hombre y no podía callarlo. El esquiador cruzó sobre las huellas uniformes del zorro, que a la luz de la luna le mostraron el camino hacia el quejido que acababa de oír.

En sus pensamientos, el hombre abrazó al mundo entero, a la vida. Pensó embelesado que eso era algo que cualquiera podía sentir en Finlandia, tanto el rico como el pobre. Hasta un tullido atado a una silla de ruedas podía mirar a las estrellas en una noche de invierno y disfrutar de la vertiginosa belleza de la Creación, de la vida. El zorro aulló un poco más cerca, con un tono juguetón en su voz. El hombre no lo veía, pero él sí que veía al hombre.

La luna se ocultó tras una nube, la oscuridad descendió sobre la superficie del lago. Las estrellas abandonaron al esquiador, que se quedó solo en medio de la helada y se vio asaltado por el miedo a perderse. La terrible dureza del mundo y de la naturaleza le aislaban de repente, el miedo dominaba su cuerpo y sus pensamientos, obligándole a avanzar. La vida valía mucho, allí uno podía morir, helarse sin piedad, solo y sin ayuda de nadie. El zorro vendría entonces a devorar sus miembros congelados. Luego llegarían las demás alimañas, apresurándose desde el bosque hasta el hielo o bajando desde el aire. Le picotearían los helados ojos hasta vaciarlos y un cuervo regresaría volando a su nido llevando su anillo en el pico.

Los aros de los palos de esquiar hacían crujir el hielo; el hombre, extraviado, se desplazaba al azar en la oscuridad, tan rápido como era capaz, el sudor del miedo corriéndole por la espalda. La helada se hizo aún más cruda y pareció que iba a levantarse viento. ¿Dónde estaría? El corazón le golpeaba sordamente en el pecho tan fuerte que hasta le dolía.

Ante él se levantaban unas rocas negras, tal vez de la costa, de alguna lengua de tierra o una isla. El hombre se quitó los esquíes, se los metió bajo el brazo y subió a trompicones la cuesta. Al principio no vio nada, luego sus ojos empezaron a distinguir el bosque lleno de murmullos, los abedules, los abetos y los pinos retorcidos. Se apoyó contra el tronco de uno y miró hacia atrás. Se oía el aullido lejano del zorro. El bosque susurraba suavemente de manera tranquilizadora. El esquiador partió unas cuantas ramas secas de algunos de los pinos de la orilla, hizo con ellas una brazada y encendió luego una pequeña hoguera en el hueco de una roca. Se calentó las manos al amor del fuego y se secó el sudor de la frente. De repente la luna volvió a salir por detrás de las nubes y la inmensidad plateada del hielo volvió a resplandecer ante el hombre extraviado. Las estrellas le hacían guiños y brillaban con más esplendor que antes, y el pánico desapareció. El hombre echó al fuego más ramas secas, las llamas vacilaron en la noche helada y las chispas saltaron como pequeñas estrellas fugaces. Sacó de su bolsa un bocadillo, le dio un generoso mordisco y pensó que, después de todo, la vida era magnífica, excitante, simple, digna de ser vivida. Se quedó contemplando la fogata, acariciando las llamas con sus ojos. Como han hecho los finlandeses durante miles de años. Y al igual que los aspirantes a suicida allí, ante la hoguera de aquel campamento en la Selva Negra, lejos de su casa. Gente que había sufrido mucho, y cuyos pensamientos sobre la belleza de la vida se perdieron demasiado pronto.

214

28

El coronel Kemppainen y la jefa de estudios Puusaari se hallaban en la torre más alta del castillo medieval de Königsburg, cogidos de la mano. Escuchaban a una guía francesa que explicaba en inglés las diferentes etapas históricas de la fortaleza, desde principios de siglo hasta aquel momento. El grupo de aspirantes a suicida finlandeses rodeaba a la guía; el director Rellonen le traducía al finlandés por lo bajo las explicaciones al criador de renos Uula Lismanki, que no había tenido ocasión de aprender inglés pastoreando por las colinas de Utsjoki, el paisaje de su infancia.

Ante el castillo, construido en una vertiente de la montaña, se extendía el encantador paisaje de un valle alsaciano. Los cientos de hectáreas de extensos viñedos semejaban un mar verde y en calma en el cual flotaban pueblecitos y ciudades como seductoras islas. Las sombras de las nubes navegaban en el ligero viento matinal sobre la fértil llanura. El coronel calculó que sólo en aquel valle se producía al cabo del año el vino blanco suficiente para garantizar el suministro diario de todos los hogares finlandeses hasta final de siglo, sobrando aún millones de botellas para las borracheras de fin de semana.

Los finlandeses habían pasado la última semana en el valle, visitando pequeñas ciudades y pueblecitos. A bordo del autocar de La Muerte de Korpela S. A., habían recorrido casi toda Alsacia buscando a tres de los suyos que se habían escapado.

Para espanto de los habitantes del campo de convalecientes de la Selva Negra, tres de las mujeres más jóvenes de la expedición habían desaparecido tras uno de los viajes de avituallamiento diarios. Se trataba de la empleada de banca Hellevi Nikula, de Seinäjoki, de la operaria de cadena de montaje Leena Mäki-Vaula, de Haukipudas, y de la peluquera de caballeros Lisbeth Korhonen, de Espoo. Las ganas de vivir se habían apoderado de ellas. Habían soñado en voz alta y en presencia de todos con poder viajar por Francia, así que ése era el motivo de que las anduviesen buscando por Alsacia. Habían conseguido convencer al transportista Korpela apelando a sus sentimientos patrióticos: los finlandeses nunca abandonan a su suerte a un camarada. Para convencerle, el aguatragedias Sorjonen le pintó el escandaloso panorama de las tres jóvenes ahorcadas, quién sabía de qué molino o de qué campanario francés, con el rostro ennegrecido y las medias hechas un gurruño.

Emprendieron las labores de búsqueda sin prisa alguna, comiendo y bebiendo bien, hospedándose en acogedores albergues y disfrutando de la vida. El coronel recordaba los nombres de las ciudades: Thannenkirch, Rorschwihr, Bergheim, Mittelwihr, Ribeauvillé, Guémar, Zellenberg. La zona estaba cerca de la frontera alemana y por eso muchas de las ciudades tenía nombres germánicos. La última donde habían estado era Saint Hippolyte, en cuyas proximidades se hallaba el castillo desde el cual el coronel contemplaba el valle. Su mano acarició furtivamente el trasero de la jefa de estudios Puusaari, que le traía a la mente los hemisferios de Magdeburgo.

En Colmar, la ciudad más grande de la región, Kemppainen se puso en contacto con las autoridades policiales y denunció la desaparición de las tres finlandesas, precisando que probablemente anduviesen por la zona. Las autoridades no se interesaron demasiado en un principio por las desaparecidas, ya que éstas eran mayores de edad, pero cuando el coronel explicó que se trataba de tres mujeres con tendencia a la depresión y con varios intentos de suicidio a sus espaldas en su país de origen, la policía de Colmar se comprometió enseguida a hacer algunas indagaciones sobre su paradero. El coronel llamaba cada día para interesarse por el desarrollo de las investigaciones, pero las desaparecidas no habían sido localizadas hasta el momento. Al parecer, tres mujeres de la edad descrita habían sido vistas circulando libremente por distintos puntos de la zona, pero se trataba de ciudadanas suecas y su conducta no indicaba que estuviesen deprimidas ni, menos aún, que tuviesen intenciones de suicidarse. Las suecas habían ido de un pueblo a otro llenas de entusiasmo y seguidas por una verdadera manada de lugareños, en su mayoría viticultores, aunque también de otras profesiones. Allá por donde pasasen, el trabajo de la población masculina había quedado sin hacer. Las autoridades de Colmar no tuvieron más remedio que detener a las tres suecas por conducta sospechosa y meterlas en una celda de la comisaría. La policía prometió centrarse en la búsqueda de las tres finlandesas, ahora que la ofensiva sueca parecía controlada.

El coronel salió de repente de su ensimismamiento y se puso a escuchar las explicaciones de la guía sobre la historia del castillo. La mujer contó que eran numerosas las personas que a lo largo de los siglos, y justamente desde aquel torreón de decenas de metros, se habían lanzado espectacularmente a las acechantes rocas que abajo esperaban. Los Suicidas Anónimos se asomaron interesados al borde de una de las troneras. El furriel en reserva Korvanen estaba sin embargo en guardia: rugiendo con voz marcial recordó a la tropa que nadie estaba autorizado a tirarse de la torre y menos aún a la vista de toda una manada de turistas de otros países. El grupo volvió a reunirse dócilmente alrededor de la guía para escuchar su explicación, que se centraba en el momento en que la fortaleza estuvo en poder de Austria.

La guía contó que del siglo XV en adelante se disponía de bastantes datos concretos sobre las diferentes etapas de la fortaleza y la vida en ella, ya que los intendentes locales enviaban regularmente informes sobre la administración del castillo al gobierno tutelar de Austria. Los inventarios de los bienes muebles, redactados a partir de 1527, hablaban de la riqueza de la fortaleza, dotada de gran cantidad de armas, herramientas, muebles y demás propiedades. Visto su tamaño, el castillo había sido objeto de continuos trabajos de restauración y aun así se había deteriorado con los años. Los tejados estaban tan llenos de goteras que hubo que cambiar la ubicación de los lechos en las cámaras para alejarlos del constante goteo. El agua había llegado incluso hasta el depósito de municiones, tanto que los intendentes de la fortaleza habían rezado a menudo por que aquella ruina se derrumbase por entero y no quedase en pie nada «de una altura superior a un par de varas».

La guía francesa empezó a hablar con cierta vehemencia de las peores etapas de la historia de la fortaleza, que habían tenido lugar en tiempos de la guerra de los Treinta Años, durante la cual los suecos habían saqueado y violado por toda Alsacia lo mejor que habían sabido. En junio de 1633, aquellos bárbaros habían sitiado el castillo de Köningsburg valiéndose de su artillería pesada, y la tropa de la guarnición, a pesar del refuerzo de las tropas de reserva, se vio obligada a emprender la retirada. El 7 de septiembre de 1633 la fortaleza se rindió.

El coronel hizo notar a la guía que, al parecer, las citadas tropas de asedio estaban formadas por finlandeses, ciertamente bajo el mando de los suecos, ya que en aquella época Finlandia pertenecía a dicho imperio. Kemppainen presentó sus disculpas por la conducta de sus compatriotas en el siglo XVII. Como militar profesional comprendía sin embargo la situación. Los finlandeses no eran en sí mala gente, pero por motivos de estrategia, no les había quedado más remedio que apoderarse de aquella fortaleza tan poderosa, si es que querían continuar luchando en tierra extranjera.

La francesa agradeció al coronel que hubiese completado con sus conocimientos las lagunas históricas, pero no por eso se enterneció, así que siguió:

–En septiembre de 1633 los «finlandeses» redujeron a cenizas la fortaleza de Köningsburg, mataron a sus últimos defensores y violaron a las mujeres que se habían refugiado en ella.

A esto el coronel Kemppainen no tuvo nada que añadir. Del castillo de Köningsburg volvieron en el autocar a Saint Hippolyte, desde donde él y la jefa de estudios Puusaari hicieron la llamada de rigor a la comisaría de Colmar. Los respondieron que debían presentarse allí lo antes posible. Las tres mujeres finlandesas habían sido localizadas, y estaban vivas aunque muy cansadas. En realidad las habían detenido un par de días antes. Al principio las habían tomado por suecas –así es como se habían presentado ellas–, pero tras una investigación más exhaustiva se habían dado

219

cuenta de que eran finlandesas y, más concretamente, las tres mujeres que el grupo del coronel andaba buscando.

La jefa de estudios se puso al teléfono y preguntó si sus compatriotas estaban acusadas de algún delito. Según el oficial, hasta el momento no había evidencias de nada demasiado grave, a no ser que se considerase como delito poner patas arriba la normalidad de todo un valle vitícola.

Los Suicidas Anónimos se dirigieron a Colmar y mientras unos se quedaban visitando la ciudad y buscaban alojamiento en los hoteles, el coronel Kemppainen y Helena Puusaari fueron a la comisaría para aclarar el asunto de sus compatriotas. El comisario en persona los recibió cortésmente. Ya en su despacho, les ofreció una copa de un estupendo vino de la región y se interesó por su país. Mencionó que él era un gran amigo de Finlandia y que su padre había estado antes de la guerra pasando unas vacaciones en Gotlandia.[1] Eso era Finlandia, si recordaba bien, o por lo menos debía de estar cerca.

Tras los preliminares, fueron al grano. El comisario explicó que las tres mujeres habían atentado contra las buenas costumbres durante su estancia en Francia. Habían estado vagando sin destino fijo por las cercanías y sembrado el caos a su paso. El comisario no quiso concretar demasiado, pero confiaba en que el coronel y la jefa de estudios comprendiesen que se trataba de una cuestión sumamente delicada y, aunque no se las acusaba de acto alguno en contra de las leyes francesas, se había decidido expulsarlas del país en nombre del bien común. Las mujeres debían abandonar Colmar antes de veinticuatro horas.

Helena Puusaari rogó al comisario que transmitiese

---

1. Gotlandia: isla perteneciente a Suecia, situada en el mar Báltico. (N. del T.)

sus excusas al Estado francés por el comportamiento de sus compatriotas. Kemppainen se unió a la petición y dijo que se hacía responsable de las citadas mujeres y se encargaría de que estuviesen al otro lado de la frontera suiza en el plazo estipulado. Asimismo dio a entender que su grupo tenía que ocuparse de un asunto de suma importancia en los Alpes suizos.

Las perdidas fueron llevadas al despacho del comisario. Parecían agotadas y resacosas. Tenían la ropa arrugada y las medias rotas, el maquillaje se les había corrido con tanto ajetreo y habían perdido sus equipajes. El comisario entregó a la jefa de estudios sus pasaportes y rogó a las mujeres que firmasen los documentos de expulsión del país. Recalcó que ninguna de ellas sería admitida en tierra francesa durante los siguientes cinco años.

La embarazosa visita había terminado. El coronel Kemppainen y la jefa de estudios Puusaari acompañaron a las ovejas descarriadas a un hotel de la localidad para que se asearan y descansasen. Luego, durante el almuerzo, Lisbeth Korhonen, Hellevi Nikula y Leena Mäki-Vaula explicaron lo acontecido durante su huida.

Las chicas habían conseguido pasar la frontera francesa sin problema alguno, haciendo autoestop desde la Selva Negra. Nada más llegar al primer pueblo –¿se llamaba Ostheim?–, el recibimiento fue de lo más encantador. Enseguida se vieron rodeadas de varios caballeros galantes que las acompañaron a las bodegas locales, donde les sirvieron champán en grandes cantidades. Se habían hecho amigas de numerosos viticultores serviciales, que las habían tratado como a reinas. Habían visitado gran cantidad de pueblos y ciudades. Los caballeros les habían dicho que justo en aquella época disponían de tiempo de sobra para divertirse, ya que, casualmente, estaban en plenas fiestas de la vendimia.

Las nórdicas fueron inmediatamente coronadas como las diosas del vino, y los festejos estuvieron a la altura de las circunstancias. Los hombres revoloteaban a su alrededor y el vino fluía a raudales. Había sido una experiencia divina, aunque por otro lado agotadora. Tras varios días festejando la vendimia y sus rituales de fertilidad, las finlandesas se dieron cuenta para su sorpresa de que las mujeres del lugar habían empezado a tratarlas con cierto distanciamiento, en algunos casos incluso con odio. Aquella actitud les pareció exagerada, ya que todos los hombres con los que el trío había tenido algo que ver les habían asegurado que no estaban casados, dejándoles la impresión de que la región alsaciana estaba a rebosar de solterones.

También se habían encontrado en alguna que otra situación embarazosa, pero en esas circunstancias las tres mujeres siempre se habían hecho pasar por suecas. Incluso se habían inventado sus nombres. Lisbeth decía llamarse Ingrid y las otras dos se presentaban como Synnöve y Beata. Todo fue como la seda, hasta que la policía se presentó por sorpresa en Ribeauvillé en medio de una retozona fiesta de la vendimia y detuvo a las pobres chicas, las cuales no tuvieron tiempo de beberse el champán, porque las metieron a rastras en una furgoneta y las llevaron a Colmar.

Habían sido interrogadas en varias ocasiones y les habían contado que las fiestas de la cosecha se celebraban, según la costumbre local, cuando la vendimia acababa, y que para eso aún faltaban dos meses, si no más. Las tres mujeres se quejaron de que durante su excursión les habían mentido en muchas otras cosas. Por lo visto habían estado en tratos con tipos casados, en su mayoría. Las habían tomado por tres pendones desorejados, que se habían dedicado a endulzarles la vida a los hombres sin preocuparse por su edad ni su aspecto y sin exigir pago alguno por sus servicios, con lo cual, encima, habían arrasado con los precios del mercado, porque el mantenimiento, si bien había sido opulento, era algo que en Francia no se consideraba precisamente como pago por los servicios sexuales, sino como algo de lo más normal.

Así las cosas, las tres mujeres decían sentir un profundo arrepentimiento y rogaron que se les permitiera volver a formar parte del grupo de compatriotas, conocidos y dignos de confianza. Explicaron que sus ganas de vivir se habían reducido hasta lo inexistente en las odiosas celdas de la comisaría de Colmar y aseguraron que participarían sin hacerse de rogar en el suicidio colectivo, el cual deseaban que tuviese lugar lo antes posible. Entendían que se habían comportado como unas cándidas casquivanas y sentían una inmensa vergüenza por todo lo sucedido.

La jefa de estudios consoló a sus extraviadas compatriotas, diciéndoles que ya no valía la pena llorar más por la leche derramada. Después de todo, no había sucedido nada irremediable y, además, se habían dado el gusto de disfrutar a manos llenas de aquella semana en tierra extraña, así que lo que tenían que hacer era alegrarse por ello. La cena discurrió durante otras tres horas en un ambiente totalmente distendido.

A la mañana siguiente el transportista Korpela se presentó en el hotel para informarles de que el autocar tenía el depósito lleno, había sido revisado y estaba listo para la marcha. Extendió sobre la mesa un mapa de carreteras y fue señalando con el dedo la ruta a seguir desde Colmar hasta la frontera suiza y de allí a Zurich. Un trayecto de dos o tres horas.

Se dirigieron a la plaza de la catedral, donde les esperaba el autobús de La Muerte Veloz de Korpela, S. A. Desde la iglesia llegaba el eco de unas voces viriles que ento-

223

naban un mea culpa. Se estaba celebrando una misa matinal. Kemppainen sugirió a la jefa de estudios que llevase a sus descarriadas hermanas a la iglesia para que asistiesen al oficio; no estaría de más teniendo en cuenta todo lo que habían pecado en los últimos días.

La mujeres entraron en el templo de estilo gótico, pero al cabo de un par de minutos salieron precipitadamente de él, rojas como tomates, y se metieron a la carrera en el autocar de La Muerte Veloz.

Una vez en marcha, Helena Puusaari contó que la iglesia estaba llena de campesinas de gesto adusto y de sus avergonzados maridos. El propósito de la misa era que éstos pidieran perdón por los revolcones que se habían estado pegando por todo el valle de Colmar la semana anterior con unas suecas de mala vida.

29

La Muerte Veloz de Korpela llegó a Zurich el primero de agosto por la mañana. En la ciudad se estaba celebrando la feria de la patata. Los agricultores venidos desde todos los rincones de Suiza festejaban la cosecha. Al parecer, ésta había sido excepcional aquel año, ya que el verano había sido soleado y sin viento, y como tampoco el mildiu había afectado a los patatales, la felicidad reinaba por doquier. Hay gente que piensa que los suizos son unos representantes algo simplones de la raza alpina, pero, se diga lo que se diga de ellos, de patatas sí que entienden.

Con motivo de la feria la ciudad entera rebosaba de jubilosos recolectores, los hoteles tenían el letrero de «completo» desde hacía ya semanas, las aceras estaban llenas de coches aparcados y las tabernas y calles tomadas por el gentío. Korpela aparcó su autobús junto a la orilla este del río que atraviesa Zurich, el Limmat, cerca de la colina de la universidad. Los Suicidas Anónimos se dividieron en pequeños grupos y fueron a pasear para conocer la rica y bella ciudad, donde el dinero procedente de todo el mundo reposaba en cuentas secretas y depósitos custodiados por celosos banqueros suizos. Antes de dispersarse acordaron que a las siete de la tarde se encontrarían junto al autobús.

El coronel Kemppainen y la jefa de estudios Puusaari llevaron a las tres fugitivas del valle de Alsacia a la Clínica de Dermatología y Enfermedades Venéreas, situada en el edificio de la Facultad de Medicina de la universidad. Había motivos de sobra para dejarlas allí y las exhortaron a que volviesen por la tarde junto al autobús, para que pudiesen hospedarse junto a los demás.

El pequeño grupo dirigido por el coronel fue a visitar el Museo de Bellas Artes, donde casualmente se podía admirar en aquel momento una restrospectiva de Salvador Dalí, con cientos de trabajos de gran tamaño. Estas obras causaron una fuerte impresión en los suicidas. La opinión general fue que Dalí era un genio pero estaba loco desde su primera juventud. Y su locura se había acentuado con la edad.

La jefa de estudios y el coronel pasaron el resto del día paseando por las calles de Zurich, sentándose en las terrazas de los cafés y admirando el flujo continuo de recolectores de patatas. Para librarse por un momento del gentío, fueron en taxi a Fluntern, a varios kilómetros de allí, donde se hallaba el cuidadísimo cementerio de la ciudad. Helena Puusaari dijo que había visto muchos cementerios durante su vida, como aficionada al tema que era, pero nunca uno tan impecable. El camposanto era la pura imagen de la meticulosidad suiza: los paseos estaban barridos hasta la exageración y no había en ellos ni una aguja de pino, los parterres de flores estaban cortados con más cuidado que la barba de un gigoló, las losas y monumentos fúnebres estaban alineados al milímetro, con escuadra y cartabón. Hasta las ardillas parecían endomingadas y se comportaban con una dignidad contenida.

En un rincón lleno de verdor vieron la estatua del famoso escritor James Joyce, que estaba enterrado allí. Helena Puusaari dijo que había leído una de sus obras, traducida al finlandés por Pentti Sarikoski.

–Ojalá en Finlandia tuviésemos escritores tan estupendos –suspiró la jefa de estudios.

–Tenemos a Alexis Kivi –intentó replicarle el coronel, pero entonces se acordó de la versión para televisión que Joukko Turkka había hecho de *Los siete hermanos*. El director, con la participación de siete de los peores exaltados de la Escuela Superior de Teatro, había destrozado aquel tesoro de la literatura nacional.

Por la tarde se tropezaron con el grupo a las órdenes del director Rellonen, que contemplaba asombrado la riqueza de la ciudad y la exuberancia de los paneles publicitarios. Se sentaron en una terraza a tomar unas cervezas. La conversación giraba en torno al dinero que movía el mundo de la publicidad. Taisto Laamanen, el herrero de Parikkala, se puso a recordar que antiguamente nadie hacía publicidad de nada, y sin embargo todos se las apañaban para salir adelante. A él nunca se le hubiese ocurrido poner un anuncio en el periódico diciendo que herraba caballos y afilaba guadañas. El funcionario de ferrocarriles de Iisalmi, Tenho Utriainen, observó que la pobreza era relativa. Los pobres de ahora tenían más dinero que los burgueses de clase media cien años antes. Sin embargo, sufrían de la pobreza, porque veían a su alrededor gente más rica que ellos y, aún peor, anuncios a cual más atractivo. Utriainen dijo haber llegado a la conclusión de que justamente la publicidad era la culpable de la tendencia a la autodestrucción de los finlandeses. ¿Para qué vivir si de todos modos no podían comprar todas aquellas cosas maravillosas que les metían constantemente por los ojos? Calculaba que en Finlandia se suicidaban anualmente al menos quinientas personas, deprimidas por la publicidad desmesurada.

Utriainen era partidario de prohibir la publicidad en todo el mundo, ya que resultaba tan cara como la carrera armamentística, pero aún más destructiva. Finlandia podría ser la precursora en este asunto.

El coronel se fue con la jefa de estudios Puusaari a almorzar al Affelkammer, un pequeño restaurante tradicional situado en la ciudad antigua. Al enterarse el dueño de la taberna de que la pareja provenía de Finlandia, les contó que el mariscal Mannerheim solía parar allí a tomarse sus cervezas cada vez que viajaba a Zurich. Mannerheim era un tipo atlético al que, después de unas cuantas copas, le gustaba hacer demostraciones de su fuerza física. Saltando enérgicamente, se colgaba de la viga más alta del Affelkammer y, más aún, se metía por el hueco de menos de medio metro existente entre ésta y el techo, para aterrizar después con elegancia al otro lado. Una verdadera proeza que pocos suizos eran capaces de emular, ya que no tenían la fuerza suficiente y sus panzas quedaban atrancadas entre la viga y el techo.

Kemppainen se tomó varias jarras de Feldschlosschen, una excelente cerveza suiza. Animado por el alcohol, decidió probar sus habilidades en la viga de Mannerheim. Se trataba de una dura prueba. El coronel, que vestía su tieso uniforme, tuvo que hacer un enorme esfuerzo para realizar con todos los honores la famosa voltereta del mariscal, pero como era un hombre tenaz, lo consiguió, y cuando regresó a su mesa acompañado por las muestras de admiración de la clientela del restaurante, sintió que lo invadía una oleada de viril satisfacción y orgullo guerrero. El patrón del Affelkammer lo invitó a otra jarra, a cuenta de la casa.

A las siete de la tarde los aspirantes a suicida ya estaban de nuevo agrupados, pensando dónde pasar la noche. Ya que todos los hoteles y albergues de las cercanías estaban invadidos de recolectores de patatas, se les ocurrió levantar su tienda en la confluencia de los ríos Limmat y Sihl, en el parque de la Platzpromenade, situado justamente en el centro de la ciudad, al norte de la estación de tren y el Museo Nacional. El coronel preguntó a un guardia municipal si era posible acampar en el parque. Éste le contestó que no había ningún problema, siempre y cuando los finlandeses se atrevieran a ir allí de noche. En el parque se daban cita los drogadictos de la ciudad, que lo invadían por la tarde y lo ocupaban hasta el amanecer, así que el guardia le sugirió al coronel que buscasen otro lugar.

A falta de otra alternativa, cargaron entre todos la tienda, la ropa de cama y los leños que les habían quedado tras la batalla de Walsrode y fueron por un puente peatonal hasta el extremo norte del parque de Platzpromenade, donde los ríos confluían en un ancho remanso. Allí montaron el campamento y encendieron una pequeña fogata ante la entrada de la tienda.

Al menos cien hombres y mujeres jóvenes que se tambaleaban bajo el penoso efecto de las drogas se acercaron para observar el campamento extranjero y comunicarles que ningún mortal tenía derecho a invadir su terreno. Les amenazaron con robar y matar a todo el grupo. Ya se encargarían la policía y las brigadas de limpieza de llevarse sus cadáveres, como hacían cada mañana con los muertos por sobredosis.

Los finlandeses respondieron que habían cruzado toda Europa desde su extremo norte, y que no tenían intención de pasar la noche a la intemperie en las calles de Zurich, habiendo en el parque sitio libre y en condiciones para acampar. Prometieron permanecer en su rincón sin molestarles. Al comprobar que el lenguaje de la razón no servía para nada, el coronel y los demás hombres tomaron una

229

actitud más agresiva y les comunicaron que eran finlandeses. Las filas de los drogadictos empezaron a dispersarse, y los que quedaban reconsideraron su situación, cuando escucharon el relato de la batalla campal de Walsrode y Uula Lismanki se puso a repartirle a la tropa del coronel los leños de abedul manchados de sangre.

Este pequeño gesto bastó para que los jefes del grupo de yonquis cambiasen las amenazas por disculpas y les prometiesen que podrían pernoctar allí todas las noches que lo deseasen. Los esclavos de la droga justificaron su hostilidad por el hecho de que estaban acostumbrados a usar la violencia para conseguir el dinero necesario para la compra de estupefacientes y, además, porque ya no les quedaba nada que perder en este mundo. Eran una nación de condenados a muerte, sin futuro y con un presente miserable.

Los finlandeses les confesaron que a ellos no les iban mejor las cosas. Carecían igualmente de futuro. Habían decidido suicidarse en grupo en los Alpes suizos, así que era inútil venirles con historietas conmovedoras sobre la muerte, porque, si había expertos en la materia, eran ellos.

Como resultado de las negociaciones, procedieron a la demarcación de territorios en la Platzpromenade trazando una línea, a un lado de la cual se quedaron los drogadictos y al otro los treinta y tres Suicidas Anónimos de Finlandia. Los yonquis aseguraron que permanecerían en el sur de la demarcación, pero a pesar de ello el coronel decidió organizar turnos de guardia. Se presentaron como voluntarios el criador de renos Uula Lismanki y el capitán en dique seco Mikko Heikkinen, que se reservó para la noche un par de botellas de vino blanco. Uula sacó una baraja de naipes para pasar el tiempo y unos cuantos corégonos en salmuera, por si le entraba hambre.

Durante la noche, una niebla húmeda subió del Limmat, formando románticas aureolas alrededor de las farolas y la hoguera. Detrás de la línea de demarcación se oía el siniestro clamor de los drogadictos, pero ninguno se atrevió a infiltrarse en el campamento de los finlandeses.

Lismanki y Heikkinen iniciaron una partida de póquer descubierto. Empezaron jugando por dinero. Cuando al capitán en dique seco se le agotaron sus reservas de efectivo, propuso que aumentasen las apuestas. Estaba borracho, para variar, y como Uula tampoco andaba ya con la cabeza muy clara, continuaron ansiosos el juego. Heikkinen quería apostarse a todo el grupo, que en ese momento roncaba en la tienda, o al menos a sus miembros de menor importancia. Se habían acabado los juegos de niños.

—¡Vamos a jugarnos sus almas!

Acordaron que el capitán en dique seco dispusiese de los aspirantes a suicida provenientes del sur, hasta la altura de Iisalmi, y que los que venían del norte serían las fichas de Uula.

Heikkinen y el criador de renos se pasaron toda la noche sumidos en el resplandor brumoso de la lumbre y enfrascados en el juego. Estaban allí, a la orilla de aquella corriente negra, con los ojos centelleantes, como dos diablos. De la tienda les llegaban los ronquidos confiados de sus fichas y más allá, provenientes de las cercanías del museo, resonaban los ecos de una pelea entre yonquis, los gritos de aquellos locos miserables y sus lamentos de muerte.

Y el juego continuó. Uula Lismanki perdió primero el alma de la operaria de cadena de montaje de Haukipudas, luego la del guardia fronterizo de Kemijärvi Rääseikköinen y, finalmente, la del vendedor de coches Lämsä, así como las de otros cinco finlandeses del norte. Ya de madrugada, sin embargo, su suerte cambió y el capitán en dique seco se vio obligado a apostar un alma tras otra. Se le fueron el he-

231

rrero Laamanen, de Parikkala, el furriel en reserva Korvanen, la profesora de economía doméstica Taavitsainen, y
hasta el ingeniero de caminos retirado Hautala. Consiguió
recuperar a este último aumentando la apuesta con el operario de Joutseno Häkkinen, pero al cabo de algo más de
una hora el taimado criador de renos le había ganado casi
todas sus almas.

Sin embargo, Heikkinen juntó finalmente una buena
mano, una escalera: un seis, un ocho, un nueve... aprove-
chando la buena racha, se apostó al director Rellonen, pero
cuando Uula Lismanki aumentó la apuesta con Lämsä y
Aulikki Granstedt, la cual le había ganado a Heikkinen
con anterioridad, éste aumentó también la suya, mandan-
do al fuego del infierno el alma del coronel Kemppainen.
Uula Lismanki tenía una mano que no parecía muy buena, un par de dieces y un as como carta más alta. Se repartieron las penúltimas cartas.

–¡A mí no me vacila ningún capador de renos! –rugió
el capitán en dique seco mientras descubría la carta decisi-
va a la extraña luz de la noche. ¡La que le faltaba, el seis de
picas! Heikkinen apostó entonces su alma de más valor, la
de la jefa de estudios Puusaari, y miró con aspecto de vencedor a su contrincante.

Uula Lismanki respondió a la apuesta sin vacilar, poniendo sobre el tapete al director Rellonen, Tenho Utriainen, Taisto Rääseikköinen, así como un par de mujeres del
sur de Finlandia cuyas almas había ganado poco después
de la medianoche.

A Heikkinen se le habían acabado las almas, pero estaba seguro de su victoria. Le pidió a Uula que le dejase disponer de su propia alma para poder responder a sus apuestas. El criador de renos accedió a la oferta, ya que la propia
alma era la más cara de todas y ningún juego lo valía.

232

Pusieron boca arriba las últimas cartas. Con grandísima angustia, el capitán en dique seco comprobó que Lismanki tenía un diez de diamantes. Y para terminar, el criador de renos levantó el diez de picas, la carta del destino, la última de las cuatro. Su juego era el mejor y todas las almas fueron a parar al infierno gracias a Uula. La última de ellas fue la del capitán en dique seco.

A falta de algo con que apostar, se acabó la partida. Así es la vida. Pero ya había amanecido: las brumas de la noche se esfumaron, el sol surgió tras las montañas y su luz mortecina se extendió por el parque.

La policía de Zurich, los hombres de las brigadas de limpieza y los funcionarios de sanidad se presentaron en sus vehículos. A los yonquis que aún se podían mantener en pie los echaron de la zona con bastantes malos modos, barrieron las jeringuillas ensangrentadas y las recogieron en unos sacos de plástico negro junto con el resto de la basura acumulada durante la noche, y a dos pobres diablos que habían fallecido por sobredosis los cargaron en sendas parihuelas y los metieron en un vehículo de la morgue.

El vencedor de la noche, Uula Lismanki, preparó café sobre los rescoldos de la fogata y despertó a las mujeres para que preparasen unos bocadillos. Al desayuno fueron también invitados los policías, los hombres de las brigadas de limpieza y los enfermeros, que ya habían terminado de limpiar el parque. Iba a hacer un bonito día, afirmaron los policías, y alabaron los bocadillos de corégono en salmuera diciendo que eran una verdadera delicia.

233

30

Los Suicidas Anónimos, desposeídos sin saberlo de sus almas, levantaron el campamento y lo cargaron todo en el buque insignia de La Muerte Veloz de Korpela S. A., para ponerse en marcha a primera hora de la mañana. Salieron rumbo a la última etapa de su viaje a los Alpes suizos.

En menos de una hora llegaron a Lucerna, una antigua y bella ciudad rodeada de bellas montañas que se alzaba a ambos lados del río Reuss. Sobre éste cruzaban todavía los puentes de madera cubiertos, construidos en el siglo XIV, cuyos techos estaban decorados con frescos representando escenas de la vida de aquella época. Los Suicidas Anónimos se pasearon por ellos en silencio y contemplaron meditabundos las aguas azul turquesa que bullían en los rápidos. La jefa de estudios le dijo al coronel que tenía la impresión de que cuanto más se acercaban a los Alpes, más taciturno y silencioso se volvía el grupo. Todos estaban pensativos, concentrados en sus terribles problemas y la cercanía del suicidio colectivo confería a sus rostros una expresión grave.

El coronel también se había fijado en la melancolía de la tropa. Pero tal vez fuese normal. ¿Quién encontraría motivo de alegría en un mundo que, de todos modos, se dispone a abandonar?

–No se trata de eso. Me refiero a que son muchos los que han empezado a arrepentirse de participar en el proyecto. Ni siquiera yo estoy segura de querer morir, después de todo –confesó Helena Puusaari con voz melancólica, para añadir después que la fraternidad del grupo de suicidas había despertado en ella las ganas de vivir.

Kemppainen le rogó a la jefa de estudios que recordase los tiempos vividos en Toijala. ¿Acaso todo aquello se había convertido ahora en algo maravilloso?

Ella no le contestó. Vista desde Lucerna, su existencia en Toijala le parecía muy lejana. Los problemas de antes le parecían ahora minucias.

Korpela gritó para agrupar a su rebaño:

–¡Los que van a morir! ¡En marcha!

Contemplaron el bucólico paisaje suizo por las ventanillas del autocar: los verdes y empinados prados de las laderas, en los que pastaban vacas de recias patas, las montañas de cumbres nevadas, el cielo azul de agosto. La autopista se hundía de vez en cuando en algún túnel que discurría durante más de diez kilómetros por las entrañas de los Alpes. Korpela conducía como un poseso; se diría que tenía una prisa especial por librarse de su vida. La carretera comenzó a ascender y a hacerse más estrecha y sinuosa. La belleza de los paisajes aumentaba con la altitud. Pronto llegaron a tales alturas que los prados y los bosques desaparecieron de su vista.

Al pie de una colina, una barrera cerraba el paso, vigilada por dos soldados; éstos les informaron de que más arriba, en el paso de Furka, el punto más elevado de la zona, se había desencadenado una tremenda tormenta de nieve. No podían permitir el paso a los turistas. Korpela le pidió al coronel que les tradujese a los soldados que, con prohibición o sin ella, él pensaba subir hasta el paso de Furka, y más lejos, si le daba la gana. Su autocar era nuevo y él sabía muy bien cómo conducir por una carretera de montaña, nevase o granizase. El coronel lo tradujo todo.

Los soldados contestaron que tenían orden de cerrar la carretera por completo en media hora, habida cuenta de las condiciones meteorológicas, pero levantaron la barrera a regañadientes. El autobús de La Muerte Veloz de Korpela S. A. continuó su camino, más y más arriba, hacia la cima de las montañas. Daba la impresión de que se dirigían al mismo cielo. Y así era, en el supuesto de que a alguno se le permitiese la entrada después de su muerte.

Finalmente el pesado autobús llegó con sus silenciosos viajeros al paso de Furka, en el cual se levantaban varios edificios de aspecto frío, azotados por el viento. Uno de ellos albergaba un lúgubre café donde sólo había dos turistas americanas, viejas y arrugadas. Éstas se quejaban porque habían quedado atrapadas en el tramo más alto del camino, a causa de la tormenta de nieve, y los soldados les habían prohibido continuar el viaje.

De repente se presentaron en el café dos militares para hablar con Korpela, y a grandes voces exigieron que se les explicase por qué el conductor había desafiado los elementos para subir hasta allí. La carretera tenía que estar cerrada, ¿acaso los guardias de abajo no le habían impedido el paso? El coronel les dijo que habían seguido adelante bajo su propia responsabilidad y que, ya que estaban allí, de nada servía que les gritasen.

Los militares les informaron de que la velocidad del viento alcanzaba los dieciocho metros por segundo. Y era de creer, porque afuera se hacía difícil mantenerse en pie, la nieve le azotaba a uno la cara y la temperatura era probablemente de diez grados bajo cero. Estaban a más de 2.400 metros sobre el nivel del mar, y con aquel tiempo era imposible divisar el valle, allá abajo. Se encontraban junto al nacimiento del Ródano. La masa de sus aguas salía del glaciar y caía con tal furia por la garganta de la montaña, que ni siquiera el aullido de la tormenta podía tapar su rugido.

Korpela declaró que habían llegado al final de su viaje. Ordenó a los Suicidas Anónimos que saliesen del café y volviesen al autobús y le pidió al coronel que les tradujese a los dos militares que tenía intención de continuar el viaje unos cuantos kilómetros. Éstos pensaron que Korpela estaba loco y él les confirmó que estaban en lo cierto, pero añadió que no era el único en su especie, porque todos los finlandeses del grupo estaban como cabras. A los dos militares no les costó creerlo.

En cuanto todos ocuparon de nuevo sus asientos, el ingeniero jubilado Jarl Hautala pidió la palabra. Les contó que padecía un cáncer incurable que ya se había extendido por todo el cuerpo. Por ese motivo a comienzos del verano había tomado la decisión de unirse a la expedición de los Suicidas Anónimos. Sin embargo, había cambiado de idea. Se había enamorado de los bellos pueblecitos alpinos. Durante el viaje, Hautala había hecho amistad con una joven de Espoo, Tarja Haltunen, la cual padecía también una enfermedad incurable. El ingeniero de caminos dijo que no pensaba seguirles a la muerte a bordo del autocar, sino que se quedaría en algún pequeño albergue al pie de los Alpes y pasaría el resto de sus días contemplando las cumbres nevadas.

El resto del grupo contempló estupefacto a Tarja, una muchacha que durante todo el viaje se había mantenido apartada y solitaria, sin hablar apenas con nadie. Ruborizada, les confesó que padecía de sida y que éste se hallaba en una fase tan avanzada que ya le daba lo mismo, así que pensaba quedarse con Hautala en algún albergue y esperar la muerte. Podrían cuidar el uno del otro.

La súbita revelación de la peligrosa enfermedad mortal confundió al resto del grupo. Algunos de ellos le reprocharon a la chica que no les hubiese advertido contra un posible contagio. Habían viajado juntos y dormido en la misma tienda quién sabía cuántas noches. Era una irresponsable por haber mantenido su enfermedad en secreto.

Helena Puusaari levantó la voz y les hizo notar que poco importaba que se hubieran o no contagiado, porque, a fin de cuentas, su objetivo era la muerte.

Las descarriadas de Alsacia dijeron que ellas tampoco tenían intención de morir, que pensaban acompañar a los demás hasta el borde del precipicio y volverse luego a Finlandia. Pero si Tarja las había contagiado...

El coronel Kemppainen replicó con brusquedad que se habían expuesto más al contagio por su propio comportamiento en Alsacia que por el hecho de viajar con Tarja, así que más les valía callarse. No había motivo alguno de alarma.

Uula Lismanki recordó que nunca había tenido intención de seguir al resto del grupo hasta la muerte. Y sorprendentemente fueron muchos los que dijeron que ya no deseaban morir, y exigieron a Korpela que llevase a los supervivientes hasta el pueblo más cercano, porque en esas alturas dejadas de la mano de Dios, no tenían ninguna posibilidad de conseguir alojamiento.

Examinaron el mapa. Mil metros más abajo y a menos de dos kilómetros en dirección norte se hallaba un pueblo llamado Münster. Korpela, furioso, emprendió el descenso. A una velocidad de espanto, el autobús iba dando bandazos por el camino helado y serpenteante. Los pasajeros chillaban aterrorizados y le rogaban que condujese con más cuidado, pero él no quiso saber nada. Agarró el micrófono y rugió:

—¡A morir es a lo que hemos venido!

Era un slalom vertiginoso con el autocar haciendo las veces de trineo. En las curvas más cerradas el morro del vehículo describía un arco en el vacío, mientras que barrancos de kilómetros de profundidad esperaban a su presa con las fauces abiertas.

Para relajar el ambiente, el aguatragedias Sorjonen quiso contarles algo divertido a sus compañeros, pero éstos no estaban de humor para oír historia ninguna. Con aquel loco al volante, ya habían recuperado las ganas de vivir. A Sorjonen le hervía la sangre, su dignidad de contador de historias había sido ofendida en un momento de angustia. Contó sin ganas y a la fuerza un cuento trágico y sórdido. Fue corto, pero en el frenesí de aquella carrera a tumba abierta, ni Sorjonen hubiese sido capaz de hacer más.

El aguatragedias contó la historia de una niña alemana monísima que había sido secuestrada a los diez años de edad por unos canallas. Los secuestradores la criaron hasta que tuvo quince en un refugio solitario de la montaña, donde organizaban infames orgías sexuales que habían filmado y fotografiado al mismo tiempo. Aquellas repugnantes imágenes habían sido vendidas a la industria pornográfica a un precio altísimo. La crueldad había culminado en una sangrienta bacanal, durante la cual la niña fue violada repetidas veces y finalmente asesinada. Todo había sido filmado, como de costumbre. Tras enterrar detrás del refugio a la víctima de tan innoble crimen, los degenerados se dieron cuenta de no había película en la cámara. Llenos de cólera, asesinaron también al encargado de la filmación, delito por el que fueron detenidos.

Al escuchar tan siniestro relato, el transportista Korpela a punto estuvo de precipitar el autobús por un barranco. Consiguió dominarlo en el último segundo y por fin llegaron –jadeando, eso sí– a Münster y pararon frente al Hotel del Correo del pueblo alpino.

Los Suicidas Anónimos salieron en tropel del autobús y el capitán en dique seco fue el primero de la tropa que, a empellones, se metió en la taberna del hotel y pidió un aguardiente. Esta vez todos los demás siguieron su ejemplo. Nadie quiso oír hablar de la muerte.

31

Al ingeniero de caminos retirado Jarl Hautala y a la enferma de sida de Espoo Tarja Haltunen les gustó tanto el Hotel del Correo de Münster, que decidieron alquilar una habitación del último piso para pasar el resto de sus días. Subieron allí su escaso equipaje y luego volvieron al restaurante para despedirse de sus compañeros.

Hautala expresó su agradecimiento a los Suicidas Anónimos por los cuidados y la amistad recibidos durante el viaje. Se emocionó sobremanera al evocar su duro destino y la brevedad de la vida. Fue un momento tan conmovedor que muchos de los presentes tuvieron que enjugarse las lágrimas.

Tampoco en el pequeño pueblo alpino había suficientes plazas para albergar al grupo entero, así que tuvieron que volver a organizar el campamento tras la tapia del cementerio de Münster, donde encontraron un pequeño prado lo suficientemente grande y llano para poder plantar su tienda.

La jefa de estudios y el coronel fueron a visitar el camposanto, que estaba situado en una ladera bastante empinada desde la cual se divisaba el imponente paisaje del valle del Ródano. Allí descansaba una infinidad de fallecidos con el apellido Bacher. Josef, Maria, Adolf, Frida, Ottmar... A juzgar por las tumbas, no parecía haber otra familia en aquel pueblo.

A Helena Puusaari el lugar le pareció idílico. A ella también le hubiera gustado que la enterrasen en un pequeño cementerio como aquél. ¿Accederían los suizos a enterrar allí a un grupo entero de turistas? Tal vez Jarl Hautala pudiera encargarse de hacer inhumar allí los suicidas. Tendría que hablarlo con él.

Korpela fue a preguntarles si pensaban quedarse en el pueblo a pasar la noche, o si podía agrupar a la tropa en el autocar y precipitarse de una vez por todas al vacío, como habían acordado. El coronel dijo que todavía se tomarían un día de reflexión, y que a la mañana siguiente ya decidirían. El transportista respondió que, en ese caso, él se volvía al hotel a pillarse una buena tajada.

Mientras tanto, en el restaurante del Hotel del Correo, el capitán en dique seco, ya bastante achispado, se había estado jactando delante de la clientela del lugar de formar parte de una expedición que pasaría a los anales de la historia de Suiza. Heikkinen había revelado el objetivo de su grupo. En un principio los lugareños se tomaron las fanfarronadas de Heikkinen como el delirio de un borracho, pero abandonaron el lugar a toda prisa cuando los demás finlandeses confirmaron su propósito.

Por la tarde comieron truchas y bebieron vino en el restaurante del hotel. Si bien la comida era excelente, y en cuanto al vino no había nada que reprocharle, el ambiente siguió siendo lúgubre.

Del exterior llegaba el sonido de un acordeón. El coronel y la jefa de estudios se preguntaron quién estaría tocando y se asomaron a la terraza del hotel. Vieron al capitán en dique seco metiéndole monedas a un viejo muñeco de madera que sostenía un acordeón entre sus manos y cuya cabeza se meneaba al compás de la música, impulsada por un resorte. Mikko Heikkinen llevaba tal curda que se puso a conversar con el autómata músico, confesándole que jugando había perdido su alma al póquer y jactándose de que pronto iba a morir. Hablaba con desconsuelo. El coronel le sugirió que dejase ya de empinar el codo y se metiese en la tienda a descansar. El capitán en dique seco hizo lo posible por rehacerse, miró al coronel con ojos vidriosos y se fue tambaleándose hacia el campamento, instalado tras la tapia del cementerio.

Las golondrinas trinaban, un gato perezoso estaba repatingado en el césped del jardín del hotel. El tiempo había aclarado desde su regreso del paso de Furka y el aire era fresco y veraniego. Kemppainen le confesó a la jefa de estudios que no tenía ganas de tirarse a la mañana siguiente por ningún barranco. La tomó de una mano, se arrodilló frente a ella y carraspeó para aclararse la garganta. Se disponía a pedirla en matrimonio. Pero justo en ese instante el reloj de la iglesia católica de Münster dio seis campanadas y el coronel se hizo un lío con la petición de mano. Se levantó azorado y dijo que iba a echar un vistazo al campamento. La jefa de estudios suspiró irritada mientras le miraba alejarse.

Por la noche encendieron una fogata con los últimos leños ensangrentados. Total, ya no los necesitarían más. Y ardieron muy bien. La sangre de los cabezas rapadas alemanes se quemó en la hoguera nocturna de los Suicidas Anónimos con un sonido siniestramente familiar. El ambiente era extraño en muchos aspectos. Uula sacó del fondo del tonel los últimos corégonos de Inari en salmuera y se los ofreció a sus compañeros. Para acompañarlos, partieron unos panes suizos de cebada. Alguien observó que aquello parecía la Última Cena, sólo que en vez de Jesús de Nazaret, el pan lo repartía un criador de renos y los Suicidas Anónimos hacían el papel de apóstoles.

La mujeres se pusieron a cantar en voz baja, tarareando melancólicas canciones del folklore del sur de Ostrobotnia. El coronel se dio cuenta de que aún se las sabía. «En la copa del abedul el viento susurraba...»

A la puesta de sol se presentaron en el campamento cinco robustos suizos, que dijeron ser los representantes del cantón del Valais. Estaban muy serios y parecía que querían hablar de algo importante. El coronel los invitó a sentarse junto a la fogata y a acompañarles en su frugal cena a base de corégonos, pan y vino.

Los representantes del cantón habían tenido aquella misma noche una reunión de urgencia y les habían encargado la tarea de parlamentar con los finlandeses. La cuestión, bien simple, era que los habitantes del cantón del Valais no podían aceptar las intenciones del grupo de suicidarse en aquella zona. En opinión de los enviados, si el suicidio en sí ya era abominable, más aún lo era un suicidio colectivo. Dios no había creado al hombre para que éste decidiese por sí mismo cuándo acabar con sus días. Al contrario, la intención divina era que los hombres crecieran y se multiplicasen, no que abandonaran este mundo por sus propios medios en cuanto les viniese en gana. Además, las leyes suizas prohibían los suicidios colectivos.

Kemppainen agradeció a los representantes del cantón su preocupación, pero les explicó que los finlandeses no solían aceptar consejos de desconocidos, sobre todo en cuestiones tan importantes. Les preguntó cómo se habían enterado del proyecto del grupo y ellos le dijeron que la información era de primera mano y provenía de uno de los miembros de la expedición, que también se había jactado de haber perdido el alma apostando con el diablo la noche anterior, en Zurich. Nunca en su vida habían oído nada tan terrible. Prohibieron terminantemente a los finlandeses que causasen más desórdenes en Münster y los invitaron a abandonar el cantón a la mañana siguiente como muy tarde.

Las peticiones de aquellos caciques empezaron a irritar seriamente al coronel. Parecía mentira que un finlandés de viaje por el extranjero no pudiera suicidarse sin que se entrometieran en sus asuntos. Kemppainen agradeció las advertencias a los enviados, pero no prometió nada. Dijo que los finlandeses eran un pueblo testarudo que terminaba siempre aquello que empezaba. Tenían la cabeza extremadamente dura y no se dejaban convencer por nada ni por nadie. Finlandia era un Estado soberano y sus ciudadanos tenían el derecho constitucional de decidir ellos mismos sobre sus propios asuntos, dondequiera que estuviesen.

Los representantes del cantón declararon que tenían derecho a prohibir el suicidio colectivo en su propio territorio, y el coronel tenía que entenderlo. Añadieron que, en su opinión, los finlandeses eran un pueblo de chalados.

Kemppainen les recordó entonces un episodio de la historia helvética. Unos dos mil años antes, todos los habitantes de Suiza quemaron sus casas y de mutuo acuerdo bajaron de las montañas para dirigirse al sur. Fueron 370.000 los peregrinos. Su propósito era encontrar tierras más hospitalarias donde asentarse. Los helvéticos llegaron a lo que hoy era Italia. Sin embargo, las legiones romanas obligaron brutalmente a aquella masa de gente a volver sobre sus pasos. El regreso debió de ser funesto, habida cuenta de que al partir todos los hogares habían sido destruidos. Con estos precedentes, al coronel no le parecía razonable que los representantes del cantón viniesen a darles lecciones a los finlandeses sobre lo que era razonable y lo que no...

A punto estuvo de liarse una bronca, pero no dio tiempo, ya que un terrible grito de agonía rompió de repente el silencio de la noche alpina. El eco hizo que el horroroso aullido resonase por las laderas de las montañas y los barrancos. Había motivos para que a uno se le helara la sangre, y los suizos se arrodillaron para rezar, pensando que se trataba de la última señal. Los finlandeses también se sobrecogieron.

Pronto un mensajero llegó corriendo al campamento para anunciarles que uno de los suyos se había caído por uno de los barrancos del Ródano, desde una altura de varios cientos de metros. Necesitaban hombres para bajar a buscar el cadáver.

En el Hotel del Correo consiguieron unas parihuelas. Les indicaron el sendero que bajaba hasta el fondo del barranco. Iniciaron el descenso alumbrándose con linternas eléctricas, mientras desde arriba, los testigos de la desgracia les guiaban a gritos hacia la víctima. Al cabo de un rato hallaron al desgraciado. Se trataba del capitán en dique seco Mikko Heikkinen, esta vez seco de verdad. Se había partido la columna vertebral, pero la botella de vino, que aún sujetaba en su mano seguía inexplicablemente entera. El tiempo de los milagros no había terminado.

Subieron el cuerpo en las parihuelas y lo llevaron a la terraza del Hotel del Correo. No había médico en el pueblo, pero ¿qué hubiese podido hacer con un cadáver? Un muerto es un muerto.

El ingeniero retirado Jarl Hautala bajó de la habitación para ver a su amigo difunto, le cruzó las manos sobre el pecho y cerró sus párpados. La jefa de estudios le había quitado de la mano la botella de vino. Estaba recién abier-

246

ta, un Riesling del ochenta y siete, buena cosecha. Se notaba que Heikkinen le había dado al menos un trago..., el primero y el último.

El coronel informó a los representantes del cantón que, dadas las circunstancias, se sentía obligado a cambiar los planes del grupo. El suicidio colectivo no se llevaría a cabo en Münster, los señores podían dormir tranquilos. Añadió que, en Finlandia, al menos en caso de defunción, siempre se suspendían las fiestas de cualquier género.

Jarl Hautala sugirió que los Suicidas Anónimos embarcaran en La Muerte Veloz para atravesar Francia y España hasta Portugal.

−¿Y por qué precisamente Portugal, si puede saberse? −ladró Korpela. La sugerencia implicaba sentarse de nuevo al volante durante días y días.

El ingeniero retirado dijo que se le había ocurrido, porque en la provincia portuguesa del Algarve, en su extremo sudoeste, había un cabo llamado de Sagres, más conocido como «el fin del mundo», debido a que en tiempos se creía que la tierra acababa allí. Hautala había visto algunas postales de aquel vertiginoso promontorio. Si el autocar se lanzaba al mar desde allí, la muerte sería segura, afirmó Hautala.

El ingeniero prometió ocuparse del cadáver del capitán en dique seco, si es que el resto del grupo decidía irse de aquel desgraciado lugar y poner rumbo a Portugal, donde se encontraban las playas más soleadas del Atlántico.

El coronel decidió que así lo harían.

−Mañana por la mañana a las seis, después de desayunar, levantamos el campamento y nos ponemos en marcha.

Los embajadores del cantón se arrodillaron alrededor del cuerpo sin vida de Heikkinen, juntaron las manos y levantaron sus lacrimosos ojos al cielo estrellado. Dieron gracias al Dios misericordioso por la decisión del grupo de finlandeses de abandonar el pueblo y el cantón. Tal era su fervor, que prometieron comprar con los fondos cantonales un féretro de zinc, para que el cuerpo del desgraciado finlandés pudiese ser enviado al país que le había visto nacer.

32

A la mañana siguiente La Muerte Veloz salió escopeta-
da de las alturas de Münster para llegar a Ginebra antes de
las nueve. Korpela aprovechó para repostar allí. El coronel
y Helena Puusaari abandonaron el autobús, con el fin de
coger un avión a Lisboa. Kemppainen tenía sus motivos
para hacer ese viaje por su cuenta: deseaba quedarse a solas
con la jefa de estudios.

Acordaron encontrarse todos a la semana siguiente en
el cabo del fin del mundo. Korpela quiso saber el lugar
exacto donde el coronel y la jefa de estudios esperarían a
los Suicidas Anónimos. Kemppainen contestó que se alo-
jarían en el hotel que estuviera en el extremo del continente europeo, porque seguro que alguno tenía que haber.

De manera que el coronel y la jefa de estudios volaron
primero vía Londres hasta Lisboa, y desde allí, en un autobús turístico, fueron a Sagres, que quedaba a unos trescientos kilómetros al sur de la capital. La pareja se hospe-
dó en el Riomar, exactamente lo que andaban buscando.

A la caída de la tarde, cuatro días después, La Muerte
Veloz hizo su entrada en el aparcamiento del hotel. Fue un
reencuentro lleno de júbilo. El coronel había organizado

una comida de bienvenida en el patio, donde les sirvieron una selección de pescados y mariscos variados, todo ello regado con un delicioso vinho verde.

Los viajeros estaban en plena forma a pesar de los tres mil quinientos kilómetros que llevaban a sus espaldas. Korpela dijo que el furriel en la reserva Korvanen y él se habían turnado para conducir. Habían ido hasta Barcelona vía Lyon, luego hasta Madrid y de allí a Lisboa, de donde habían salido muy de mañana hacia Sagres. En Madrid habían conseguido algunos periódicos finlandeses en la embajada y en uno de ellos se hablaba de Uula Lismanki. Al parecer, estaba en busca y captura en Finlandia. La policía había descubierto que él era el culpable del robo de varios cientos de miles de dólares de un equipo de rodaje norteamericano. Después de leerlo, Uula había declarado que pensaba suicidarse con los demás.

Por el contrario, el resto del grupo había empezado a dudar sobre la utilidad de un suicidio colectivo. Más de uno se había dado cuenta de que el mundo era un lugar bastante agradable y que los problemas que en la madre patria les habían parecido insuperables, les parecían ahora realmente nimios vistos desde aquel rincón, el más alejado de Europa. El largo peregrinar con sus compañeros de infortunio les había devuelto las ganas de vivir. La fraternidad había reforzado su autoestima y el hecho de distanciarse de sus pequeños y cerrados mundos les había proporcionado nuevos horizontes. La vida empezaba a mostrar un nuevo rostro: el futuro se anunciaba más luminoso de lo que hubiesen podido imaginar al comienzo de aquel verano.

El mérito de aquella recuperación emocional era de Seppo Sorjonen, el aguatragedias. Durante el viaje había entretenido, como de costumbre, a los Suicidas Anónimos con sus deliciosas historias. Mientras atravesaban las llanuras de olivares de España, se puso a evocar los platos de la gastronomía finlandesa de los cuales él había disfrutado en su trabajo de camarero por horas y durante su infancia en Carelia.

Sorjonen les contó la historia de un tal Suhonen, un granjero hacendado de la región de Nurmes, que sólo había tenido, para su disgusto, una hija a la que legar su finca. Para más inri, la heredera era canija y no demasiado agraciada, además de patizamba y malcarada, como era habitual en las hijas de los hacendados. Mandaba a paseo a los pretendientes uno tras otro, hasta que a finales de los años cincuenta, un jornalero atinó a dejarla embarazada. Suhonen, a quien no le había apenado demasiado el contratiempo, organizó la boda del siglo para su hija y el seductor de ésta. Los invitados llegaron de todos los rincones de Carelia del Norte, y se habló en todo el país de aquella fiesta que duró tres días con sus noches.

En las largas mesas del jardín de la mansión, a la sombra de los abedules, se sirvieron todos los manjares finlandeses habidos y por haber. Una gran variedad de pescados: tímalo a la cazuela, corégonos en su salsa, salmón marinado, arenques en salsa de mostaza o enrollados, tímalo ahumado, lucioperca asada al horno, budín de lucio y gratén de salmón. En grandes fuentes había huevas de pescado y crema agria, pepinos encurtidos, miel, cebolletas dulces, gachas de harina de cebada, avena y guisantes, cardo, setas saladas, remolacha en vinagre, tomates, nabo rallado y ensaladilla de arenques.

Se calculó que durante los tres días que duró el banquete fueron trescientos los invitados que allí comieron. ¡Y hubo de sobra para todos!

Además de pescado, también se sirvió todo tipo de carne al estilo tradicional: paletillas asadas de cordero, cer-

251

do y reno ahumados, carnero con patatas asado a fuego lento en el horno del pan en grandes artesas de madera. Jamones enteros de cerdo asados, estofados de liebre y de reno, perdices, faisanes y otras aves preparadas de diferentes maneras. Redondo de cerdo entreverado de tocino, sopa de cordero y col, queso al horno, gratén de colinabos, blinis... y, naturalmente, montones enormes de pasteles de arroz al estilo de Carelia, acompañados de mantequilla y huevos revueltos.

Pastas de todo tipo, pasteles y galletas, gelatinas de frambuesa y otras frutas se sirvieron como acompañamiento con el café, así como coñac y demás licores. Detrás del establo de las vacas había un tonel de quinientos litros de cerveza a disposición de los invitados.

El pueblo comió, bebió y festejó a la joven pareja durante tres días enteros. Nunca se habían visto bodas tan imponentes. El anfitrión lo pagó todo con una sonrisa en los labios y dijo que tratándose de la llegada de un yerno a una hacienda como la suya, no había motivo para escatimar en gastos. Que el yerno se enterase de dónde estaba, porque cuanta más juerga se hacía, tanto más se trabajaba los otros días. El jornalero asentía con la cabeza escuchando el discurso del anfitrión, y no era para menos, porque éste le estaba transfiriendo la administración de toda su hacienda ante los ojos de la provincia entera.

Gracias a aquella boda se apañaron, entre Nurmes y alrededores, más de treinta futuros matrimonios. Eso es lo que pasa cuando trescientas personas se dedican a comer, beber y bailar durante casi media semana. Sorjonen recordó que aquel año no hubo ni un suicidio en toda Carelia del Norte, y todo debido a aquella boda.

El aguatragedias repartió entre los Suicidas Anónimos las recetas de los manjares de la fiesta, por si aún llegaban a necesitarlas en vida y a todos les pareció bien, menos a Uula Lismanki, que dijo haberse zampado en los últimos tiempos tajadas demasiado grandes de cosas que no le correspondían.

El largo viaje desde Suiza a Portugal había dado ocasión a que surgiesen varios romances entre el grupo de suicidas. Se sabe quién es amigo en las situaciones desesperadas, y el hecho de compartir destino une a hombres y mujeres. Rellonen y Aulikki Granstedt empezaron a sentarse juntos. Dijeron que iban a casarse en cuanto el director gerente se divorciase de su mujer. También el mecánico Häkkinen y la operaria de cadena de montaje Leena Mäki-Vaula, el director de circo Sakari Piippo y la empleada de banco Hellevi Nikula se habían comprometido en Madrid. El guardia fronterizo Rääseikköinen, el vendedor de coches Lämsä, el furriel en la reserva Korvanen y el funcionario de ferrocarriles Utriainen también habían puesto en marcha proyectos similares, y todos los demás tenían planes de algún tipo.

Helena Puusaari tenía una noticia para todos: había decidido aceptar la proposición de matrimonio de Kemppainen. La noticia pilló por sorpresa al coronel; aún no había tenido tiempo de pedirle la mano a la jefa de estudios, ya que la única vez que lo había intentado la cosa se le quedó a medias por culpa de las campanadas del reloj de la iglesia de Münster. El coronel se aturdió y se puso rojo como un tomate, cosa que no le pasaba desde hacía decenas de años. En su felicidad, empezó a hacer reverencias de un lado a otro, hasta que Helena Puusaari le cogió de la mano para que el pobre se tranquilizase.

33

En medio del alborozo general, se fueron todos a visitar el cabo del fin del mundo o cabo de San Vicente, donde se hallaba la vieja fortaleza de la época del rey Enrique el Navegante. El lugar era excepcionalmente bello. Los acantilados, de más de sesenta metros de altura, caían a pico en el océano color turquesa, cuyas olas estallaban rugientes contra las paredes de roca. El mar era allí cálido y su aliento no parecía tan cruel como el del Ártico. Pero el agua es la misma en todos los mares.

Korpela le contó al coronel Kemppainen que aquel viaje, desde Pori por toda Finlandia hasta el Cabo Norte y desde allí, atravesando Europa, hasta el fin del mundo, había sido el más loco y desenfrenado de toda su vida.

–¿Lo dices porque seguimos con vida, o porque aún no hemos conseguido morir? –le preguntó el coronel.

Mientras los demás se divertían en el acantilado, el criador de renos se retiró meditabundo al autobús de La Muerte Veloz. No paró hasta que encontró el libro de instrucciones de conducción y se sentó al volante para estudiarlo. Uula planeaba aprender a conducirlo, porque sentía que era lo que más necesitaba en aquel momento.

El folleto tenía cincuenta páginas. Uula sólo sabía conducir motonieves, así que tenía que esmerarse en aprender, si es que quería poner aquel complicado y lujoso vehículo en movimiento.

En el tablero de mandos había más de una treintena de indicadores. Pasó un rato hasta que se enteró de cuál era el propósito de que en el autocar hubiese, por ejemplo, un mando de elevación del eje. También tuvo que aprender para qué servían los manómetros de los circuitos de frenos delanteros y traseros. La llave de contacto estaba puesta, pero el sistema de arranque no era tan simple. Primero había que estudiar el sistema de frenado y de cambio de marchas. El vehículo estaba equipado con una caja de cambios de diez velocidades robotizada.

Uula estuvo leyendo el manual durante dos horas con el entrecejo fruncido. Desde las ruinas de la fortaleza le llegaban los cánticos y las risas de los aspirantes a suicida. Era tal el júbilo que algunos de ellos se habían puesto a bailar sobre una rosa de los vientos de piedra, recuerdo de la época de Enrique el Navegante. A Uula le repugnaba semejante regocijo. Siguió estudiando.

Finalmente, el criador de renos se sintió lo suficientemente seguro para intentar poner el vehículo en marcha. Lo hizo siguiendo las instrucciones: comprobó que el freno de estacionamiento estuviese puesto, puso el selector de velocidades en la posición N y presionó el acelerador de mano. Luego giró el mando de alimentación de corriente hasta la posición 1 y apretó el interruptor de contacto. Uula comprobó que los indicadores de presión del aceite, de la carga y del freno de estacionamiento estuviesen encendidos. Todo estaba listo para que la llave de contacto resucitase a los cuatrocientos caballos del motor. Los indicadores de la presión del aceite y de la carga se apagaron. El motor se puso en marcha.

Uula Lismanki giró el volante asistido, pisó el acelerador a fondo y soltó el embrague. El autocar salió disparado, las ruedas echando humo. El motor se puso a todo trapo y la aguja del indicador de velocidad se volvió loca. El vehículo pasó como una exhalación, dejando atrás a los suicidas danzantes, que se quedaron petrificados contemplando el autobús enloquecido, a cuyo volante iba el criador de renos con expresión alucinada. Agitó la mano en señal de despedida y puso la máquina a todo gas, dejando atrás las ruinas ancestrales de la fortaleza, rumbo al acantilado, directo a la barrera de acero, en dirección al oeste, al Atlántico. El autocar de lujo de La Muerte Veloz arrasó la barrera, atravesó el aire como un rayo con el motor aullando y voló al menos cien metros, antes de impactar contra las olas con un ruido como de explosión. Allí se balanceó por un momento de costado, las luces se apagaron y empezó a hundirse como un barco de guerra alcanzado por un torpedo.

Los Suicidas Anónimos corrieron al galope hasta el filo del acantilado y llegaron a tiempo para ver aún uno de los costados del autobús y el letrero con el nombre de La Veloz de Korpela, S. A. Fue entonces cuando una gran ola procedente de América, del otro lado del Atlántico, tomó el autocar en sus brazos y se lo llevó con ella al fondo. Éste se hundió con el criador de renos Uula Lismanki en sus entrañas.

El océano burbujeó largo rato, justo donde se había hundido el hijo de los páramos de Utsjoki junto con el autobús de lujo. Los suicidas se alejaron del acantilado cabizbajos y anduvieron los kilómetros que les separaban de Sagres sin decir palabra. Una vez allí, Kemppainen y Korpela fueron a la policía para dar parte del accidente. El transportista explicó primero que su autobús, por algún motivo no determinado, se había puesto en marcha solo, precipitándose al mar. El coronel añadió que también se había ahogado probablemente uno de los miembros del grupo de turistas, un criador de renos llamado Uula Lismanki, que se hallaba en el vehículo en el momento del accidente.

La policía dio aviso urgente a la central de la guardia costera de Sagres, que envió una lancha a patrullar el lugar de la desgracia. No encontraron nada, ni tan siquiera aceite.

El suicidio colectivo fue suspendido por razones obvias. El instrumento del que habían pensado servirse para ello estaba en el fondo del océano, y el transportista Korpela no tenía la menor intención de comprar otro para reemplazarlo. Por suerte se había librado honorablemente de su costosísima inversión. Sin herramientas en condiciones no vale la pena ponerse a hacer nada en serio. Para colgarse de una viga, más vale disponer de una cuerda.

Los aspirantes a suicida llegaron a la conclusión de que, aunque la muerte era lo más importante en la vida, finalmente no era tan importante.

34

No fue un verano fácil para el inspector jefe Ermei Rankkala. Se había visto envuelto en un extraño y complicado caso que le había dejado sin tiempo ni energías. Aquel asunto le había echado a perder las vacaciones, pues no había dejado de darle vueltas a sus implicaciones e incluso tuvo que renunciar a sus últimos días libres porque tuvo que continuar con la investigación.

El motivo que obligó al inspector jefe a interrumpir sus vacaciones de final de verano fue una información proporcionada por el guarda fronterizo Topi Ollikainen del puesto situado entre Enontekiö y Kautokeino. El funcionario había informado a la secreta de que el autobús que estaban buscando se hallaba ya fuera de los límites del país. El vehículo correspondía a la descripción, al igual que la matrícula, que, como de costumbre, había sido anotada. Ollikainen dijo también haber reconocido a un tal Uula Lismanki, criador de renos de Utsjoki, quien, por cierto, le había gritado desde la puerta abierta del autocar algo referido a la muerte. Conociéndolo, el funcionario de aduanas pensaba que se trataba de una broma de mal gusto, algo muy típico de Lismanki.

De Inari llegó un informe del comisario rural sobre el coronel Kemppainen, donde se decía que éste le había visitado y comentado sus intenciones de visitar el Cabo Norte con un grupo de turistas. Durante su estancia en Ivalo se había ocupado de tramitar el pasaporte de cierto amigo suyo, un criador de renos llamado Uula Lismanki.

El inspector jefe Rankkala voló a Noruega y se dirigió al Cabo Norte. Allí encontró el rastro del autobús desaparecido: un par de alemanes aficionados a la ornitología, que viajaban acompañados por un amigo finlandés, habían hablado a los lugareños de una extraña escena a la que habían asistido en los acantilados del cabo. Según los rumores, un autobús con matrícula de Finlandia había intentado lanzarse al Ártico desde allí, pero en el último momento, el conductor había cambiado de opinión, llevando el vehículo hasta un lugar seguro. Por desgracia los testigos ya se habían marchado de la zona. Rankkala se recorrió de parte a parte el norte de Noruega, pasando por varios lugares donde había estado el grupo. El rastro le llevó hasta el sur, a Haparanda, para desaparecer de nuevo.

Rankkala se apresuró a volver a Helsinki. En base a sus investigaciones estaba convencido de que se trataba de una organización muy peligrosa que, a juzgar por los datos, se disponía a cometer un suicidio colectivo a gran escala. Eran treinta los finlandeses en peligro de muerte. Si la expedición secreta tenía o no otras intenciones criminales, lo ignoraba aún. De todos modos, el caso había adquirido tales dimensiones que debía advertir a sus superiores.

El superintendente Hunttinen de la policía secreta estudió el expediente con las informaciones que su subordinado había ido recopilando durante el verano. Pronto concluyó que se trataba de un caso de grandes dimensiones, con muchas características inquietantes. Según los datos recogidos por el inspector jefe, por el mundo andaba suelto un autocar turístico finlandés cuyos pasajeros estaban en peligro de muerte. Parte de los miembros de aquella organización secreta de suicidas, o tal vez todos ellos, podían estar involucrados en sospechosos proyectos políticos y militares con ramificaciones en el extranjero. Hunttinen decidió llevar a cabo una reunión extraoficial y convocar a representantes de diferentes instancias, como el Ministerio de Asuntos Exteriores, la policía judicial central, la Policlínica de Salud Mental del Hospital Central Universitario, la Oficina Nacional de Turismo y, naturalmente, los representantes de la policía secreta a cargo de la investigación.

El comité adquirió la costumbre de reunirse en el bar Ateljee, del Hotel Torni. Al comisario de la policía secreta le hubiese valido perfectamente cualquier otro lugar más modesto, pero el representante de la Oficina Nacional de Turismo declaró que sólo frecuentaba lugares de alto standing. Además, prometió cargar los gastos a cuenta del organismo que representaba.

Ya en la primera reunión llegaron a la conclusión de que había que detener aquel autobús sin pérdida de tiempo. Era de temer que treinta finlandeses pudiesen perder sus vidas. La imagen de Finlandia en el extranjero sufriría en ese caso un duro golpe, como les hizo notar el representante de la Oficina Nacional de Turismo. Si alguien se enteraba de que un grupo de finlandeses, dirigidos por un miembro de las fuerzas armadas y un hombre de negocios, se había suicidado, eso no sólo perjudicaría al turismo, sino al comercio y la exportación. ¿Qué se podía esperar de una nación cuyos ciudadanos se mataban en manada y que, encima, se iban a hacerlo al extranjero?

En opinión de la policía, por el momento no había ocurrido nada ilícito y por eso no podían solicitar la colaboración de la Interpol. De acuerdo con la ley, la policía sólo se encargaba de buscar criminales, no gente rara.

Todas las miradas se volvieron hacia el psiquiatra. ¿Podía echarles una mano en el asunto? Los integrantes de la expedición desaparecida estaban claramente como cabras y no sólo representaban un peligro para el estado, sino para ellos mismos. Si un médico dictaminaba su internamiento colectivo en el psiquiátrico más cercano, se quitarían el muerto de encima. El psiquiatra les dio la razón, pero se temía que no fuera posible declarar enajenados mentales a todo un grupo de turistas.

–Sería en nombre de la reputación nacional –insistieron el superintendente Hunttinen y el inspector jefe Rankkala. Pero el médico no se dejó convencer por el argumento. Murmuró que en la Alemania nazi ya se habían esgrimido razones semejantes para internar a la gente en los campos de concentración.

Lo peor de todo era que nadie sabía por dónde andaba el autobús de la organización secreta de suicidas.

Las reuniones tenían lugar normalmente a la hora del almuerzo o de la cena, que en ese caso solía ser ligera. El inspector jefe Rankkala se conformaba con una sopa o verduras y nunca tomaba vino. Se quejó al médico que se sentaba frente a él de que aquel verano había tenido molestias estomacales desde que le había caído encima aquel caso. El superintendente Hunttinen comentó que tales síntomas eran muy habituales entre los funcionarios de la policía secreta, ya que el trabajo, además de estresante, era poco agradecido. En comparación con los funcionarios que trabajaban en las labores normales de la policía, los investigadores de la secreta sufrían el doble de problemas de estómago. El psiquiatra admitió que aquella profesión provocaba a menudo enfermedades psicosomáticas.

El comité decidió aconsejar al Ministerio de Asuntos Exteriores que alertase a todas las embajadas y consulados de Finlandia en Europa para que estuviesen atentos a la presencia de cualquier grupo de turistas que se comporta- se de manera extraña. La descripción del autocar fue en- viada a todas las representaciones diplomáticas.

El inspector jefe Ermei Rankkala se presentó en la ter- cera reunión del comité con noticias alarmantes. La orga- nización suicida se había visto envuelta en una pelea de grandes dimensiones en la pequeña ciudad de Walsrode, si- tuada en la República Federal de Alemania. La informa- ción les había llegado de la Oficina Comercial de Finlandia en Hamburgo, donde la policía alemana había intentado recabar información sobre los finlandeses. La policía secre- ta había indagado sobre el motín y, cuanto más profundi- zaron en sus investigaciones, más se convencieron de que no era una pelea habitual. Según el agregado militar de la embajada en Bonn, cuya presencia fue requerida de urgen- cia, la pelea podía más bien denominarse una guerra en miniatura. El frente finlandés había estado bajo las órdenes del coronel Kemppainen y varios suboficiales. La batalla se había saldado con la victoria nacional.

El comité se reunió a partir de ese día dos veces por semana. La úlcera del inspector jefe Rankkala empezó a sangrar.

Lo peor estaba por llegar. En Francia, las autoridades alsacianas se habían puesto en contacto con la embajada de Finlandia en París para informarles de que habían expulsa- do del país a tres mujeres finlandesas. Se comprobó que las expulsadas pertenecían a la organización. Por lo visto ha- bían puesto patas arriba un valle entero, con sus viticulto- res y todo. El viaje en autobús había continuado desde Francia hasta Suiza. El comité quedó horrorizado a la espera de nuevas informaciones sobre los movimientos de la organización. Y pronto las recibió.

El siguiente aviso de emergencia llegó de la embajada de Finlandia en Suiza. En el cantón del Valais se había detectado la presencia de un grupo de turistas que se había comportado de manera extraña y amenazante para su propia seguridad. Los finlandeses, a las órdenes de un oficial de alta graduación del ejército, habían intentado llevar a cabo un suicidio colectivo en Münster, un pueblecito alpino. Gracias a la firme actuación de los representantes del cantón, se había conseguido impedir dicho intento. Sin embargo, uno de ellos había perdido la vida en circunstancias poco claras. El fallecido resultó ser un armador alcohólico de Savonlinna. Su cuerpo ya había llegado allí en un féretro de zinc y había sido enterrado. Según los datos de la autopsia proporcionados por las autoridades suizas, la causa de la muerte había sido una intoxicación etílica, unida a la rotura repentina de la columna vertebral.

A partir de Münster, la pista de la hábil organización secreta volvía a desaparecer. Se pensaba que intentarían ir hacia Italia o España.

Mientras tanto, la policía judicial había aclarado un caso de estafa que se había producido en Utsjoki a principios de verano. Se sospechaba que su principal implicado era un tal Uula Lismanki, criador de renos de profesión. El inspector jefe de la policía secreta Ermei Rankkala ya había oído hablar del citado individuo. Lismanki había robado cientos de miles de dólares a un equipo de rodaje norteamericano. Poco antes de los hechos referidos, se había construido en la tundra de Utsjoki, entre otras cosas, un campo de concentración auténtico. Para la realización del citado proyecto no se habían solicitado los permisos correspondientes al estado finlandés. Su construcción había quedado a medias y no se había encerrado en él a prisionero alguno. La implicación de Lismanki en la construcción del campo de exterminio no estaba clara del todo hasta el momento, pero tanto la policía judicial como la secreta tenían serias sospechas al respecto.

El estómago del inspector jefe Ermei Rankkala ya no pudo soportar estas últimas noticias. Su carga de trabajo, ya de por sí grande, no había cesado de aumentar a medida que avanzaba el verano. Dormía mal, apenas tenía apetito y el aguardiente no podía ni olerlo. Hasta el pelo se le estaba volviendo gris. Un sábado, mientras estaba sentado revisando su expediente, le echó un vistazo al reloj. Eran las once de la noche. Se encendió el enésimo cigarrillo y bebió de un sorbo el resto de agua, ya sin gas, que quedaba en su vaso. Se sentía agobiado, como si hubiese cometido algún crimen vil y esperase a ser interrogado.

El inspector jefe, cansado, pensó que cuando alguien era objeto de un interrogatorio se convertía en una cebolla y que interrogar a alguien era como pelar una cebolla. Cuando a la persona se le quitaba la capa de mentira, debajo aparecía la verdad con toda su blancura. Cuando se pelaba una cebolla, se descubría su carne, sana y sabrosa. En ambos casos los ojos del que pelaba se irritaban y se llenaban de lágrimas..., así era la vida. Al final la cebolla siempre acababa cortada y friéndose en la mantequilla.

Rankkala sintió de repente una arcada ácida que le retorció hasta el corazón. Se mareó.

El competente funcionario cayó con estrépito al suelo, el cigarrillo quemándole los dedos y brotándole sangre de la boca. Pensó que había llegado su hora y de alguna manera se sintió aliviado. Ya no tenía que pensar en el suicidio. De todas formas, la muerte siempre acaba llevándose lo que es suyo.

Epílogo

35

Todos lamentaron la repentina muerte del inspector jefe de la policía secreta Ermei Rankkala en la siguiente reunión del comité en el Hotel Torni. Los comensales se pusieron en pie y guardaron un minuto de silencio en honor a su memoria. Luego se pusieron a discutir sobre si sería adecuado que el comité asistiese a su entierro, pero en opinión del superintendente Hunttinen no era en absoluto necesario, y añadió que él se ocuparía personalmente del asunto. Estaba acostumbrado al hecho de que sus subordinados no viviesen eternamente. Creía recordar que Rankkala no dejaba viuda, pero no estaba muy seguro.

Revisaron maquinalmente el último informe del inspector jefe. No contenía nada nuevo, pero cómo podría ser de otro modo, si quien lo había redactado estaba muerto.

Como de costumbre, pidieron una cena ligera y hablaron sobre el trabajo del comité y sus resultados. Las pesquisas habían avanzado mucho. Habían seguido la pista del autobús de la organización secreta de suicidas a través de toda Europa. Se habían enviado un montón de telegramas y estaban preparados para todo. Las embajadas, consulados y oficinas de turismo finlandesas de todo el continente habían sido informadas. Policía, ministerios, cancillerías, médicos, embajadores... con todos ellos habían estado en contacto exhaustivamente.

El comité decidió persistir en el seguimiento del autobús de turistas. Desde aquel día se empezaron a reunir una vez por semana, en el lugar de siempre. Las huellas de la organización secreta de suicidas se habían esfumado en el centro de Europa. Ése era el factor que impedía que se suspendiesen aquellas reuniones tan vitales para la seguridad y la imagen exterior de la nación. Nunca volvieron a tener noticias. Eso duró años. Y hasta hoy...

Los Suicidas Anónimos se dispersaron cada cual por su lado en el cabo del fin del mundo. Casi todos estaban vivos y tenían intención de seguir estándolo. El director gerente Rellonen y Aulikki Grandstedt se fueron a Lisboa poco después de que Uula Lismanki se lanzase al mar, y allí se quedaron un par de meses. Se llevaron consigo al director de circo Sakari Piippo, que encontró trabajo como escapista en una feria ambulante de Lisboa. Más tarde, la pareja regresó a Finlandia y fundó un par de pequeños negocios familiares, un taller de chapa y pintura de coches y una sastrería de pieles.

El guardia fronterizo Rääseikköinen y la operaria de cadena de montaje Mäki-Vaula se casaron y se mudaron a Muonio, donde el primero consiguió una plaza de aduanero. El vendedor de coches Lämsä volvió con su joven esposa a Kuusamo, donde aún vende coches, como antes, sólo que ahora de otras marcas. El herrero Laamanen se instaló en Portugal a pasar su jubilación al darse cuenta de lo barato que allí resultaba vivir y morir. Acompañándole se quedó el funcionario de ferrocarriles Tenho Utriainen, que encontró trabajo en uno de los centros turísticos de Albufeira como vigilante de un tobogán acuático.

Elsa Taavitsainen empezó a escribirse con Alvari Kurkkiovuopio, el granjero de Kittilä, con tan buena fortuna que acabó siendo la patrona de la granja. El furriel en la reserva Korvanen volvió al servicio y fue enviado al Próximo Oriente como observador militar de las Naciones Unidas. Lo primero que hizo fue comprarse un todo terreno libre de impuestos de la marca y modelo más caros que encontró. Todavía se habla de Korvanen como de un soldado sin par, un hombre que no sólo no le teme a la muerte, sino que la busca.

El ingeniero de caminos jubilado Jarl Hautala y su protegida enferma, Tarja Halttunen, se mantuvieron con vida, por muy sorprendente que pueda parecer, un mes tras otro. Finalmente se descubrió que el cáncer de Hautala había dejado de extenderse y que el sida de la joven había quedado en fase latente. El ingeniero redactó en el pueblo alpino de Münster, una memoria científico-técnica sobre los nuevos retos que el siglo XXI iba a plantear a la Dirección General de Carreteras de Finlandia en cuanto al mantenimiento de las mismas, haciendo especial hincapié en la importancia de la utilización de la sal en relación con la prevención de accidentes circulatorios invernales. La obra fue publicada por el Centro Nacional de Investigaciones Técnicas, y aún hoy es muy apreciada por su alto valor de innovación. Se rumorea que Hautala ya debe de haber muerto.

Y a sus respectivos hogares volvieron el pintor de brocha gorda Hannes Jokinen, Lisbeth Korhonen y todos los demás supervivientes, que aún viven y se reúnen de vez en cuando. Sus vidas están en orden y no tienen grandes problemas. Y si los tienen, saben cómo solucionarlos, como curtidos expedicionarios que son.

El transportista Korpela cobró la indemnización total del seguro por su autocar naufragado. Gracias a la prima, salió a flote en vez de hundirse y con el dinero cubrió las pérdidas del año anterior de su empresa y luego la vendió. Korpela pasó a ser miembro del Rotary Club de Pori en cuanto se corrió la voz de lo que pagaba de impuestos.

La jefa de estudios Puusaari y el coronel Kemppainen se casaron. Ella se mudó de Toijala a Jyväskylä. Al partir, le fue concedida la Medalla de Educación Popular, la cual le fue entregada por la Asociación de Mujeres Hacendosas de la Comarca de Toijala, las mismas que antaño se habían dedicado a extender rumores infamantes sobre su persona. Los tiempos cambian. La vida es enriquecedora.

El coronel Kemppainen solicitó la baja de las fuerzas armadas, así como su jubilación y ambas le fueron concedidas. Un tiempo después tuvo una hija que la jefa de estudios Puusaari le dio sin más formalidades.

El aguatragedias Seppo Sorjonen publicó él mismo su libro sobre los problemas de vivienda de las ardillas, que no fue del gusto de la crítica. Le reprocharon que su obra estuviese tan lejos de la realidad, calificándola de «innecesariamente divertida e infantil». En la actualidad, Sorjonen trabaja como camarero en el restaurante Savanna de Helsinki, y es muy apreciado. Está recopilando material para escribir la primera gran novela sobre la hostelería finlandesa.

Lismanki no sabía nadar, pero el océano tiene el poder de enseñar a vivir a los hijos de los hombres. De alguna manera, Uula se escurrió del buque insignia de La Muerte Veloz por la salida de emergencia en el momento en que éste se hundía, consiguió salir a flote arrastrado por las burbujas de espuma y fue a la deriva hasta mar abierto, tosiendo y tragando agua salada. Algún que otro tiburón asesino se acercó a olisquear el trasero del criador de renos, pero no estaban de humor para comérselo. Los peces no siempre muerden... Uula, como buen pescador, lo sabía muy bien. Se confirmó que no sólo las brujas flotan en el agua, lo mismo les sucede a los brujos.

Al viejo y extenuado criador de renos lo sacó del mar un par de horas más tarde un pesquero portugués cochambroso que navegaba rumbo a Terranova en busca de bacalaos. Uula pasó varias noches secando en el puente de proa sus cientos de miles de dólares, antes de que el barco llegase a su zona de pesca. En dos meses aprendió a hablar portugués, lo cual no es ningún milagro, porque la pronunciación del sami es sorprendentemente parecida. Mientras que el portugués procede del latín vulgar, el sami procede del bramido de los renos.

Durante su viaje de bodas en Sagres, la jefa de estudios Helena Puusaari y el coronel Hermanni Kemppainen se toparon por casualidad en una taberna local con un bronceado marinero que conversaba en sami con sus curtidos camaradas de trabajo. Reconocieron a Uula, que les contó lo mucho que le gustaba su vida de pescador del Atlántico. Su nombre era en aquel momento Ulvao São Lismanque.

—Que viene a ser lo mismo que Uula San Lismanki.

ÍNDICE

Impreso en Talleres Gráficos
LIBERDÚPLEX, S. L. U.,
ctra. BV 2249, km 7,4 - Polígono Torrentfondo
08791 Sant Llorenç d'Hortons